也爱黄昏

顾骧⊙著

商务印书馆国际有限公司

图书在版编目（CIP）数据

顾骧　也爱黄昏／顾骧著．—北京：商务印书馆国际有限公司，2010.4

ISBN 978-7-80103-646-9

Ⅰ.①顾…　Ⅱ.①顾…　Ⅲ.①散文-作品集-中国-当代　②随笔-作品集-中国-当代　Ⅳ.①I267

中国版本图书馆CIP数据核字（2010）第056955号

YE AI HUANG HUN

也爱黄昏

商务印书馆国际有限公司出版发行

（北京市东城区史家胡同甲24号　邮编　100010
电子信箱：*cpinter@public3.bta.net.cn*）

策划编辑：唐明星

责任编辑：温　暄

全国新华书店经销

发行热线：（010）65598498　电话、传真：65234023

编辑部电话：（010）65227580

北京京都六环印刷厂印刷

字数：232千字

开本：710×1000mm　1/16　　19.75印张

2010年4月北京第1版　2010年4月北京第1次印刷

定　　价：35.00元

作者像，摄于二十世纪九十年代

一九四九年四月渡江战役前夕摄于江右海陵

目　录

第四辑 人物春秋

第五辑　絮语随笔

第六辑　艺文走笔

主编者言

有关这套丛书，向读者交代几句。

十年前，中国友谊出版公司邀约我主持编选了一套《艺术家·学者散文随笔丛书》，计十六卷。据说，这套丛书销售情况尚可，现已卖脱，商务印书馆国际有限公司与友谊出版公司协商，取得了这套丛书的版权，再版、重印，并扩展了作者人选；原有文集也对篇目加以调整、增汰，重新定名为《文化人散文随笔丛书》，以全新面貌推出。丛书仍由我主纂，第一批出版十卷。作者为（以齿序）：陈从周（已故）、吴冠中、袁鹰、于是之、邵燕祥、贺捷生、肖复兴、徐小斌、铁凝以及在下本人。包括园林艺术家、美术家、话剧表演艺术家、音乐评论家、军旅作家、诗人、编辑家、小说家、影视作家等，老、中咸有，男女齐全，行当皆备。总之，是一群文化人。十年前，我在《艺术家·学者散文随笔丛书》“弁言”中说过：这些艺术家、学者，并非仅仅在文章中谈画、论戏、赏乐、论园林……可贵之处在于让我们透过作者笔下斑斓的艺术世界，感受到真诚磊落的人生感悟、独特的生命体验、对文化的坚贞守望。这一作者群中，差不多都有多种散文随笔问世，有些作品可说是已脍炙人口，用不着我以广告式语言在这里饶舌。这一套丛书所收作品，皆为作者精选拔萃之作。

这一套丛书，经与朋友商量，用了这一个平实的、大体与内涵契合并与前一套丛书衔接的书名。我们就是一群文化人嘛。出版社方面曾建议，加一“名”字，称为《文化名人散文随笔丛书》；出版单位从图书市场营销心理学考虑，自有其道理，似乎这样就抬高了这套丛书的身价，这是当下的流行风尚。出版单位有它的苦衷，他们既要为文化传播作奉献，也要赢利啊！本套丛书作者，有些人被作为“大家”，甚至也有人曾被尊呼为“大师”。说是“文化名人”，也无不可。不过，“名人”是读者心目中的认知度，何必“癞蛤蟆爬秤钩——自称自”呢？桃李无言，下自成蹊。出版社的美意，我们未予采纳。

“文化人”这一概念，这一称呼，大体上流行于抗日战争时期，特指人文知识分子。在国共两党所辖区域均通行使用。在1938年武汉国民政府军事委员会政治部郭沫若任厅长的第三厅，聚集了一批著名的进步文化人，有田汉、阳翰笙、洪深、徐悲鸿、冯乃超等，有戏剧家、电影家、画家、文艺家……后来，有一次周恩来对时任政治部部长张治中说：“三厅这批人都是在社会上有影响的文化人啊！”（参见《悼念郭沫若》）在1941年中共领导的盐阜抗日民主根据地阜宁，新四军军部驻地停翅港附近的“卖饭曹”村，新四军代军长陈毅将之设为“文化人村”。先后在文化人村生活和经常在这里聚会的，有著名文化人薛暮桥、骆耕漠、钱俊瑞、孙冶方、范长江、夏征农、黄源、李一氓、杨帆、蒋天佐、艾寒松、金人、阿英、贺绿汀、沈其震、孟波、何士德、胡考、赖少其、吕振羽、池宁、高扬、包子静、亚丁、林淡秋等。陈毅将军戎马倥偬中，常在文化人村与诸文友诗歌唱和、黑白对弈、论史之兴废、议抗日之大计。在那蒹葭苍苍的里下河河网地区，在日寇频繁“扫荡”的敌后险恶环境下，大批文化俊彦，为民族的独立解放而云集于此，实为我家乡盐阜大地历史上空前绝后的盛事。（参见《阿英日记》《盐城市志》）文化人从来都是运交华盖。“皖南事变”后时局紧张，大后方在渝的文化人纷纷撤离，避居龙云治下的昆明，或转道去缅甸仰光。1943年“整风运动”后的延安文化人，被诫示要“割尾巴”，“脱裤子”，身价大跌。在1943年新四军黄花塘整风中，陈毅则因“在统战工作与知识分子政策上犯右倾错误”而挨批，被逼走延安。（参见《杨尚昆回忆录》、“饶漱石在秦城狱中谈话”）

“文化人”这一概念弃而不用，替以“知识分子”普遍使用，大体上在1955年那场以言治罪、以文治罪、以思想治罪的“胡风反革命集团”冤案之后。在所谓的“胡风反革命集团的一些材料”中，毛御笔新批：“这个反革命派别和地下王国”，“过去说是一批单纯的文化人，不对了”……“文化人”与“反革命”勾连到一起了，可是“知识分子”命运又如何呢？据说，知识分子大多数是属于世界观没有改造好的“资产阶级知识分子”，“原罪”天生。在紧接着“反胡风”运动后，一场更大规模、主要以知识分子为整肃对象的反右派运动爆发了。迨至冠以“文化”的“大革命”兴起，文化人、知识分子则陷于地狱般苦海之中，成为“贱民”“臭老九”。称为文化人也罢，知识分子也罢，历经了一个时代的摧残、凌辱、迫害，其时间之长、规模之大、遭遇之酷烈，史所罕见。秦始皇、明太祖也瞠乎其后了。文化人、知识分子是社会文化的载体，是历史文化的传承者，中国文化人的浩劫，是人类世界文明史的大悲剧。

作为文化人、知识分子整体，是社会文化物质与精神的载体；而作为知识分子个体，又有着各自的价值选择取向。“知识分子”是个外来词汇，源于十九世纪末的法国。对这个概念解释多种多样。华裔美国学者唐德刚先生就曾撰有万言长文，阐述中、美、俄三国对“知识分子”定义的异同。粗略说来，一种是宽泛的解释，类似我国通行的说法：有一定科学文化知识，主要是从事脑力劳动的人；另一种是有确定性的界定：这就是知识分子应是具有独立的人格而不依附权势，为文不作媚时语。具有自由思想而不迷信传统与权威。具有道德的勇气和社会良知。心存社稷，对祖国和人民有着历史责任感。面对现实，敢讲真话，揭穿“瞒和骗”而无所忌惧。这种知识分子、文化人的界定，与我国传统文化优秀的道德精神有着某种呼应。这正是我们今天文化守望者的价值取向。当然文化人中也有“聪明人”“傻子”和“奴才”，有鲁迅归纳的“帮忙”与“帮闲”文人，这也是一种价值选择取向，奈何不得，强求不得。当下，贪腐丛生、贫富悬殊、公平罔失、诚信泯落、世风不古，人们多么需要这种具有正义、良知、责任的现代意义的知识分子啊！人们呼唤着这样的文化守望者！

商务印书馆国际有限公司告：对这套丛书将视市场销售情况，若是看好，他们会继续推出第二批、第三批……善哉！我若能为文化守望者略尽绵薄，将是人生快慰之事，是为序。

顾　骧　庚寅春日

第一辑

人生况味

夜籁

市声渐远，夜阑珊。

我揿动案边收录机键钮，调频指示灯闪出两星暗红的光点。前奏曲弱起，节目主持人晓风那柔婉、亲切的声音，悄然切入：“听众朋友，晚上好！现在是《晚间音乐》……”

年复年，月复月，除去到外地出差，我习惯了到时放下手头的书或笔，静静地谛听这半小时“灵魂的语言”倾诉，任乐声在内心深处激起情感的涟漪。

经过精心挑选和编排的轻音乐，格调高雅，优美抒情，轻柔飘逸。或是梦幻曲、小夜曲，或是小步舞曲、圆舞曲、探戈舞曲，或是其他标题小品，亦有我国民族民间箫管丝弦。世界著名的曼托瓦尼乐队、詹姆斯·拉斯特乐团那具有迷人表现力的演奏，更是经常被安排出现。

夜色朦胧，只有星星轻轻地眨着眼睛。一组《小夜曲》将听众和大地一起投入夜的怀抱中。轻盈、安详、缥缈，有渴望的期待，似幽远的回声，这是舒伯特的《小夜曲》。用深深的忧伤，表现对已经逝去的爱情的思念，真挚动人，这是托赛里的《小夜曲》。而勃拉姆斯、舒伯特、莫扎特的“摇篮曲”，自会牵动你对母亲和那安谧、恬静之感的思念，曳引着人们去重新领略母亲曾经给予的抚爱和温馨。大提琴曲独奏圣桑的《天鹅》，能将你带往一个山光水色、画意诗情的境界，碧波荡漾的湖面上，一群洁白的天鹅悠然浮动，一洗你胸中的烦躁与不安。在篝火旁深情歌吟的马头琴，如丝如缕；深沉浑厚的音乐，仿佛使人们进入那辽阔、苍茫无际的大草原，隐约可见那天边一行远飞的大雁，待至篝火燃尽，马头琴声消失，人们似乎还沉浸在寥廓与寂静之中。

希腊哲人柏拉图曰："音乐应该归宿到对于美的爱。"电台将这一节目安排在人们通常的入睡前一段时间，其良苦用心，是为了让听众在这一段审美过程中，体味人生精神深处美好的感情，在宁静、朦胧的氛围中，进入梦乡。而对于我，就寝往往是在这之后的二三小时；这一节"晚间音乐"，是我一天生活中难得的小憩，是我不忍一日稍离的心灵相托的挚友。

也许是润物细无声的春雨之夜，低回、沉思的旋律，撩拨起我心中惓惓难忘的对故乡的深切情思。如怨如慕的音乐，似一片归帆，送我去故园拾梦。苏北平原如绣，湖荡水网似织。新芦出水，万竿摇曳，绿意侵人。江南细雨霏微，沾衣欲湿。冷街幽巷的小镇，爬满青蔓的剥蚀粉墙，风物依旧，往事如烟。一声声熟悉的乡音，唤我重温孩童时期的旧梦。充满眷恋之情的乐曲，带给我一片怆然的意境，催人欲涕。

也许是"一钩凉月天如水"的秋夜，音乐宁静、澹远，宛若山涧清泉，细语淙淙，潺湲流泻。万木霜天，清明澄澈。轻柔的旋律，似金风拂过水面，安抚、慰藉着我怅惘的心灵。烦嚣、嘈杂潜沉了，灵魂在秋水般宁静中升华。

亦许是北风凛冽的冬宵。窗外飘着无声的雪花，室内一灯荧荧。清幽徐缓的琴音，若断若续。空气里似有暗香浮动，充盈着一片温馨暖意的韵律，叩醒我埋在心底的对远方友人的缅怀。仿佛故人久别重逢，剪烛西窗，促膝围炉，互诉衷曲，交融情愫，近乎微醺薄醉。

乐声咽，夜未央。

每每节目主持人已细语喃喃地道过了晚安，而那袅袅余音，绵绵意韵，似仍在如轻烟般的漠漠夜空中飘荡，留给人们对这浩瀚长天，邈漫流光的不尽沉思与冥想。

一九八九年

饮茶絮话

我一不抽烟，二不馋酒，惟一的嗜好是喝茶。不过，论喝茶，我并不怎么在行。对中国的茶道、茶理、茶艺，所知甚少。鲁迅先生有言：有好茶喝，会喝好茶是清福。但是，一要有功夫，二要有茶感。何谓茶感？意思也许明白，可是我说不清楚。要说有茶感，我也是低水平，大体上能咂摸出茶叶的品种与等级的优次而已。

红、绿、花、白、乌龙、紧压……茶，我只认绿茶，白茶还未喝过。倒不是听了谁的话，是我自己选择的结果，尽管知堂老人曾说过："喝茶以绿茶为正宗"，可我并非是奉命惟谨。绿茶，我喜欢它汤色清翠，味道清香，略带苦涩。宋人蔡襄著《茶录》，也有茶色以绿为贵的说法。若论品种，也数绿茶最繁富。我喜爱绿茶，还基于这样一种也许是并不科学的偏见：绿茶不像红茶和乌龙茶，经过发酵与半发酵，它保持了茶的本色。我喜欢本色。有人主张夏天喝绿茶，冬天喝花茶；而我则情有独钟，一年四季，绿茶一喝到底。

前一阵子"文化热"，什么都冠以文化。何谓"文化"？有人说有五十种说法，还有更玄乎，说有一百二十种说法，干脆，有人说，有多少人就有多少种说法，够挖苦的。不过，喝茶说它是文化，是一种文化现象，倒是名实相副，一点也不牵强。不说别的，单说自"茶圣"陆羽的探察茶理、寻究茶艺的一部空前著作《茶经》在一千三百多年前问世后，著书立说，便代有其人。根据吴觉农教授写的《茶经述评》记载，有名的专著便有二十七篇之多，咏茶的诗词歌赋之类文艺作品有二百五十余篇。这个数字显然极不完全，单说陆放翁一人就有茶诗三百多首。饮茶早就升华为中华民族的一种文化精神了。顺便说说，吴觉农教授作为研究茶文化有突出成就的专家，被人称作“现代茶圣”。

作为茶文化，饮茶不止有止渴、生津、利尿、提神的功能，它还是人与人之间感情的维系，精神的默契。我不少亲友，都知道我好喝茶，每年开春，新茶上市，苏、浙、皖、湘、鄂、赣等地的友人们，就大包小包邮来新绿，让我一年也喝不完，只好再分赠在京的朋友共尝。我五叔在一九四九年四月渡江战役后，与我一起南下，我在苏南留下了，他则随三野十兵团一直打到福建。在福州一住四十年。前些年，每年来北京出席一次会议。春夏来，给我捎一点茶叶，冬天来，带几颗漳州水仙花。可惜，他捎来的茶叶，都是铁观音之类乌龙茶。虽然也是名茶，可是我不爱喝。听说乌龙茶有减肥的功效，这些年，在日本很走俏，福建还将乌龙茶制成罐装饮料出口；饮用方便了，但是那一份煎茶、沏茶的情趣则荡然无存。我不知道，为什么人类物质文明的进步，总要以传统文化的消失为代价?

有一阵子，我爱喝六安瓜片。那是经方承国教授推荐的。承国为安徽六安人。那是二十年前的事了，我们都在中央音乐学院，下放在河北的一所五七干校。林彪摔死在温都尔汗后，使得掌权者一时不知所措，抓“五·一六”运动停了下来，阶级斗争的弦子暂时绷得不那么紧，人们似乎可以喘口气，也能相互走动了。承国夫妇住地与我住处约有一里之遥。一天，他来看我，适不在。在我床头留下一纸：“终朝苦望日难斜，瓜片龙井家乡茶；赢得清闲来一坐，春温良朋入吾家。”承国有桐城遗风，国学根底深厚。工书法，擅音律。记得当时抄赠我的诗还有：“匆匆青春客里休，半生赢得一身愁；与人赤子金石交，是处白眼相与酬。冷暖世味难以尽，甘苦自尝喜亦忧；不知一枕羁人梦，何日蚕破丝出头。”“无霜无雪此院中，杂树冬荣习习风；偏是老枫摇落甚，只留几叶在枝红。”都是曲折道出当时对时局的愤懑。瓜片叶大，蓬松，色泽翠绿，滋味鲜甘，香气清高。可惜不耐冲泡，三卤则力竭香残，二卤正好。这几年，北京市场上无货，我多方打听，好多茶庄都说，北京人不认它，所以也不进货了。

说饮茶是文化，因为通过品茶可以领略饮茶情趣，陶冶性情。周氏兄弟深谙此道。前面提到鲁迅说过，有好茶喝，会喝好茶是一种“清福”，这“清福”不就是精神上享受么？周二先生则说：“喝茶当于瓦屋纸窗下，清泉绿茶，用素雅的陶瓷茶具，同二三人共饮，得半日之闲，可抵十年的尘梦。”这里勾画的一幅清淡平和的精神境界，恬静沉思的生活氛围，着实令人神往。这也似乎与他那种恬淡清隽的散文风格相通。二先生说“同二三人共饮”，也是有讲究的。《茶录》认为，喝茶，共饮者少为贵：“独啜曰幽，二客曰胜，三四客曰趣，五六客曰泛，七八客曰施。”在蔡襄看来，品茶五六人则泛了，至多不应超过八人。

茶文化，套用一句现代名词，是一个“系统工程”。不光是要上好的茶叶，还有沏茶的水，烧水的火候，器皿和燃料，以及茶具，都有讲究。还要有适宜的饮茶环境、心境与氛围。“素瓷传静夜，芳气满闲轩。”这是多么难得的一片恬静清幽的意境。“寒夜客来茶当酒，竹炉汤沸火初红。”那一份满溢的友情，虽无醇醪，足可醉人。今年年初，我受南京大学之邀，出席他们学校中文系硕士研究生论文答辩会。在宁期间，抽空去逛了一趟夫子庙。经过整理修复的秦淮河风光带，古意盎然。那错落有致的粉壁乌瓦马头墙的仿古河厅、河房，门前挑着帘旗的茶楼、酒馆、饭店、商号，沿街摆着卖桂花藕粉、冰糖莲子、糯米汤圆……的饮食摊，颇能勾人对“六朝金粉盛地”的追忆。陪我的是南大一位研究生，请我到夫子庙前的魁光阁喝茶。魁光阁建于清初，科举考试时代，是供考生憩息饮茶的所在。这个示意夺魁的吉利阁名，使得这座茶馆，一度名噪江南。茶馆停业多年，刚修复。大门有一副楹联：“茶苑重开，抚景歌一泓春水；魁星高照，临风咏十代名都”。构思贴切，由近及远，对仗还算工整，不失为一副佳联。我们挑一个临河靠窗的坐位，要了一壶江苏新培植的名茶雨花茶，还要了两客“干丝”，盘桓半日。那是非旅游季节，天空不时飘荡片片雨丝，茶客寥寥，十分清静。窗下秦淮河水无声流过，隔岸可见新修的媚香楼庭院一角。我们不免谈起杜牧、刘禹锡的诗，不免谈起《桃花扇》、《儒林外史》、《板桥杂记》，不免谈起《桨声灯影里的秦淮河》，在啜饮中，体验一种恬淡闲静的悠然心境。

去年夏天，我和锡诚去成都。四川省作协的一位朋友，招待我们去文殊院吃素餐。成都文殊院为我国佛教四大禅林之一，据说，它的素餐与上海玉佛寺的素餐齐名。那天，我们去得早，便先到寺内茶室喝茶。“曲径通幽处，禅堂花木深”，一所跨院，数株黄桷，茶室矮桌竹椅，窗明几净，颇有情趣。小沙弥送上青瓷小盖盅，揭开盖，一把大铜壶，一抬手，飞出一条白练。我们三人，天南地北，聊得不知日之将午。临走，一算茶资，每人三角，三人还不到一块钱！

说到茶馆，不能不使人有失落之感。在北京，咖啡厅日多，大饭店都设有酒吧间，供应咖啡。茶馆呢，恐怕只能到人民艺术剧院的舞台上去寻找了。那儿倒还有一座老裕泰茶馆。可惜，于是之今后也不再当掌柜了。好像《北京晚报》曾辟有一个专栏，叫“名人茶馆”，那是“纸上谈兵”；中央人民广播电台似乎也设过“空中茶馆”的节目，那是“空中楼阁”。现实生活中的茶馆，即便有，在偌大的北京城，恐怕也找不出几家。有人会说，前门不是有一座大名鼎鼎的“老舍茶馆”吗？不提也罢，那座打着老舍先生旗号的茶馆，岂是平头百姓、工薪阶层能够经常出入的么？是那些退休老人能够在那儿消磨时光的么？一打听，茶资，最低价六元，高则二十元。一个月的工资，能泡几次茶馆？平民作家的老舍，若是九泉有知，不晓得会作何感想。

今春，浙江文艺出版社的朋友，给我捎来一包西湖狮峰龙井，是明前茶，十分难得。我已好多年未喝到明前茶了。今年初春雨水多，清明前的叶子产量稀少，更是珍贵。国文也得到一包，我电话问国文，喝了味道如何？他说，我也喝不出太特别的味道。一想，可能水不对劲。“佳茗只需佳水烹”，就凭北京这碱性重、硬度高的自来水，能泡出好茶来？龙井，非得虎跑泉水泡不可。在陆羽《茶经》里，将煮茶的水，评定为山水最佳，江河水次之，井水较差。苏东坡，也算是古代数得着的精于茶艺的专家了，他写过一篇《寄周安孺茶》的五言诗，全诗长达六百字，对茶史、茶道、茶功有独到见解，很精彩。他喝茶，茶壶，一定要用紫砂东坡壶；茶叶，一定要用吾乡阳羡茶；对煮茶的水，也非常讲究，住蜀山时，非得用十几里地以外金沙寺旁的金沙泉水。博学如曹雪芹，茶艺也是行家。对煎茶水的优次，能不拘泥旧说，自出机杼。陆羽将水分为二十品，雪水屈居榜末，名列二十。曹雪芹则把雪水抬得高高的。《红楼梦》第四十一回，“栊翠庵茶品梅花雪”，说的是贾母一行来到栊翠庵，妙玉招待贾母的是“旧年蠲的雨水”泡老君眉茶，茶具是成窑五彩小盖盅，已属上乘了。而把宝钗、黛玉拉去喝的“体己茶”则更特别，宝玉跟着嵾茶也沾了光。茶具都是古玩奇珍，水呢，黛玉一时未喝出味道来，问道，“也是旧年雨水”？这一问，这一位一向傲气的林小姐，被妙玉着实奚落了一番：“你这么个人，竟是大俗人，连水也尝不出来。这是五年前我在玄墓蟠香寺住着，收的梅花上的雪，共得了那一鬼脸青的花瓮一瓮，总舍不得吃，埋在地下，今年夏天才开了。……你怎么尝不出来？隔年蠲的雨水哪有这样轻浮，如何吃得。”埋藏了五年的梅花雪泡茶，亏曹雪芹想得出来。

饮茶，真可谓中华民族的国饮。不仅汉族好喝茶，各少数民族也都有各自古朴而有趣的饮茶习俗与烹煮方法。比如西南地区拉祜族的“烤茶”，佤族的“烧茶”，布朗族的“青竹茶”，傣族的“竹筒茶”，白族的“雷响茶”，傈僳族的“油盐茶”……有一年我去广州开会，与蒙古族诗人巴·布林贝赫住一个旅馆。他带了一只电热杯，每天自己煮奶茶喝。杯中放进揉碎了的砖茶，烧开水，再兑入奶粉（鲜奶没法随身带），再煮一开，加少许盐便成了。他请我喝了几次，很有味道。听说，他们蒙古人每天要喝三次奶茶，回家后，我也学着煮。我不太爱喝牛奶，喝奶茶，比光喝牛奶好喝多了。喝了一阵子，嫌费事，北京砖茶有时也不好买，就没有再喝下去。

那年我到新疆开西部文学座谈会，会后去了天山北麓的巩乃斯牧场，看完了赛马、叼羊、“姑娘追”，又到哈萨克牧民帐篷里做客，吃馕，喝奶茶。虽是八月，气候清凉。草原碧翠，一望无际。对着热情的主人，置身于大自然之间，那一份奶茶，只喝得人胸襟廓落，释燥平矜，杂念俱消。哈萨克族煮奶茶的方法，与蒙古族大体相仿。不过，蒙族人喜喝青砖茶，哈萨克人则喜欢喝红砖茶。

年来，每逢朋友存问近况，我即移用放翁诗“矮纸斜行闲作草，晴窗细乳戏分茶”作答。临池习碑版，练魏碑书法；煎茶焙茗，或待客，或独饮，领略那一份静虑的生活乐趣。

一九九一年十一月

也爱黄昏

“夕阳无限好，只是近黄昏”，义山此语一出，黄昏即抹上一层冷色调，为后人千古吟唱。

黄昏，果真是那么悲凉、忧伤？果真是那么哀怨、不祥？

“愿你的生命有够多的云翳，来造一个美丽的黄昏。”这是冰心老人在半个世纪前，还是人生中年时，对一个英文短句的翻译；这个英文短句，曾使她“心惊”。

“美丽的黄昏”，如今重读这短句，也使我怦然心动。

黄昏是美丽的。

黄昏带来一份淡泊与宁静。天际消失了最后一抹晚霞，暮霭四合，远处亮起了最早的几颗星星。白天的喧嚣、嘈杂、熙攘、骚动渐渐退隐；那沁人的安谧，正在寂寂的黄昏中，无声地涌来。

黄昏满溢着温情。太阳含山，炊烟四起，倦鸟返林，农夫荷锄归去。几家灶前飘闪著炉火，何处古刹传来晚课的钟声。老槐树下，老人沉默地凝视烟圈，屋后溪边，母亲在遥呼着顽儿归来。

你若是远行人，当夕阳西下，暮色氤氲之时，蓦然发现路边一座乡村客舍，顿觉温热迎人。那“未晚先投宿，鸡鸣早看天”的楹联，会使你油然而忆亲人的嘱咐。天涯孤旅，有了宁馨的归宿。

黄昏忒多情。“月上柳梢头，人约黄昏后。”黄昏是最令人情愫激动的时刻。古今中外，多少浪漫的故事，多少感人的恋情，是在这朦朦变幻、令人迷醉的黄昏后上演？

黄昏最易勾起诗人文思。一部《花间集》，有多少借黄昏以达恺恻怨悱之情的词作？“无言匀睡脸，枕上屏山掩。时节欲黄昏，无憀独倚门。”（温庭筠）“万般惆怅向谁论？凝情立，宫殿欲黄昏。”（韦庄）“陇云暗合秋天白，俯窗独坐窥烟陌。楼际角重吹，黄昏方醉归。”（尹鸿）“天上人间何处去？旧欢新梦觉来时，黄昏微雨画帘垂。”（张曙）当然，写得最好的，还数见于《阳春集》的冯延巳的“雨横风狂三月暮。门掩黄昏，无计留春住。泪眼问花花不语，乱红飞过秋千去。”黄昏是充满诗意的时刻。

黄昏，白昼和黑夜更替的交汇点，临界点。变幻，流动，神秘，朦胧。黄昏是一阕飘渺的乐曲，是一个轻梦，是一首抒情诗。它若隐若现，似浓似淡，倏忽无定。“疏影横斜水清浅，暗香浮动月黄昏。”冬日梅花，何时不吐幽香？惟独黄昏这一刻，格外动人。黄昏，笼罩在一片朦胧之中。隐秘模糊的意象，迷离恍惚的意境，如情似梦，启人不尽的遐思。

也许，人们以悲凉的心态对待黄昏，是因为它带来了黑暗而告别了光明！其实，黑夜与白昼，又何必分高下轩轻？又何必择厚溥爱憎？“在这里，黄昏已经降临。太阳神噢，你那黎明现在沉落在哪个国度、哪个海滨？”泰戈尔的设问，是建立在现代天体科学基础之上的。“东西生日月，昼夜如转珠。”元稹虽然不懂得地球围绕太阳自转的道理，但也道出了昼夜运动的现象。天行健，白昼与黑夜的更替永无止息。没有白昼与黑夜的对立统一，我们这个星球的生命就得停止。在永无休止的时间流动的节律中，黄昏与黎明同是日夜更替的两个临界点。它们价值是同等的。既然如此，我们又何必独厚黎明而嫌弃黄昏呢？“太阳神啊，在你的左边是这黄昏，在你的右边是那黎明，请你让这两者联合起来吧！就让这阴影和那光明相互拥抱和亲吻吧？就让这黄昏之曲为那黎明之歌祝福吧？”泰戈尔站在超时空的座标点上歌唱。

死亡！黄昏给人染上悲哀的情绪，是它象征生命临近暮年，来日无多！大概，这才接触到黄昏冷色调审美情绪的核心吧?!

乐生厌死，是人之常情。求活，是具有血肉之躯的个体生命的自然生物本能，对死亡的恐惧，曾经使多少人屈节辱命。可是，我们若以哲人的目光，宗教的襟怀，看待生与死，看待黄昏，则另有一番况味。生与死，都是大自然的产物，生与死，是相互联结的孪生兄弟。庄子以洒脱而穿透之笔，写下了“方生方死，方死方生”之句。“彼出于是，是亦因彼。彼是，方生之说也。”他的等生死的方生之说，不是颇有点矛盾律的辩证法味道？人的自然生命，每时每刻都在进行新陈代谢。每时每刻都有无数细胞的死亡，同时又有无数细胞的新生。上一代死亡，下一代新生。在下一代生命中，蕴含着上一代的遗传因子。谁说死不转化为生呢？不必为死而哀叹，既应歌唱婴儿诞生的人生黎明，也不必哀怨逼近人生暮年的黄昏。佛家将死亡称作圆寂，亦即佛家追求的涅槃境界，是超出流转生灭的空无境界。涅槃学说是佛教的核心理论，大乘教、小乘教，印度佛教、中国佛教，有着继承与发展，有着争论与区别，这里不去谈它。它是神秘而唯心的学说，自不待言。然而，它与哲学家相似，探讨生与死齐，不是值得世俗之我辈思索的么？不是可以启发我们坦然对待生与死么？

生命的黄昏，是人生最成熟的时刻。如同收获季节的秋，休闲信步的冬。他已走过漫长的人生路，坎坎坷坷。经历了世道的沧桑。爱过，也恨过。笑过，也哭过。他饱尝了人情的冷暖，也阅尽了世态的炎凉。他可以以超然的心情“看庭前花开花落，观天上云卷云舒”。他可以少一点烦躁，多一点恬淡。他可以进入“荣枯过处皆成梦，忧喜两忘便是禅”这样虽说有几分消寂，却可一洗名利追逐的境界。

一九九四年元月于煮默斋

翰墨缘

我不是书法收藏家。平生也未着意向书法名家索讨墨宝；机缘倒是有的，现在回想起来，颇有点悔之不迭。一九五四年，全国政协第二次会议召开，我被调往参加会务工作，分配到特邀委员组，担负委员与大会秘书处联络事宜。记得特邀组军政界人士有程潜、张治中、傅作义、蔡廷锴、黄绍竑等先生。文化界中人有叶恭绰、黄宾虹等先生。叶恭绰先生在解放后曾任中国画院院长，书法自不必说，人赞他的字，有真卿之骨力，孟頫之秀致，遂良之婀娜，《曹娥碑》之韵致。而黄宾虹先生呢？世人知其画名者众，而知其书名者则鲜。连近年编纂的书法大辞典的书家名录里，竟不列黄宾虹条。黄宾虹是中国画坛以至世界画坛上的一位伟大人物。惟解放后，脸盆上、床单上、热水瓶上，到处是活蹦乱跳的虾，悠然自得的金鱼，使得齐白石的名字更为人知。也可能因为齐氏的画更具有民间性和平民气质，合乎当时的审美思潮。这些不去说它了。其实，黄宾虹先生的字也是出类拔萃的。他书法籀篆，注重意蕴，风格雄健，饱含金石之气。惜书名为画名所掩罢了。当时特邀委员住在新落成的北京饭店新楼（现在称为西楼吧?)。宾虹先生时近九十高龄，体健神清。休息时间我去看他，总是见到他濡墨挥毫，房间地板上横七竖八地摆着写好的墨迹。奇怪的是我当时丝毫也未出现得到他一幅字的念头。大概那时脑子里，对琴棋书画都作为“闲情逸致”而排斥吧?！再者，也不懂得黄宾虹字的艺术价值。隔一年，黄宾虹先生病逝于杭州。

五十年代末，我在中央文化学院教书，副院长李长路为书法名家，时任中国书法家协会副会长。在西郊翠微路的校园里，我们朝夕相处。那时，我还为别人代向老院长讨过字，而我自己却未开口要一幅。如今，老院长已属九秩，年迈体衰，目疾日重，我已不忍心去劳动他了。

在我的书法收藏中，值得一提的，有沈钧儒老人的一副楷书对联。它有着不一般的历史价值。联曰："朗抱开晓月，高文激颓波。"单款为"民国二十五年沈钧儒"。这幅字珍贵之处，在于它是爱国老人，在著名的"七君子"事件中，被蒋介石政府关押在苏州监狱中所撰。书赠我的老师许德良。老师生前转赠我收藏。

我叔父顾耐雨与郭沫若曾有交往。六十年代郭老过闽，曾书条山一幅相赠。书录毛泽东"十六字令"，为行草。郭老不仅学识渊博，而且也是一位技艺精湛的书法大家。并非仅仅字以名闻。他早年习颜，能悬腕作大书。中年研究甲骨文与金文，对商周秦汉的金石碑刻，均谙熟于心，所以，他的字有一股苍古老辣浑穆深醇的金石气蕴于点画之间。郭老能写多种书体，尤擅行草，这幅字豪放雄迈，气势开张，结构于浑然和谐中富于变化。落有双款。另一幅书赠耐雨叔的是沈尹默先生写的对联。录鲁迅先生名句："横眉冷对千夫指，俯首甘为孺子牛。"为行书，题双款。笔法于清圆秀润中有劲健遒逸之姿。如果说黄宾虹先生以画名掩书名的话，那么，沈尹默先生则是以书名掩诗名了。人们都知道沈尹默是当代书法大家，其实，他更是一位著名的诗人，他最早是以诗赢得名声的。"五四"运动时期，他是北京大学教授，《新青年》杂志编委，是最早倡导并写作白话诗的诗人之一。旧体诗功力亦深，著有《秋明集》。沈先生以正、行、草擅场。初习欧阳询、褚遂良，以至对苏轼、黄庭坚、米芾、赵孟頫诸家书法，无不参酌运用，融会贯通，自成一体。他运硬毫无棱角，用软毫有筋骨。刚柔并济，笔力遒美。十年前，叔父将这两幅字由闽携京，交我收藏。

赵朴初老伯撰赠我的一幅条山是在八十年代初。“文革”后期，社会上传抄两首“反听曲”，是嘲讽林彪与陈伯达的，其中有“君不见小小小小的老百姓，却是大大大大的野心家”；“大呼共诛共讨的顶呱呱，谁知道，首逆元凶就是他”。这些名句，当时听来，犹如在长夜中闻籁鸣，好不痛快。人说这是朴初老伯的杰作。待我从干校回到北京，去东绒线胡同南小栓胡同一号，看望赵老伯，急着当面核实一下所传曲稿是否确实。一问方知，除个别字有出入外，基本准确。那年，赵老伯还将他新作《八声甘州——咏梅》一首抄赠我。可惜是用钢笔写在道林纸上的。这就引发我向他讨一幅字装裱的念头。赵老伯书赠我的条山，是录他自作七绝一首：“西翥灵仪劳想象，东骧神骏费神思。君看浩荡东风里，正是群山起舞时。”款为“游昆明杂诗之一，顾骧同志两正，赵朴初。”诗的前两句，点化了大观楼长联，条山为行书，秀逸清奇，圆浑曲润，有著独特的体势与风韵。赵老伯盛名享誉海内外，诗书相得益彰。如今墨迹几遍于国中。

第四次文代会期间，赖少其同志为我书写了一幅条山。书曰：“右军弄墨如潮起，平沙云卷日千里。调高始知松风寒，笔凝不学舞剑器。顾骧同志属、己末，赖少其。”少其同志曾受教于鲁迅，受难于上饶集中营。革命战争期间一直以木刻为武器，活跃于华中解放区，为少年时代的我所敬仰。少其同志宗魏碑，师“扬州八怪”之一的金农的“漆书”，融刀法于文字，线条方折，古朴奇拙。少其同志这幅字对我影响很大。我原本便珍爱魏碑。六十年代，江苏书家何冰生先生赠我的一幅字，也属魏碑。八十年代，我对魏碑兴趣特浓，几于迷恋。清乾嘉以后，因邓石如、何绍基等书家力倡碑学，唐代以后被长期冷落的碑学复兴，并占据书坛的主导地位。包世臣的《艺舟双楫》与康有为的《广艺舟双楫》，对魏碑推崇备至。晚清以降，魏碑行情一直看涨。康有为将魏碑归纳为“十美”，言之并不为过。魏碑魂力雄强，意态奇逸，那寄于形外的拙、陋、险与俏于其中的美、妙、巧的神韵，令我心动。翁闿运将魏碑风格比作“乱头粗服，未加脂粉”；我说，应该是“乱头粗服，不掩天姿国色”也。现在读魏碑是我一大乐趣。《龙门二十品》、《张猛龙碑》、《爨宝子碑》、《爨龙颜碑》、《张黑女墓志》……是我案头常读之物。

黄苗子先生送我的一副联书是行草。集杜诗句：“蛟龙得风雨，鹰隼生风尘。”落双款。这幅字充满了激情。他随兴驰笔，应势成章。潇洒豪放，秀逸清奇。以其发自性灵深处的气势相贯穿，表现出独特的节奏与韵律。苗子先生擅多种书体，尤精小篆，而且史论俱造诣深厚。在他的书法中，有着浓郁醇厚的书卷气息。

现为中国书法家协会副主席的沈鹏兄，书艺日精，书作日多。我与他曾同窗人民大学，解放初期，同为出版总署共青团团委宣传部长。他自幼从师习字，精通楷、隶、行、草各体，尤以草书见长，他书赠我的草书，引《文心雕龙》句：“捶字坚而难移，结响凝而不滞，此风骨之力也。”他对我说：你是搞理论的，就用这句话送你吧。这幅字雄浑豪放，气韵生动。他的字结体布白尤为精妙，用墨枯润相参，浓淡相杂，自成一家。

这些年有一种风气，每到外地开会，主人每每要摆出文房四宝，请你留下墨迹。虽推之再四，不愿露丑，最后，还是无法解脱，只好勉为其难，往往弄得很尴尬。我曾暗下决心：临池习字。可是缺乏恒心，三天打鱼，两天晒网。练魏碑，方笔总是掌握不好，而方笔是写魏碑的关键。看来，我是怎么也成不了书法家了。不过，闲时能欣赏我的书法收藏，读我喜爱的碑帖，从那神奇诡谲的字的用笔、用墨、线条、结体、布白的千变万化中，领悟那份艺术意趣，体察那份书美品格，也是人生一乐。

一九九二年五月

第二辑

淮上梦痕　往事忆拾

书剑飘零

赶在腊月二十三“送灶”之后、新年到来之前，我们文工团进驻了东坎镇，当时的阜东县政府所在地，为的是在正月新春为当地驻军演出。这时各抗日根据地已开始了局部反攻，我们盐阜区射阳河北，只剩下一个阜宁县城孤立的日本鬼子据点。过年了，根据地老百姓都喜气洋洋。

文工团长时间在黄海边转悠，满眼是望不到边的芦苇滩，是荒凉的盐碱地，人烟稀少。现在，一旦进入那时被称做“金东坎”的镇子，听到那油坊榨油机“轰隆轰隆”的锤击声，铁匠铺“叮当叮当”的打铁声，看到满街置办年货的熙攘人群，就觉得繁华得不得了。

进驻东坎的第二天，指导员丁一就带领我和钱进——团里两个年纪最小的团员，去总队司令部拜访，我十四岁，钱进十三岁，一男一女。大概是礼节性拜访，无非是再当面邀请并约定为部队演出的日期时间。司令部在镇外一个村落里，三间砖瓦房，堂屋宽敞。丁一指导员与司令员相对而坐谈话，我们呆呆地坐在门边一张条凳上。屋子东墙上挂着占大半面墙的一幅地图，地图上插着红蓝两色的小三角旗，引起我的兴趣。男孩子好动，钱进安静地坐在那儿，我则不知深浅地走到地图前面想看个仔细。可是，指导员叫住了我：顾骧！我扭过头去想知道他叫我干什么，他什么也未说，只告诉我，坐那儿，不要乱跑。我乖乖地退了回去。一会儿，我按捺不住好奇，又走到地图前，指导员又一次叫住了我。我意识到了他是不让我走到地图跟前。后来，离开司令部回团的路上，指导员告诉我：地图上插着小旗子的方位是"军事机密"。我懂了。丁一指导员是从江南来的中学生，也不过二十多岁，高中毕业。那时高中毕业生似乎是很有学问的知识分子。后来他一九四七年在山东莱芜战役中牺牲了。钱进在一九四九年随部队进军西南，一直不知道她的消息，前几年我们文工团战友在盐城聚会，谁也不知道她的下落。

大概是正月初三，在县城广场上，我们演出了大型四幕改良淮剧现代戏《渔滨河边》。盐阜根据地刚开辟的时候，随着新四军从皖南来的抗敌剧团、战地服务团演的都是话剧，老百姓看不懂、听不懂。一九四三年以后，毛泽东同志的《讲话》传到苏北，盐阜各地组建的文工团，都改造利用了当地流行的香火戏、童子戏等草台班子淮剧形式，演绎抗日反顽的现

抗战胜利六十周年，苏北文工团战友北京聚会。苏北文工团战友画家吕恩谊（左一）、作者（左二）、中国人民解放军上将周克玉（左三）、苏北文工团战友电影表演艺术家庞学勤（左四）、苏北文工团战友克玉同志夫人王昭（左五）。

实内容，改幕表戏为场景戏，改戏曲道白为方言道白；对原淮剧曲调进行加工，创造了“新淮调”、“新悲调”、“新春调”，还选用了“小开口”、“叹五更”、“卖梨膏糖”等苏北小调，形成了“旧瓶装新酒”的新淮剧，深得老百姓的喜爱。而那时三师黄克诚同志的部队，绝大多数也是盐阜农民子弟了。当时淮剧还出了一位名演员——雪飞，她首唱“新淮调”、“新悲调”，嗓音清亮、甜润，一声“起板”，远飞数百米，人称“苏北梅兰芳”。这时雪飞已调离我们团，演女主角的是刘训淑，人称“亚雪飞”。

演剧的舞台是用土垒的。在舞台四周挖深沟，取出土垒在中间成了舞台，三面围以芦苇帘子，正面挂上大幕，前上方悬挂两盏雪亮汽灯，台前用几只铜脸盆，放进豆油与拇指粗的棉花灯芯，作为舞台脚灯。在这个戏里，我作为儿童演员，只是一个“跑龙套”的角色，演一个叫“小顺子”的孩子，只有四句唱词、两三句对白。可是也过了一把瘾，在舞台上扫视台下，黑压压的观众，心想着，有数千双眼睛在盯着你呢，有一种创作的快乐，有一种演员与观众双向交流的激情。

这出戏后来还在盐阜区其他地区演出过，六十年时光流水般过去了。现在居然还有人记得，还有人提起。著名表演艺术家、原青年艺术剧院院长石维坚最近出版了一本书，讲到他如何走上戏剧道路的，说他七八岁时在家乡农村，看了文学评论家顾骧、电影表演艺术家庞学勤他们文工团演出的《渔滨河边》，引起了他的兴趣，成为他后来报考上海戏剧学院的动因。提到我们两人的名字，是后来谈起来知道的。那时他是小孩子，我们也只是大孩子。学勤由舞台走上银幕，演艺终身，事业有成，成了上世纪五六十年代著名硬派影星。我是学艺不成学书，学书也不成，书剑飘零。

二〇〇四年

归逐故园春

夜宿滨海客舍，一宵枕上听雨，淅淅沥沥，空阶滴到明。晨起推窗，风停雨歇，庭园一碧如洗。惟天低云浓，雨意未消。早餐后，急忙驱车上路，前往蔡桥乡。

去年年底，当盐城市文联函邀我在今年春间回家乡出席创作会议时，我就暗暗打定主意，一定要顺便寻访一下盐阜二联中旧址，以了却平生一桩夙愿。我说不清楚，究竟要去旧址寻访什么？我明明知道，二联中早毁于兵燹，已不复存在；当年同学，已鹤龄白发，风流云散，天各一方；但我仍然执拗地要来看一眼。似乎不如此，就难以取得心情的宁静与平衡。整整四十年了，一股强烈的愿望，时时汹涌于怀，嚼啮着我的心。不能再拖了。

车行于灌溉总渠大堤，路边树木蓊郁，空气湿润。已是暮春初夏季节，绿暗红稀。平原上从南到北，正开镰刈谷，秧田方放水，一片白汪汪。几部犹存的风车，骨碌碌地转动。"割麦插禾"、"割麦插禾"，布谷鸟带着悠长的鸣声，向天边逸去。岑静的田园，布谷的鸣啼，唤起我对少年时光依稀的回忆。陪我同行的盐城市文联副秘书长和滨海县文教局长二位主人，默察到我沉浸于往昔的遐思，悄然不语，一任我思绪驰向悠悠的过去。

抗战中期成立的盐阜一联中、二联中，事实上是继抗大五分校、华中鲁艺之后的两所干部学校。多少莘莘学子，提壶负笈来到这两座"熔炉"

里，锻冶一番，然后奔赴民族解放的战斗岗位。每个人的生命途程上，都有许多驿站。对于我和我的同学们，二联中也许是我们最耀眼的一座驿站。尔后各人的路不尽相同，有平坦、有坎坷；有顺直、有曲折；但我们都从这座驿站点燃了烛照生命之途的爝火，经受了革命的洗礼，迈向了新的人生历程。我终于意识到了，为什么我对二联中如此深情怀念，如此镂骨铭心；为什么对于那段学习生活，如此难以忘却，如此苦苦眷恋！

二联中旧址在现今的蔡桥乡东墩村。晌午时分，车抵蔡桥镇，受到乡的党政干部欢迎。看上去，他们对我这远道而来的归客，特地要去看望早已湮没无闻的二联中旧址，既高兴又新奇。对于二联中，他们都茫然无所知。这也难怪，年岁最长的乡党委书记才四十出头，二联中存在的时日，刚刚出世，其他人可想而知了。据他们说，这些年来，我是专程来探访的第一人。是啊，这里地处偏僻，交通闭塞，来一趟可不容易。使我感到意外的是，他们告诉我；今天去不成东墩村了。因为连日阴雨，道路泥泞，车难通行。我断然地说：改由步行。他们说，步行也困难。我说，即使爬也要爬去，既然来了，怎能虚此一行？他们见我去意甚坚，磋商了一会，不知谁想出了一条办法，旱路不通走水路。改由乘船出蔡桥港，绕道射阳河，折回东墩港，直抵东墩村。这真是柳暗花明。这一来还可泛舟于我阔别数十年、梦魂萦绕的心中之河——射阳河，使我喜出望外。

射阳河源于洪泽湖，流归黄海。夹河两岸大片芦滩，舟行于水上，但见一碧万顷，满目苍翠，绿意侵人。这里河面不像江南水域那么喧闹、繁忙。但见平波舒卷，涟漪微漾，偶尔有一二渔舟，轻帆柔橹，飘移而过，益显静谧、清幽。同行的市县乡干部六七人，在船头玩牌，我独自在后舱凭窗眺望。透过飘曳在苇丛上空的氤氲薄雾，悠然忆起儿时与小伙伴们进入这迷宫般的芦苇帐，捡拾“柴刮刮”鸟蛋，宛如浸在原始森林的神秘之中，想起在春水边，用宽宽的苇叶折叠成一只只小船，置诸碧波，顺流飘去，载走了天真的童年幻想。……这一切，恍然若梦！

舟抵东墩村，舍舟登岸。在村中间一片操场和竹树四合的两排平房前，一位本村的老者指点着告我，这里就是原二联中校舍宅基。一九四八年，国民党黄伯韬兵团过境，一把火把这一片房屋烧光了。如今这两排平房，是六十年代初砌建的，现为东墩村小学。面对“废池乔木”，我的心充满了无法解脱的惆怅和一种失落感。这里一星点往日的影子也找不到了。我记忆中的二联中，是一排五座宅院的地主庄园，青砖灰瓦，房第相连。在这里，我度过了短短的一年多，然而却是终身在感情上难以割舍的岁月。如今归来，庐舍虽已成墟，可是生活的记忆永难泯失。在这里，我们悉心研读过土黄纸印刷、封面印有毛泽东同志木刻头像的《新民主主义论》；在这里，我学会了用纺车将洁白的棉絮抽成细细的银纱；在这里，曾留下至今听来仍使我情感震颤的《黄水谣》、《中华民族好儿女》、《黄海渔民曲》……的歌声。往事已如烟，似乎很遥远了，只有若干朦胧的碎片，伴以星星清晰的亮点。然而，无论是朦胧还是清晰，对我都是那么亲切、

盐阜联中校友北京聚会（1997 年）。后排：作者（右二）、原中共中央书记处书记芮杏文（右四）、原全国政协秘书长朱训（右五）、中国人民解放军上将周克玉（右六）。

温馨！

我低回流连，怀念着曾经弦歌一堂的尊敬的老师和同窗学友。我想到我们的校长熊梯云。抗战爆发后，他从上海带回同济大学地下党的组织关系，来到苏北家乡，被委派为我党阜东县（现滨海县）县长兼二联中校长。他老父抗战前为国民党阜宁县县长兼保安旅旅长。当时人们戏以“父县长，子县长，父子县长；国民党，共产党，国共两党”联语作趣谈。这是阶级关系急剧变动的大时代所特有的现象。熊校长在全国解放后，专事治理苏北水利，赫有建业，成为党内有影响的一位水利专家，前些年离休于江苏省水利厅厅长任上。去年我路经南京，曾前往寓所探视。熊校长一生境遇并不顺畅，风波灾晦，迭有发生。解放后的一次运动中，曾被开除党籍，撤销职务。谈起往事，我们不由慨叹中国知识分子的命途多舛。在常常萦绕心际的同学中，最使我难以释怀的是大学长张璧。他清癯瘦削，双目炯炯有神。工书法，善弄箫。解放战争时期被派往国统区从事情报工作，潜伏于敌人要害机关。以他的机智与勇敢，多次摆脱敌特的追捕。建国后，在宁沪两地公安部门任职，与隐蔽敌人作斗争。五十年代初，我们还不时见面。岂料，在那波谲云诡的浩劫日子里，竟遭诬陷，蒙冤入狱。一代英才，殉献于缧绁之中。他能够躲过毛人凤的魔掌，却无法幸免于张春桥的黑手。如今斯人长逝已二十周年。我今归来，君魂何在？人天两离，思之怆然！张璧兄若有墓地，恐早已白杨萧萧，冢草萋萋了。不过，我想，在每一个同窗故友心中，都有他埋骨处所。我们不是都在怀念着他、在心底祭奠着他么？

暝色四合中，返棹回镇，东墩村，我匆匆而来，又匆匆离去。今后岁月，它将为我增添一缕新的梦痕！

一九八七年七月

大江东去

车过长江大桥，放慢了速度。隔窗外望，渔火点点，夜空如墨。大江在默默地、默默地流着。

历史竟有这等巧合。

整整四十年前的明天——一九四九年的四月二十七日，我所在的文工团随作战部队南下渡江，进驻无锡。这一日子，像刀刻的一样，镌在我的生命史上。而今，一九八九年的四月二十六日，我在无锡开完散文、杂文创作研讨会，越江北上返京。林花谢了春红，太匆匆。故园重归，四十年岁月，像东去的大江流水，一逝而不复返了。历史往事，漾起阵阵心潮。北上的列车，载走我一个不眠之夜。

记得一九四九年春节甫过。淮海战役后略事休整的三野部队，就漫径遍野沿着运河线往南开了。土黄色的人流，前不见头，后不见尾。运河大堤上，从济南战役、淮海战役中缴获的美制十轮卡车和大炮奔驰而过。那隆隆的轰鸣声，就像胜利进军的战鼓擂动。入夜，大堤上灯笼火把，人嘶马吼，主力部队、地方部队以及赶着马车、推着小车运送粮秣弹药的民工队伍，浩浩荡荡向南涌去。部队文工团的同行们，打着腰鼓，一队队走过。冬巴、冬巴，节奏整齐的鼓点，敲得人们血都沸腾了。它至今还仿佛在我耳际回响，这是历史性大进军。百万雄师南移集结，饮马长江，中国战争史上一幕空前威武雄壮的活剧、解放战争最后一次大战役——渡江战役即将上演。中国革命最后胜利的高潮到来了。

那时，我们驻扎在淮阴与淮安之间的板闸镇上。那是一个通衢要冲，古运河从脚下流过，宽阔的运河大堤一直向南延伸。千军万马大进军的场面，迎接胜利的喜悦气氛，振奋着我们每一个人的心。三月，接到上级命令，我们也汇入了南下进军的洪流，为了防备敌机的袭扰，我们夜行晓宿，经十天连续行军，纵贯苏北平原，抵达长江北岸的一个村庄住下。一边学习入城守则，一边排演歌剧《王贵与李香香》，作为献给新解放区人民的一份礼物。

一九四九年苏北的春天是美丽的。村镇墙壁上，到处刷着擘窠大字的标语："打过长江去，解放全中国!""打到南京去，活捉蒋介石!"沿江一带村舍，到处可见修造船只、绑扎担架的忙碌身影。平原上悠长辽远的赶牛号子"咪咪"声，似乎唱得更响了，咿咿呀呀的风车声，仿佛叫得更欢了。青色的麦浪间，一片片油菜花开得金灿灿的。大战前夕，气氛热烈而又宁静。

我永远也不会忘记那激动人心的时刻。四月二十一日，江边传来隆隆的炮声。二十二日，附近报社电台给我们送来了毛主席、朱总司令发布的"向全国进军的命令"和中国人民解放军已经胜利渡过长江的消息。我们跳啊，笑啊，大家抱成一团，"乌拉"、"万岁"嚷成一片。喜悦的泪花迷糊了双眼。决定中国命运的最后一场大战开始了，彻底埋葬蒋家王朝的日子到来了。我们能参加这历史性的一幕，内心充满着幸福感。接着，移驻扬州，等待安排过江。在作战部队、征粮工作队、民工队伍……陆续渡江后，轮到我们已是四月杪。在一个薄暮时分，我们从六圩横渡长江，到达了南岸的镇江，略作歇息，继续向东南挺进，进驻无锡市。若以农历计算，我们下扬州正是烟花三月。秀丽的瘦西湖上，春柳依依，碧水盈盈。蜀岗上平远楼前的奇葩"琼花"——聚八仙正在盛开。尽管淮左名都向为我们景慕，然而，当时的巨大历史变动攫住了我们全部身心。为着将解放区的艺术带给江东父老，我们抓紧每一刻时间排练，沉浸在艺术创造之中。“绿杨城郭”的佳丽风物，一点也未能使我们心动神移。大伙既未得暇去梅花岭上吊忠魂，也未有闲去寻访二十四桥的遗迹。暮春三月的江南，草长莺飞，被古人誉为“天下第一江山”的镇江和素有“太湖明珠”之称的无锡，更是风光旖旎，秀色夺人。可是，那不是寄情山水的年月，那是血与火的战争年代。反动派溃退时的破坏，造成沿江一带满目疮痍，江南父老箪食壶浆以迎王师，这爱爱仇仇，在我们胸中激起阵阵感情的浪花，化作行动的力量。在火红的五月里，我们将饱含着陕北高原泥土气息和信天游韵味的歌剧《王贵与李香香》奉献给了无锡市人民。在市中心的人民剧场连演十场，场场爆满。这时，我们已被列入无锡市军事管制委员会建制。在我们演出之后，苏南军区文工团演出了歌剧《赤叶河》，无锡市文工团演出了歌剧《白毛女》，记不清是哪一个部队文工团演出了话剧《九股山英雄》。花团锦簇，极一时之盛。这江南一枝春，不啻是新解放的无锡城第一届戏剧节。尔后不久，我转上了新闻工作岗位。当年秋，我们伟大的人民共和国诞生了。那时，我也刚刚步入青年。国家的事业，个人的前程，像一片朝霞，展现在面前。这一切好像都是发生在不久前的事。回首前尘，往事如烟，流水似的岁月逝去了，惟有那自圆自缺的江月，自涨自落的江潮，将永照千古，回环不绝。

夜阑珊。列车单调的、有节奏的隆隆声渐渐地在我耳中幻化为大江的涛声，奔腾不息，东流入海。

一九八九年

相识何必重相逢

已是二十年前的事了。

一九八六年初夏，在江苏盐城出席了一个文学座谈会，会散去南京。那时还未建高速公路，盐宁车程需五个多小时，抵宁已是下午。晚上，省作协友人邀约餐叙，席散，我乘当晚火车赴无锡。省作协办公室同志为我订购了车票，是十时从南京出发的一趟列车。他们告我：已与无锡市文联电话联系，他们派人接站。

我去无锡所为何事？

一九四九年四月二十一日的渡江战役打响，百万雄师沿千里长江一线南渡。我们文工团直到四月二十七日才被安排渡江，抵达无锡。在这富庶、美丽的江南小城，从文工团到报社，我一住四年。在这里战事渐渐远去，迎来了中华人民共和国的诞生。在那几年里，运动连着运动，紧张得连气都透不过来。忽然有一天，朝鲜半岛战事停息，宣布要实行第一个五年计划，开始大规模经济建设。对我这打小就在战乱中度过的人来说，感到中国历史真的要变了。这时江苏正式建省，我被调往南京，对无锡这颗太湖明珠、美丽的江南小城的倩影，似乎还未来得及仔细端详呢，只是惊鸿一瞥。接着我又迁调北京，从此再不闻三万六千顷太湖涛声，也不再见湖上帆影。终“文革”二十几年，我再也未回无锡一趟。可是无锡常在我的梦中，在共和国最初的日子里，这里曾留下我少年走向青年的青春脚步。有

一九四九年六月摄于无锡惠山。由前坐女同志为第一排，往上数第三排，右第三人为作者。

多少人和事值得回味，也有若干迷惘需要重新思考。“文革”结束，人际关系松动，人性逐渐复苏，怀旧之情更加强烈地撞击我的心灵。那几年，我去沪宁两地开会、办事，常常顺道在无锡作短暂停留，作寻梦、忆旧之旅。我常常一个人悄悄地来，默默地走。既不惊官动府，也不走亲访友。让自己沉浸在往事的回忆之中。在历史与现实中梭行。那时无锡城市格局无大变化，与往昔对照，景物依旧。有时是在草长莺飞的江南三月，杏花春雨中，独自撑一把雨伞，漫步在小城幽巷的青石板路上，似乎在探寻粉墙朱扉后面人家，是如何度过这些年沧桑岁月的。有时是在秋尽江南草未凋但梧桐已叶落的日子，在华灯初上时，在一片糖炒栗子声中的中山路上辨识昔日繁华的街景。有时去崇安寺王兴记点心铺吃一客鸡汤小馄饨，临行前到三凤桥买一盒“肉骨头”带走。回想起现在已成为国际知名大音乐家，他的《二泉映月》已成为二十世纪世界音乐经典的瞎子阿炳，那时还未被杨荫浏先生作为出土文物发掘出来，还只是无锡街头一名落魄的艺人，在那有星无星的夜晚，由他媳妇牵引着，走大街穿小巷，将那如泣如诉、哀怨凄婉的琴音，送往千家万户，送进人们的心中；将那浸着惠山二泉水的月光，洒向千门万户，送进人们梦里。

我一遍又一遍地回味那太湖涛声。

我一遍又一遍谛听似乎仍留在耳际的哀怨琴音。

这次去无锡，仍然是接续我的怀旧之旅。

列车抵无锡已是午夜十二点过后。仍然是全国解放前的老站台，熟悉，亲切。大概这是今夜最后一趟列车，下车的旅客不多，一个个神情困倦，睡眼惺忪地懒洋洋走出站台。我想象着出站后可能出现两种情况：或是哪一位熟悉的朋友，挥着手，叫我的名字，迎上前来；或是有人举着一块书写着我的名字的木牌，迎面而立。可是，出乎我的意料之外，这两种情况都没有出现。无人接站。我沉住气，在出站口站立不动，发生这种情况最好不要乱走动，造成互相寻找的混局。我足足伫立等候了二十分钟，仍然不见任何接站人影。那时通讯联络没有现在这么方便，很少有人用移动电话，怎么办？眼看下车的旅客早走光，车站广场聚集的人群逐渐散去，照明灯在次第熄灭。我思忖必须赶紧设法自己寻找住宿处了，只见广场上最后一辆亮着灯的出租车，在缓缓启动，我急忙快步上前拦下车：“请送我去梁溪饭店。”梁溪饭店是原中共无锡市委与市人民政府的招待所，在市中心，我这些年来无锡大多下榻这里。上了车，我没有看清面容的年轻司机放慢车速，微侧过头询问道：“您这位先生，这么晚去梁溪饭店，预订好了房间吗？”我感到他的询问友善、诚挚、关切。那是城市改革刚开始的年代，市场经济还不是那么理直气壮；那时上档次的旅馆、饭店入住非常紧张，必须提前预订。他这一问，引发了我将满腹狐疑向他倾倒出来。又一次出乎我的意料之外的是，他平静地说了一句：“哦，他们来接过您。”“他们”是谁？什么时候来接我的？我是谁？你怎么知道“他们”是接我的？在一个陌生的城市里，一位素不相识的出租车司机嘴里说出这句话，令我惊骇。怎么今晚净出怪事。

原来这位司机是原无锡市锡剧团的，刚刚“下海”开出租车。锡剧团属文化局，与无锡市文联同属文教系统，人员彼此相识。他说他看到市文联常务副主席袁子诚，七时不到就在站口等候了。直到他出了一趟车，八时左右回到广场，袁子诚还在出站口转悠呢。“他们不是接您是接谁呢?”这一说，我大体上猜到了今晚的尴尬是出在接站的时间弄岔了。

说话间，车抵梁溪饭店，梁溪饭店建于上世纪五十年代，庭院式，沿街一带粉墙，院中花木扶疏，门口设有一间“传达室”，院中有两幢三层小楼。此时的梁溪饭店，庭院深深，漆黑一片。我下了车，关照司机，请结算车费。可是，他说：不忙，等你住下后我再走；万一这里不好住，我再送您到别处去。我心头一热，想得真体贴啊。假若这里没地方住，深更半夜到哪儿找车子？须知，不少城市刚开始有出租，经营车辆很少。我敲打传达室的窗子，好不容易屋里才扭亮了灯，有人推开窗子与我们搭话。司机帮我用无锡方言与屋里人交谈：请问市文联有没在这里订下房间？那位“传达”抓起电话与后楼总服务台联系。半晌，电话才接通，大概服务台小姐都进入了梦乡了。“传达”通完话，甩过头抛出两个字：“没有”，就“啪”地把电话挂了。我连忙央求：请问有无空房间，我先住一晚？“传达”很不情愿地又抓起电话，通话后又向我们抛出同样的两个字：“没有。”之后再也不搭理我们，熄灯，关窗，睡觉。

怎么办？这时我突然想起，在南京登车前，省作协办公室同志好像曾告诉我：无锡市文联不是安排我住梁溪饭店，就是住太湖饭店。好，去太湖饭店。车向南开，似乎已出了南（城）门，其实，无锡市的城墙早在五十年代初就被拆掉了，我凭感觉好像是当年南门的位置。这时，司机朋友又向我进言：太湖饭店很远（在太湖边蠡园），若是那儿也没有地方住，往返就太费时了。不如我们先去文联（机关），问清楚他们接待您的确切住所，岂不更好？我这人，应付生活能力差，逢到这样的事，就没有了主意。他的建议极好，我赞同。无锡市文联在城西长大弄。出租车掉头向西，一会儿在长大弄口的马路边停下，弄堂内没有路灯，黝黑。司机朋友锁了车，搀扶我，深一脚浅一脚地走。文联两扇黑漆大门紧闭，我们敲打了二十分钟，无人应声。那时地市级文联的人员编制有限，少则三四人，多则十几人不等。看来文联机关白天有人办公，晚上无人住宿。我又没有了主意。还是那位司机朋友安慰我：现在夜已很深（我看表已近午夜三点，实际上是次日凌晨），不如先找个小客栈住下休息，等天亮与文联联系，再作调整如何？所言极是，我的心头又是一热。司机朋友虽然年轻，但对事情的处理想得极为妥帖。我们上了车，不一刻，在路边一家名“朝阳旅社”小旅店前停下。店堂里灯火明亮，一位侍者迎上前来。司机朋友招呼：老板，有空房间么？给这位北京来的客人准备一间干净房间。老板脆生生地答应着：有，往里请。不到五分钟，办好了入住手续。司机从车上将我的手提箱拎下，我则请他结算今晚的车费。可是，他又说；“您今晚不容易啊，车费就免了，您早点休息吧。”我急了，那怎么成？难道白白让你拉我一个晚上？起码要收一点汽油费吧？他执拗地扭头往外走，只留下一句话：就算交个朋友吧。然后一头钻进车子，开走了。“交个朋友”，我们还没有互通姓名呢。我看着汽车暗红的尾灯，一闪一闪地消失在这仲夏之夜无锡城湿漉漉的薄雾中，我的眼睛湿润了。

第二天上午，我拨通了无锡市文联电话：文联常务副主席袁子诚带着办公室主任，急忙赶来，一再向我道歉。他们有什么错？完全不怪他们。果然是接站时间弄岔了。江苏话，无论是苏南吴语，还是苏北江淮语，“七”与“十”两音相谐。宁锡两地通话中，不知是南京方面未讲清，还是无锡方面未听清，将十时从宁去锡的车，说成（或是听成）七时到达无锡的车。他们确实在办公室留了人值班等候，直到午夜十二时以后才回家休息。他们确实在梁溪饭店为我订了房间，办公室主任还拿出订单给我看，以资证明。他们对梁溪饭店如此对待我十分愤然，他们说马上与饭店经理交涉。我说不必了，在那“大锅饭”年代，服务行业发生这样的事还少见吗？

南方归来，我曾想写一篇文章，标题都拟好了："国营大饭店与出租车个体户"。那仲夏之夜，江南一叶，对比委实太强烈。可是，一年又一年过去，文章没有写出，看来文章是写不出来了。二十世纪九十年代，梁溪饭店经过改建，如今的梁溪饭店已是一幢二十几层楼的大厦，四星级的饭店。后来我虽再也未留宿梁溪饭店，但是我能想象出，如今再去会是怎样：车抵有着喷泉的大厦门口，彬彬有礼的门童会快捷走上前来为你拉开车门，从车子后备箱里提出行李，走进有旋转门的华丽大厅，总服务台后面娟秀的小姐会以柔和的双眸，微笑相迎，轻启朱唇，款声相问："住店吗?"然后熟练地打开电脑，立即办妥入住手续，双手递上住房卡。服务员帮你提着行李送上电梯，直至你下榻的房间。这一切进行得如同行云流水，温馨而亲切。"宾至如归"的老话，完全用得上。原来的梁溪饭店，从硬件到软件都已成为历史。可是，二十年前的仲夏夜之梦，我一直做着：那江南一叶，始终难以释怀。那未看清面容、不知姓名的"朋友"的身影，在我心中反而越来越清晰。那份人性真诚的友情与爱像江南三月的春风，总不时拂过心头，像涓流不断的二泉，长注心田。我恍然悟出：我那篇想写而未写出的文章，没有找准"文眼"。我关注的是制度层面，而不是精神层面。制度层面易变，而那份曾经打动我情感的纯真人性，弥足珍贵，它是永恒的。哪怕再过二十年也不会褪色。

这些年，我又去过几趟无锡。如今是消失城市记忆的年代，从广州到哈尔滨，各大、中、小城，大同小异。我记忆中的无锡不再。这些年，我也曾有过寻找那位未曾通报姓名朋友的念头。"朋友"，你在哪里？我思念着。其实，要找到那位"朋友"并不太难。从无锡市文化局打听、查找改革开放刚开始时，最早"下海"开出租车的人，是可以找到的；然而，我踌躇，始终未曾践履。再见又将如何？无非是当面表达我衷心的谢忱，或是聊备一份薄礼，以酬隆意，了却一件心愿。可是我有一份"近乡情更怯"的心情。坦率地说，怀着一丝隐忧，一份担心。朋友，别来无恙否？

二十年，无锡经历了天翻地覆的变化。市场经济大潮，推动着社会历史前进。它的伟大作用就是解放了个人的主动性和创造性，因而大大促进了财富的增值。如今的无锡，作为“长三角”重镇，据说国民经济收入已接近中等发达国家水平。历史是以悖论形式前进的。市场经济的消极面，它利用的正是人的原始利己心，是人对物质享受似乎永远不会满足的贪欲；我那位未知名的“朋友”，是否能够“洛阳亲友如相问，一片冰心在玉壶”么？我有几份惧怕，我有一丝担心。假若再见时，是我所心爱的温润碧透、清澈晶莹的美玉，已受污损，而被破碎，那将会是怎样一种彻腑之痛！但愿我的“朋友”仍然葆有着那一份“兰气息”、“玉精神”。

不见也罢。那份仲夏之夜的人性美好，将会长久地温暖着、滋润着我的灵魂，直到永远。

相识何必重相逢！

二〇〇八年

如此照相

一九六四年的夏天，是一个不平凡的夏天。

那年七月，中央宣传部与高等教育部联合召开了全国马列主义理论课工作会议，我作为文化部所属六所高等艺术院校的代表出席了会议。开会的场所在西苑旅社。会议期间，传达了毛主席关于文艺问题的第二个批示，那些吓人的字眼，“十五年来，基本上……不执行党的政策”，“最近几年，竟然跌到了修正主义的边缘”……，听了，令人悚栗。与我们会议召开的同时，全国京戏现代戏观摩会演也在举行。我们会议全体代表还列席了在北京展览馆剧场召开的会演的总结大会，亲眼看到了康生在会上的表演：扒掉上衣，当着阳翰笙的面，批《北国江南》，批什么“瞎了眼睛的共产党员”。这些都像铅一样沉重，压在人们心头。使人预感到中国将要出什么事了。

我们会议结束的前一天早晨，会务组通知；下午有重要活动，代表一律不许外出，不准接打电话。等于软禁了。午饭前才被告知，下午毛主席接见全体代表并照相，这当然是渴盼的事。饭后一点多钟，大家便被吆喝出来，登车去人民大会堂。两点，在接见大厅整队，大家心情兴奋，有着神圣的幸运感，紧张地、静静地等待那一刻来临。可是，从两点半钟列队完毕的半个小时等待时间里，可真难熬啊，一个人挨着一个人，直挺挺地站在照相架上，坐既不能，走动也不便。三点整，霍的一下，大厅灯火通明，所有照明设备全部打开，辉煌一片；同时，扩音器里庄严的《东方红》乐曲响起，毛主席来了，那氛围，不由得你不肃穆敬畏。毛主席由一位护士模样的人搀扶着，缓步走来。其实那时他身体还很健朗，两年之后还作出了畅游长江的壮举。其他陪同接见的领导人，拉开一段距离尾随其后。毛主席在我们面前走过时，我看到他上身着一件淡黄色绸衬衫，背部隐隐有一块补丁，足蹬一双厚底黑皮鞋。

毛主席接见合影的照片，我加印后配了一个相框，悬挂在当时我住的东城一个四合院的斗室里，潜在的意识无非是炫耀吧。两年后，这张照片竟成了一块难办的烫山芋。

一九六六年，史无前例的“文革”风暴骤起。来势猛烈、迅疾。像北京早春的沙尘暴，铺天盖地，昏天黑地。那时我在中央音乐学院。六月一日，北京大学那位“老佛爷”的“马列主义大字报”一广播，当夜，我们学院就出现了第一批大字报，党委书记、副院长赵沨，作为音院头号“走资派”首先被揪出来了。批斗、抄家。过不几天，校园爆出“特大新闻”，赵沨公然悬挂彭真的相片，与“文化大革命”对抗。赵沨上升成“现行反革命”、“黑帮分子”了。怎么一回事呢？原来赵沨家客厅挂着一幅赵讽陪同彭真接见音院附中红领巾乐队的合影，那时的音院附中红领巾乐队很有名，作为中共中央书记处书记、北京市市长的彭真，曾观看演出，新华社记者拍了照，赵沨洗印放大了一张，挂在自家客厅里，也是意在炫耀吧。那时运动刚开始，人们既没有经验，也缺乏思想准备，抄家以及那种罗织人罪的方法都没有经历过。对于挂在墙上的相片，按照习惯思维，并没有在意。谁知竟惹了祸，被抄家的红卫兵当做了罪证。这件事触动了我，立即联想到家中那张毛主席接见的合影，毛主席旁边不正坐着彭真么？还挂在墙上呢。此事使我坐立不安，这非同小可啊！怎么办，留着？罪名不是同赵沨一样么？将相片销毁？可是那上面有伟大领袖“光辉形象”啊，这不更是十足的“反革命”么？左也不是，右也不是，难死人了，后来记不清是自作聪明还是别人传授的经验，将相片取下，在彭真和当时已经听到信息被打倒的领导人的脸上用蓝墨水笔打×，收藏起来，万一红卫兵抄家，有搪塞的借口。

“文化大革命”是一场闹剧，乱嚷嚷，你方唱罢我登场，台上人物走马灯般来来往往，“座上客”“阶下囚”，不断互易。中央文革的顾问陈伯达，权倾一时，红极一时，一直稳稳端坐在那儿，忽然有一天，这位“小小老百姓”成了“大大野心家”，在“批陈整风”中成了“假马克思主义一类政治骗子”。赶快又在陈伯达脸上打×。运动初期被打成“大军阀”、“大土匪”的元帅贺龙，在林彪垮台后被平反，恢复名誉，还开了追悼会；可是相片上贺龙元帅的头像已被打了×，怎么办？用软布蘸水擦。可是蓝墨水的印迹怎么也擦不净，结果贺老总竟成了一个大花脸。待“文革”结束后，那张相片，除了伟大领袖依然笑傲东风，陪同接见的大部分人是一片大花脸。惨不忍睹。

十年一觉，终于熬过了那场浩劫。

一九七九年的第四次全国文代会，是“文革”结束后文艺界人士的第一次大聚会。我出席了会议并参加了会议筹备工作。劫后余生，来的人有的是缺胳膊少腿坐着轮椅，有的是“十年铁窗已白头”。会上大家凑成一张悼念浩劫中死难者的名单，这份名单越开越长。会议结束，照老规矩又得照相，与邓小平等党和国家领导人合影留念。按照现在的说法是第二代领导人。照相我去了，但是，代表登记交费加印照片，我放弃了。何必呢，照片上不就是豆粒那么大一个头像么，保存这照片，要是再来一次运动，又担惊受怕，又得折腾，何必自找麻烦，自讨苦吃，对这样的事已兴趣索然。

春风秋月，寒来暑往，忽忽间又二十年过去了。二〇〇一年，中国作协第六次全国代表大会与全国文联第七次代表大会同时召开。又一次躬逢盛会。又得照相。这一次是与中央第三代领导集体合影。这时再也没有与伟大领袖合影时的那种神秘、神圣的氛围了；可是，那份折腾仍然够你受的。我真佩服作协的会议组织工作人员那份干练与精明。照相那天，代表几时几分起床、几时早餐、几时登车、几时抵达人民大会堂、几时列队，都精确计算，每一代表团占据照相的方位、距离，都有明确的标示。列队完毕，就是长长的等待。数千人伫立引颈而望。在文代会的代表中，有一位离休干部、原文联党组副书记，因久站体力不支，当场晕厥倒地，引起了场上一阵惊悸。我本以为，照完相事情就算完了，我根本不打算交费、登记加印照片。二十年前如此，二十年后更为如此。谁知照相这件事也是“与时俱进”啊，根本不需你操心劳神，也不要自己掏腰包花一分钱，第二天，大会按照代表名册，由工作人员将一幅精美的相片送到每个人的手中，你不想要也得要。

这些年，常到外地出席各种各样的诸如研讨会、座谈会、年会、笔会等，这些会议都有一套程式，前有开幕式，后有闭幕式。开幕式照例是首先由当地党政官员致词，然后稍事休息照相，代表与来宾合影留念。人数多，在广场；人数少，在庭院。照相则后有站立，前有蹲姿，中间一排坐椅。座位有严格的次序排列，座椅靠背上往往还贴着名签，中间为最高党政长官，或书记、×长、主任、主席，依次向两侧延伸的是常委、部长、厅长、局长、处长。总之按官职高低、官位大小雁翅般排开。出席会议的头头脑脑，也按官阶插花就座。一点也不得僭越，一点也不能马虎。大概人们往往会有“惜老怜贫”之心，我也到了这把年纪，所以有时也占有一座席，但不过是“忝陪末座”罢了，我常寻思，“官本位”观念、等级观念，这千百年来的古老传统观念煞是厉害，它怎么没有随着改革开放而削减，某些方面反而“与时俱进”越发强化了呢？回想上世纪五六十年代，总理，我说的是周恩来总理，常常和文艺家们在一起合影，从留下的一些珍贵资料中还可以看到，一群文艺家们随意地簇拥在一起，而总理却挤在人群的边上，相片的一角，抱臂而立。画面上人们脸上都漾着欢快的笑意，大概谁也不会觉得这是对总理的大不敬。在这里人与人之间是平等的。如今，我们能找到这样的相片么？

文人散漫惯了，这样的研讨会、座谈会……照相也挺费时费力，又是等张三、等李四，又是不断调整位置，又是一遍一遍试镜头。前排半蹲着的往往是女士，这种半蹲式姿态，时间长了是很难受的，逢到这时，我心里总是嘀咕：

如此照相，快点结束吧，快点结束吧！

胡同忆

江南江北旧家乡，在烽火中黄海之滨度过战斗的童年。在淮左扬州、太湖畔无锡、石头城下南京作少年游。那青石板路、幽街曲巷，一直留在我的梦中。来北京之前，胡同只是在周作人、老舍、张恨水作品中品味过；与故都苍凉古韵的文化一起令人神往。半个世纪的京华烟云，北地客居，若干条胡同刻下我记忆的年轮。

东四六条胡同——沙千里

一九七二年冬末，我被“落实政策”从冀中干校调回北京，是最早的一批。行道树叶掉光了，北风低号。走在马路上，觉得异常空落，清冷。与运动初期相较，上千万红卫兵一批批潮水般上京朝圣的日子过去了，“红海洋”、“破四旧”，到处抄家的日子过去了；响着大喇叭，一车车挂着牌子的“牛鬼蛇神”被游街示众的日子过去了。喇叭声咽，大字报在风雨中飘摇。红卫兵小将被撵到“广阔天地”炼红心去了，机关干部被一列车一列车运送至甘肃、青海、宁夏、河南、江西、湖北、广西……干校去“斗、批、改”，绝大多数尚未归来。北京显得安静、空落，这是暴风雨过后的短暂间歇。回京后料理 家务之余，我首先去东四六条胡同五十五号看望沙千里老伯。

北京城素有“东贵西富”之说，因为明清时东城多为官宦人家的私邸。斗转星移，中华人民共和国建立后，门庭易主，昔日王谢堂庑大多被收购分配给高干或高级民主人士居住。东四六条胡同五十五号是一所标准的四合院，大门吉向在东南角。进门左手是一进跨院，原应是小客厅的北向“倒座”如今住着司机老王一家，院中有一棵大树。转过第二进院子的影壁，正面是五间大北房的正厅，这是沙千里老伯夫妇居室与内客厅。两侧东西厢房住着人文、人琪兄妹两家。第三进后院空着，杂草丛生。因沙老伯是“文革”初期周恩来总理开具的应予保护的高级民主人士名单中的一员，这所住宅才得以保全。

当年名震中外的“七君子事件”中的沙千里，那时一直以无党派爱国民主人士的代表身份出现。那年头，凡有重要政治活动的新闻，一长串的名单最后总要缀上：还有无党派爱国民主人士沙千里。这时的沙老伯闲居寂寥。我离沙老伯家很近，骑自行车十多分钟便到。以后多年，我隔三岔

“七君子”（缺史良）在苏州监狱（一九三六年）（照片由沙人文兄提供）。

五前去坐坐，有时谈谈“运动”传闻，有时追忆往事。对“七君子事件”，沙老伯常说一些细节。他最有兴趣的是谈当年在上海与我的老师许德良共同组织“蚁社”活动的事，往往沉浸在对他们友谊的回忆之中。沙老伯自律、淡泊的人品深为我敬重。其子沙人文的夫人在上海工作，两人两地分居达十多年，而沙老伯绝不为儿媳工作调动之事说一句话。不仅如此他还给上海许德良老师和他的老友打招呼，希望他们一定不要为自己儿媳调动工作托人说情。有一次谈话，我说到人琪曾到我家小坐，他马上警觉地问我：“她是不是有什么事麻烦你？”人琪原在西郊一个林业研究部门工作，她的孩子正上小学，需要照顾，她希望能调到东城靠家近的商务印书馆或中华书局工作。她知道我与出版界较熟，无非是托我打听打听情况，如实推荐，根本说不上拉关系、走后门。唐山地震后，沙老伯家北房裂了一条长长的大缝，沙老伯只让修补一下，没有允许翻修，我看了都提着心。

“文革”结束后，沙老伯当选为全国政协副主席，但他依然故我。后来沙老伯身体健康日差，因哮喘病长年住北京医院。在最后的日子他有三愿：出席一次全国政协会议；回家（东四六条胡同）看看；还（huán）他以共产党员的身份。在全国解放前，中共党员的身份是保密的。建国后逐步公开，但是仍有一些因工作需要的“特别党员”身份没有公开，沙老伯便是其中之一。他常念及若身后还以“无党派爱国民主人士”身份存世，便有难言之痛。这种心情，现在年轻人难以体会。“文革”中红卫兵一闹腾，什么秘密全被揭出来了，沙老伯终于恢复了共产党员的真实身份。

一九八二年暮春的一个晚上，我正在书房读书，突然听到笃笃敲门声。打开房门我见楼道光影下人琪夫妇垂首而立，他俩双臂缠着黑纱。我一惊，一切都明白了，沙老伯走了。我问：“什么时间过世的？”他们答今晨五时多。他们告诉我遗体告别的时间，又去其他亲友处报丧。

从一九七二年至一九八二年，东四六条胡同我走了十年，深深烙下了我对沙老伯人品敬重的忆痕。

又过了一些年，一次偶然的机会，我路过东四六条五十五号，大门虚掩，我进去看看，满院堆着建筑材料，房屋正在翻修。沙老伯夫妇去世后，人文、人琪也已迁出。司机老王已退休，还在看门。他告诉我，房子已被国管局收回，分配给其他高官居住。

南小栓胡同——赵朴初

有资料说，北京最长的胡同是绒线胡同，西至宣武门内大街，东至人民大会堂西路。中经新华街、大六部口，将绒线胡同分为东西两段。赵朴初老伯住宅从东绒线胡同进去拐向东的南小栓胡同一号。是一个很平常的小四合院，只有一进院落。倒是西墙下长着几丛幽篁，有点南方民宅的韵味。

我从干校回京便前往赵宅，一来是看望，二来是核对所传赵老伯的几首词、曲真伪，“五四”以后写旧体诗词的人不少，但功力深厚、造诣高远的并不多。赵朴初算是佼佼者。他在上世纪六十年代因《某公三哭》等散曲被毛泽东赏识而为世人所知。“文革”后期社会上广为传抄的，他写的《斥林彪》、《陈伯达》两首“反听曲”，还有挽陈毅的诗不胫而走。两首“反听曲”都是以“听话听反话，不会当傻瓜”起兴，其中有：“君不见，小小小小的老百姓，却是大大大大的野心家”，“大呼‘共诛共讨’的顶呱呱，谁知道首逆元凶就是他”！“在那万马齐喑的岁月里”，读到这样道出人们心中所感所念的诗文，如无声处听惊雷。特别是他运用了具有直露、俚俗、透僻、风趣、泼辣审美特征的散曲形式，嬉笑怒骂，读之有如夏天吃冰淇淋一样痛快。经核对，除个别字舛误，社会上传抄本基本上准确。

后来，朴老与我交谈旧体诗词写作问题，多次提到他主张在诗、词、曲的古典文学形式中，应大力发展“曲”，对新诗创作有利。“曲”兴起较

与朴初世伯、邦织伯母摄于赵宅。

晚，比较接近现代人的情感与语言，具有较大的吸收力，可以从更广泛的范围内汲取各种新的词汇乃至表达方法而不至于扞格。由于曲起先是应用于舞台，要逼真地刻画各个社会阶层人情世态，就得突破诗和词讲究蕴藉含蓄的审美框子，可以更自由地使用种种表现手法和风格，别开生面。曲不仅在句型上突破了诗的整齐单调，并且突破了词的字数限制，甚至调型上也可突破“词调”数限制。“散曲”有一调独立的“小令”和数调组合“套数”。作者可以随自己方便，或作速写式即兴小品，或作长篇巨制，伸缩度很宽。朴老还认为，现在写曲，不再是为了“配乐”，既然可以撇开种种为“合乐”而制定的传统曲律，也就不一定用传统的“曲牌”。他尝试用自定调式、自定调名，称之为“自度曲”，这就不妨称之为新体诗了。朴老关于提倡写“曲”与发展新体诗歌关系的意见，有极大启示价值。这些看法后来在自己的诗集序言中有条理地表达出来。可惜，几十年来，诗歌界反应寥寥。

一九七三年底上海许德良老师、梁希真师母和李伯龙夫妇，联袂来京，他们都是刚被“落实政策”，获得“解放”的“走资派”。大难之后，来京会晤老友。朴初老伯设家宴款待故旧。由一位苏州阿姨做了一桌上海菜。德良老师与师母、伯龙老伯夫妇、朴初老伯与邦织伯母、沙千里老伯（沙伯母因腿疾行动不便未来），我也应邀忝陪末座，一桌八人，唯我一个晚辈。德良老师与朴初世伯是上世纪三十年代在上海创办神州中学的同事，是与沙千里老伯共组“蚁社”的成员。李伯龙老伯与朴初世伯抗战初期在上海共组中华收容所，救助难童。他们共话当年，欢愉无限，我这后生晚辈，插不上话，唯有恭听。

八九十年代，我去赵宅，大体上是这两方面缘由：我叔父耐雨每次由闽来京开会，必与赵老伯晤叙，我则随侍在侧；还有则是代人求字。赵老伯曾应我请为安徽“双积寺”题寺名，为西湖国画院题院名，有人求字，提出送礼的请求，我都替赵老伯一口回绝。如今有书家自定润格，当属尊便，昔人板桥不也曾开价“大幅六两、中幅四两、小幅二两、条幅对联一两、扇子斗方五钱”的书润格吗，但是我觉得，对朴初老伯，求字送礼是对他的亵渎。朴初老伯曾赠我的一幅条山，是他自撰的一首游昆明诗：“西翥灵仪劳想像，东骧神骏费凝思，君看浩荡东风里，正是群山起舞时。”

二〇〇〇年五月，赵老伯跨鹤西归。在这之前四年，一次住院，赵老伯曾立遗嘱一纸，并书一偈于后：“生固欣然，死亦无憾。花落花开，水流不断。魂兮无我，谁欤安息？明月清风，不劳寻觅。”如今他一生清白，回净土。是夕，我远在大连，闻讯即电告我女儿持花替我前往赵宅吊唁。后来她告诉我，当日吊唁者络绎不绝，花篮、花圈、花束满屋、满院。摆不下，又延放至大门外，摆满了大半条胡同。

年前，邦织伯母电召，赠我刚出版的《赵朴初韵文集》一册。朴老逝世一周年时，邦织伯母主持出版了《赵朴初书法集》，如今朴老逝世三周年，韵文集又得如期出版。邦织伯母说，待朴老逝世五周年，将《赵朴初佛学文集》整理出版，算了却了最后心愿。

朴老住所一仍旧貌。朴老任全国政协副主席后，按世俗的说法，他的这个小四合院住房远未“达标”，但朴老淡然对之，拒不作任何调整。三年了，一切陈设未作变动。客厅书橱凌乱地塞满了书籍碑帖，迎门书案上仍然堆着一摞卷轴，似乎仍待朴老挥毫。

辞别出门，走在南小栓胡同，背后正是西单商业区，一排高楼像山崖壁立，胡同如同谷底，据说，按城市规划，这一片地区也要全部拆迁。走过四十年的南小栓胡同，即将从北京市地图上消失。这是一个消失历史记忆的城市时代。

安儿胡同——周扬

安儿胡同一号周扬同志的家，可以说，见证了新时期一段文艺历史风云。

周扬同志进城以后任文化部副部长、党组书记，与沈雁冰部长各住东四头条胡同一号老文化部一幢小洋楼内，后来搬迁至弓弦胡同，继又迁到沙滩乙二号“孑民堂”。这“孑民堂”有来历了，原属北京大学校舍，全国解放后，归中宣部使用。直至“文化大革命”，周扬同志家毁人散。一九七五年毛泽东一个御批，周扬得以赦免。无家可归的周扬暂住万寿路中组部招待所，并得与苏灵扬同志团聚。“文革”结束后恢复工作，由社科院到中宣部任副部长，住进了安儿胡同一号，算是重新有了家。这个家是他生命的最后一个驿站。从一九八〇年我到中宣部以后，蒙周扬同志见重，大概也是历史的机缘，我得以协助周扬同志做些文字工作，担负某些文件、报告、讲话、文章的起草，从而常到安儿胡同一号走动。中宣部文艺局在西长安街五号，横跨马路，走大六部口，再穿过西绒线胡同，便是安儿胡同，步行十多分钟即到；安儿胡同一号也是一座小四合院，大门向东，显然是重新改造过。前跨院“倒座”小客厅，一头放几张沙发，作为开小型

周扬在家中（一九八二年）。

会议之用；一头排列几架图书。后院正房中间是客厅，东屋是周扬同志书房，西屋是他们夫妇的卧室。西厢房为秘书办公之用，东厢房作为他们女儿周密回来居住。最初几年，这里热闹非凡，“谈笑有鸿儒，往来无白丁”。周扬同志对过去真诚的忏悔，新时期引领文坛思想解放的风骚，迅速赢得文学艺术家普遍的尊敬与爱戴。严秀同志说：“周扬是从左的营垒里走出来的杰出代表。”安儿胡同一号，像磁石一样聚拢了多少文坛俊彦。一九八三年，一场批“异化”、“清除精神污染”的风暴，将周扬同志一下子打懵了。他曾总结出文艺界“左”的东西是“根深蒂固，源远流长”，可他还是没有看透啊！在那场不叫运动的“左”倾思想回潮的运动中，周扬显示了他作为理论家的勇气、正气与骨气。在那年年底的严寒日子里，安儿胡同一号一度门庭冷落车马稀。我十天半月去坐坐，周扬同志讲话很少，沉默了。苏灵扬同志已离休在家，我们谈话，她说得多。她快人快语，耿直无忌。周扬曾对周密说过：他一辈子先后被打倒过三次，每一次都是被自己信任的人怀疑、被自己尊敬的人打击。现在已精疲力竭了。说被“打倒”三次言重了，实际上被“打倒”的是一次。可是前后两次打击像恶性肿瘤一直缠住他，最后他没有能爬起来，心灵受到重创，郁郁告终，成了一场新的文字狱的冤魂。一九八四年九月他住进北京医院，从此再也没有能踏进安儿胡同一号的门。他缠绵病榻六年，直到一九八九年那场震惊世界的风波之后，终于解脱了，走了，接着苏灵扬同志也随他而去。安儿胡同一号人去楼空，曲终人散。听说那儿现在成了中宣部幼儿园。以后我再没有去那儿看一眼，从我初踏上那条胡同，四分之一世纪过去了，岁月沧桑，物是人非。

二〇〇五年

第三辑

夜读劄记

夜读书（一）

“红袖添香夜读书”，是古代文人雅士艳羡的生活情趣。其实，读书需要心静，真的有美人为伴，红袖添香，素腕凝雪，恐早心有别注，还能专心致志于经史诗文么?

不过，挑灯夜读确是文人的习惯，也是一种诱人的境界。韩愈这位被尊为“唐宋八大家”之首席的大儒，早年孜孜以学，“焚膏油以继晷，恒兀兀以穷年”（《进学解》）。另一位唐代官至宰相的杜佑，虽然位极人臣，却能“质明理事，接待宾客，夜则灯下读书，孜孜不倦”（《旧唐书》）。韩愈为我们留下了《昌黎先生文集》，留下不朽散文篇章。而杜佑亦非只是浮沉宦海的官僚，他主编的二百卷《通典》，是我国第一部记述典章制度的史学专著。韩愈，杜佑都没有辜负他们夜读的艰辛。陆放翁，人们都知道他是大诗人，其实他还是一位藏书家。他的书楼曰“书巢”。他状写自己“寒夜读书”，是“书编屡绝铁砚穿，口诵手抄那计年”。“自谦尚有人间意，射雉归来夜读书。”晚年老病，“灯前目力虽非昔，犹课蝇头两万言”。吾乡随园主人袁枚，自称好味，好色，好游，好友……又好书。“寒夜读书忘却眠，锦衾香烬炉无烟。美人含怒夺灯去，问郎知是几更天?”（《寒夜》）这首直白的诗，活脱脱道出了这位风流才子沉湎于寒夜读书的快乐。近人齐白石早年家境贫寒，“灯盏无油何害事，自烧松火读唐诗”。他诗、书、画、印都堪称绝，这“诗”与他艰难夜读恐不无关系。茅盾任文化部长时，居东四头条文化部大院内，据说解放前那所宅院是美国人办的华文学校。西侧有两幢小楼，为沈部长与周扬副部长居住。我从一九五四年出版总署与文化部合并，即迁至文化部大院办公。不过，那时，沈部长只是挂名，我也只是一名年轻的小干部，与沈部长没有直接接触。只是后来读他发表的日记，多处记载“明灯读书”，方知沈部长在那座小楼里也常常沉浸于夜读。他在一九五七年写的一本论文集，即题名《夜读偶记》。

“好书读后三更月，良朋来时四座春”，这是人生难得的一种乐趣。人们常说“寒窗苦读”，其实，夜读并不苦，有一首民间流传甚广的“四时读书乐”诗，不是有“读书之乐乐陶陶，起弄明月霜天高”么？知堂老人早岁在北平的书房，原名“苦雨斋”，后改为“苦茶庵”，离不开一个“苦”字。喝绿茶是要有点苦涩味道的，但是，读书并不苦，知堂老人也不把读书当苦差事，而是作为“过瘾”。冰心老人说：“我永远感到读书是我生命中最大的快乐。”（《忆读书》）这恐怕是相当多的知识分子的共同感受。夜深人静，万籁无声。或春风入帷，或秋月盈窗。室内一片荧荧，四壁悄然。此时，一卷在手，犹如在人生寂寞旅途上，与挚友相聚。不仅是求知，还是心境澄澈的享受。不用说闲适地读野史笔记之类杂书，悠悠然；即便是为了专业研究，或苦心搜寻，获得一条有用的材料；或沉潜书海，触类旁通，有所启悟，都会欣然，怡然。只是抱着“书中自有黄金屋”、“书中自有颜如玉”的追求，只是将读书作为追逐名利的阶梯，这样的夜读，才会感到太累。要说，也会找到“乐趣”，那是卑琐、低下的乐趣。

一九九四年

夜读书（二）

“雪夜闭门读禁书”，在过去时代，这是文人引为难得愉快的事。如今太平盛世，三十岁以下的青年，不会尝到这滋味了。那是一种特殊的读书心境，充满渴望，好奇，激动与满足，是苦难中的快乐。

我国禁书始自春秋，始作俑者是商鞅。“燔《诗》《书》而明法令”，见之于《韩非子》。秦始皇的焚书，则是一次全国性的大规模的禁书事件。绵延两千多年，到了清代，最后一个封建王朝，则将禁书推向一个高潮。一部中国禁书史，再加上一部中国文字狱史，是一部中国文明的灾难史。封建统治阶级禁锢思想，摧残文化之酷烈，为世所罕见。当然，禁书是一种手段，一种政策。在文化管理上，现今也还不是完全弃置。问题是“禁”什么。清代遭禁的所谓四大“淫书”，《金瓶梅》、《如意君传》、《痴婆子》、《肉蒲团》，其中《金瓶梅》，大家知道，是在我国文学史上占重要地位的第一部由文人独立创作的长篇小说；而其它三书，除了专门研究中国性文化的学者不妨一读外，实在没有广为流布的必要。《金瓶梅》的“原装”，至今也还在一定范围内供参读；而公开发行的则是删去淫秽描写与插图的“洁本”。我们所说的夜读禁书之乐，是指读有文化价值而不应被禁的书。

我经历过两次“雪夜闭门读禁书”的人生体验。一九四六年，抗战胜利后，我受中共华中工委敌工部领导，在扬州一所中学读书。国民党政府对进步的、革命的书刊查禁之严，简直到了“偶语《诗》《书》者弃市”的地步，竟有藏《马氏文通》而罹祸的荒唐。是年冬，我寓居扬州花园巷。僻街冷巷，夜晚，更深人静，窗外悄无声息的雪花飘落，躺在被窝里读沈志远的《新经济学大纲》、艾思奇的《大众哲学》，尤其是读地下党传递来的、在香港出版的《群众》杂志等，颇有点像《圣经》上说的，偷尝禁果的滋味。翌年，我调回华中解放区，从此，尽情地呼吸自由的空气，再也不愁读书匮乏的自由。可是，有谁能够想到，二十年后，我们竟又沦入读书的恐惧灾难之中。一九六六年，“文革”兴，“破四旧”运动迅猛地席卷全国，一切“旧文化”都要“砸烂”，何止是“禁”书，到处是“焚”书。除了马、恩、列、斯、毛与鲁迅的书，人类所创造、所积累的文化，统统都在“破”、“旧”之列，都应禁、应毁。那时，我执教于中央音乐学院，运动初期也被“揪”了出来。到了冬天，学院红卫兵“杀向社会”，大串联去了，学院里一时空旷旷的，我们也没有人管了。我家住东城一个四合院，每天上午去学院转一转，看看大字报，回来顺路在西单、王府井花两毛钱，买一大摞红卫兵小报，下午翻个遍，晚上，关起门来读“禁书”，读红卫兵抄家漏网的书，或借口作批判用留下来的书，记得张洪岛先生编的《西方音乐史》，就是这时读的。其实，这部书是临近“文革”赶着编写印刷出来的，是以阶级斗争观点指导编写的。我想张先生今天也不会满意这本著作了吧？可是那时楞说它是“修正主义毒草”，你有什么办法？

我注意到，如今文坛上一批四十岁出头的“老三届”作家，不少人是因为“文革”中学业中断，“偷”读家中或亲友处捡来的文学作品，而迷恋上文学，开始创作生涯的。大概他们也都有夜读禁书的体味吧？

一九九四年

附：和顾骧《夜读书》

叶廷芳*

近读顾骧《夜读书》一文，欣喜不已。原以为，滚滚商潮、钱潮的冲击使经济与文化的价值观在天平上失去了平衡，文化人，特别是书生们的阵脚已大乱，没有几个专心于学问，更没有人甘当以读书为乐的“傻子”了！如今看到竟然有人处变不惊，依然“沉潜书海”，“欣然，怡然，悠悠然”，真有久旱逢雨，知音得调之感。

在文化领域，凡是有抱负、有作为的人，都把对知识的追求视为人生的第一需要，并在追求过程中体验生命的价值，其中有苦行僧般的清苦，又有上天堂般的极乐。为此，几乎没有人不充分利用“生命的三分之一”的业余时间，甚至不惜侵吞生命的另外三分之一的睡眠时间，顾文中提及的古今中国文豪们莫不如此。而国外也不乏其例，就从笔者研究的有限范围内，顺手即可举出一个有名的“夜猫子”——卡夫卡。他是举世公认的西方现代文学的奠基者之一，在他短促的一生（夭年四十一岁）中，一共写了三百多万字。但他大学毕业后直到病退，自始至终都是一个保险公司的职员。虽然，为了这个饭碗，他曾焦躁万分。然而，只要他留在公司一天，他总是“恪尽职守”的。可想而知，他的读书和写作就只能靠业余时

---

* 中国社会科学院外国文学研究所研究员，卡夫卡研究专家。

间特别是夜晚了！为此他简直不惜以牺牲健康甚至婚姻为代价。早在学生年代，他就没命地看书，废寝忘食。他的家人常常劝诫他按时睡觉。但他的回答是："一切训诫丝毫不值得考虑，因为一切都是无限的……时间是无限的，因此不存在太晚的问题；我的视力是无限的，因此不会看坏；甚至夜也是无限的，因此不必担心早上起床的问题……"从这段"蛮话"中足以看出卡夫卡的夜读达到怎样如痴如醉的程度，简直一切都不顾了！这不是由于他的年少无知，而是出于他一贯的精神追求。在他三十岁的时候，仍能在他的日记中见到诸如这样的记载："整个星期都沉浸在歌德的氛围里。"此后，在他创作最旺盛的那些岁月，仍不中断他的读书习惯，而范围大为扩展，以至对中国的古代哲学和诗歌产生了浓厚的兴趣。上述顾文中引用的清代袁枚的那首《寒夜》（寒夜读书忘却眠，锦衾香尽炉无烟，美人含怒夺灯去，问郎知是几更天?）就是卡夫卡最喜爱的中国古诗之一，他在给未婚妻菲莉斯的信中曾多次提及，甚至有一封信里，用了不下一千五百字的篇幅大侃这首诗。显然，从这首小诗中，卡夫卡不仅找到了一位惯于"寒夜读书"的中国知音，而且还发现了一位与他的女友一样常来"夺灯"的中国"美人"，可谓无独有偶。

但卡夫卡是一个执著于现代小说艺术的探险者和殉难者，他因此而形成的夜读癖对一般的"美人"来说是忍受不了的。反过来说，像他这样的夜读迷，任何"美人"要来"夺灯"，都是他不能忍受的。这样说来，在婚恋与夜读（写）的矛盾中，卡夫卡只能二者择一了？是的，卡夫卡作了残酷的选择。

洪杨“进城”之后

——夜读随笔之一

“任何历史都是当代史”，这是时下颇为流行的格言。克罗齐如是说，伍德科克也如是说。说实话，我对这个论断的真理性颇为怀疑，但又不能不欣赏此说一针见血地道出了历史是客观的，而对历史的研究是主观的这一事实。我不知道，是否有人已写出了“太平天国研究史”？从太平天国历史研究的轨迹，也不难看出时代衍变的色彩。洪杨灭后，评其功过，虽也不乏如名士汪志铎所论“此功不在圣下也”的公平之语（见《乙丙日记》），但大量是斥“贼”为邪恶政权，盖因为洪杨背叛孔孟之道也。“五四”之后，方始改观。太平天国老一辈研究权威简又文，认定洪杨革命是一种至高无上的“民族革命”，是反满。立论之时代精神显见。国民党人谈太平天国，始则是之，继则非之，转而崇拜曾国藩。中华人民共和国建立后，治太平天国史者舆论一律，称之为伟大的农民革命，赞颂优于冷静审视。如今则有“如果太平天国不失败又如何”的反思，有对一直被视为“汉奸”、“刽子手”的曾国藩的再评价。

“如果太平天国不失败又如何”？问得好！其实，从马克思的《雾月十八日》对农民阶级的剖析，是不难作出答案来的；再从太平天国诸公进城以后的作为，亦可想见一斑。当代治太平天国史的一代宗师罗尔纲，集大成之作，皇皇四卷百万言的《太平天国史》（1991 年，中华书局版）所论丰赡，当可研说；但史料搜罗之广博，不能不叹。据此不妨看看，太平天国领袖们立国后的种种：

先看“住”。太平天国运动从广西紫荆山区打出来，一路北伐，水陆兼程，苦战两年，由农村到城市，攻陷江宁，自下关进城，可谓一次历史性长征。洪杨辈在南京十万军民跪迎之下，举行了盛大的入城式。但进城后的第一件事，就是大兴土木建造“天朝宫殿”。据罗著《太平天国史》引吴绍箕“伪王宫”及毛祥麟“甲子冬闱赴金陵书见”，一八五三年三月十九日，洪杨进南京城，四月即兴工建皇城，皇城占地数十方里，规模大小似不在北京紫禁城之下，工匠男女万人，日夜赶工，半年告成，其速度即便在现代条件下亦可称奇。惜工程方竣，便为一场大火烧成灰烬，隔年春又在原址重建，规模更大，其正殿称为“金龙殿”，“梁柱俱涂赤金，文以龙凤，光耀射目”。其高广与北京“太和殿”争雄。

再看“行”。罗氏据《贼情汇纂》描述：

太平天国“副统帅”东王杨秀清，“每出必盛陈仪仗，开路用龙灯一条，计三十六节，鸣钲打鼓跟随。其次绿边黄心金字牌二十对。其次铜钲十六对。其次绿边黄心绣龙长方旗二十对；其次同上色绣正方旗二十对；其次同上色绣蜈蚣旗二十对。高照、提灯各二十对，虽白天也一样用。其次画龙黄遮阳二十对，提炉二十对，黄龙繖（大伞）二十柄，参护背令旗……骑对马约数十对。最后执械护卫数十人，绣龙黄盖一柄，黄轿二乘，东王有时坐在前面，有时坐在后面，这是仿古代副车制度，以防意外。轿后黄纛千余杆，骑马执大刀的数十人，更用鼓吹和音乐数班，与仪从相间。轿后也用龙灯钲鼓。……每一出府，役使千数百人”。我不知道当时在北京的咸丰皇帝出朝时的仪仗又如何？

权力使人腐蚀。无制衡的权力，则有无限制的腐败，这是难以逃脱的政治定律。

一九九五年

夜读战檄五十年

——夜读随笔之二

文坛热门话题年年有。前两年，有人要为“文学大师”重排座次，一言既出，语惊四座，着实吵闹了一阵子。事后某出版社送我一套“大师文库”，要我写一份“鉴定”意见。我说，我大概不会说好听的话。我根本不赞成时下滥封“大师”的流行做法，几千年的中国文学史，够得上称“大师”的能有多少？我更不能认同那种衡量“大师”的“纯审美”标准；自以为是地给“大师”排座次，也属愚拙之举。书收下了，览后，发现这套书也非乏善可陈，作为一部出版物，装帧、设计、印刷都极考究，雅致，大方，编选也有可圈可点之处，全书有总序，每卷有分序，每位作者作品前面有一篇千字左右简要的评介，撇开观点不论，撰写都很用心，不啻是一篇篇微型作家论。使我感兴趣的是，在散文卷里，毛泽东赫然在目。我手头有几十种近年来出版的现当代散文选本，而收选毛泽东文章的绝少。南方某出版社出版一本《现代散文一百二十家》，毛泽东也未能入列。当年毛泽东文章被教科书列为现代汉语的典范，如今却受到如此冷遇，真是不胜沧桑！平心而论，毛泽东作为伟大的历史人物，功过是非自可评说；从纯文学角度看，他的散文气势磅礴，文风独特，蔚然大家，自不待言。本书收录毛泽东散文六篇，存目，内有《敦促杜聿明等投降书》一文。这是一篇“文革”中人们熟悉程度也许是仅次于“老三篇”的文章，也是给无数人留下辛酸回忆的文章。我翻出《毛泽东选集》第四卷，又重新读了一遍。这是我一生中第三次读它。

第一次读这篇文章是在一九四八年冬天。文章作为中原人民解放军和华东人民解放军的广播稿，登载在《新华日报》（华中版）上。那时，我还没有能力从文风上辨别这是毛泽东手笔。但是文章发出的正义之师的声音，所向无敌，睥睨一切，横扫千军的气势，着实令人鼓舞。是时，淮海战场风雪漫天，鏖战正急。我在华中工委所属机关，驻地在运河东岸的一个湖边小村子里。这是淮海战场的后方，不断有运送粮草弹药、扛着担架的支前民工队伍，渡过运河西去；一场战斗下来，又有许多伤员被转移渡河东来。不久，淮海战场炮声沉寂，大战结束。接着，春节前后，人民解放军的铁流，便沿着运河大堤，日日夜夜，兼程前进，南移集结，饮马长江。那时，正像《淮海战役组歌》一首歌词唱的："到处都在传捷报，捷报如同雪花飘。"那时，空气里每一个分子似乎都充盈着振奋、激动、热烈、欢欣、快乐。这是我第一次读这篇文章时的氛围与心情。

第二次读这篇文章是在近二十年后，同样是冬天，一九六七年，"文革"开始的第二年。那时我在北京一所大学任党委宣传部负责人，运动一开始便受"冲击"，"靠边站"。这年年底，工人、解放军联合宣传队进驻学校，开宗明义的大事是"清理阶级队伍"。原党委宣传、组织、统战等几个部和党办的人员，合编为一个"党委口"搞运动。宣传队的头头在会上动员坦白交待，声言：你们中间，特务、叛徒、反革命全有，不要以为党委部门就"干净"！可悲而荒唐的是，党办主任，一位一九三八年参加我党领导的山西"牺盟会"的老同志，竟被他们当作"掌握"了"确凿证据"的参加"阎锡山特务组织"的暗藏"特务分子"！他们成天敲山震虎，让我们反复"学习"的是这篇《敦促杜聿明等投降书》。在那总是阴沉沉的寒冷冬季里，似乎空气里每一个分子都充满着紧张、恐怖、惧怕、愁苦。近二十年前，我以"敦促"者的心情，读毛泽东这篇文章；二十年后颠倒了过来，我仿佛是被置诸“被敦促”的位置来读它了。

《敦促杜聿明等投降书》在一代人的心中，留下的是恐怖的记忆，是难以磨灭的精神创伤。

现在，又过了近三十年，三读这篇文章。年光淹忽，前尘似梦，往事如烟。兴奋、激动、热烈、欢欣、快乐、紧张、恐怖、惧怕、愁苦，都成过去。如今，心静如水。我以一种超然的心情，以一个散文研究者的心态，作为对一种文体的品味，又一次读它，在又一个静静的冬夜里。

一九九七年

副刊与杂文

——夜读随笔之三

报纸副刊，过去有一个不太雅的别称："报屁股"。对于"报屁股"，人们读报的兴趣，往往优于"报脑袋"。许多读者，看报常常从"报屁股"看起。有一阵子，那是有点"百花齐放、百家争鸣"味道的时代，我也喜欢读报纸副刊。而且，总是要先看看副刊左上角或右上角的辟栏，看那里发表的围着花边的杂文。读到一篇好杂文，满版的其它文章都可以不看了。那些文采斐然，意味隽永，回味犹甘，象、情、理交融的杂文，读之感到极大的审美享受。

中国现代杂文的成长是以报纸刊物作为它基本载体的。报纸副刊与杂文结有不解之缘。副刊靠杂文支撑门面，而杂文靠报纸副刊提供生存条件。杂文遭殃，副刊也跟着倒霉。"五四"时期，著名的报纸副刊编辑孙伏园，在最著名的报纸副刊《晨报副镌》上撰文说："副刊上的文字，就其入人最深一点而论，宜莫过于杂感了。"（《晨报副镌》一九二三年四月五日）二十年代初，《晨报副镌》周围就聚集了最早的一个杂文作者群。

三十年代初，杂文创作进入它的黄金时代，这与南北方报刊提供的阵地有着重要关系。特别是在上海，一九三二年十二月，黎烈文接编《申报·自由谈》，广开文路。虽说鲁迅讽刺过它伪自由，但相对说来，毕竟是一个较开放的阵地。当然也是与"九·一八"事变后，国内政治、思想空前活跃相关。鲁迅是主要撰稿人，他的《伪自由书》、《准风月谈》两书，就是在《申报·自由谈》上发表的杂文结集。当时出现的一大批杂文新秀，如唐弢、徐懋庸等，也都是《申报·自由谈》经常撰稿人。在北方，《大公报·文艺副刊》则为周作人、俞平伯、沈从文等提供了杂文发表的阵地。

抗战时期，我们党领导的报纸副刊，是重视杂文，重视杂文的战斗作用的。初创于汉口后迁至重庆的《新华日报》，创刊时“征稿”启事中写道：“我们的副刊……很需要杂感体的短文……”在《新华日报》上发表杂文的是一个庞大的作家群。著名作家郭沫若、茅盾、夏衍、冯雪峰……均写过文章。

在解放区，在丁玲、陈企霞主持的延安《解放日报·文艺》副刊上，杂文遇到了麻烦。这里有一个杂文遇到的新问题：在人民当家做主的环境里，还需要不需要杂文？这是第一次认识出现的误区，长期影响杂文的发展。丁玲发表了《我们还需要杂文》，罗烽发表了《还是杂文时代》，萧军发表了《杂文还废不得说》，热心提倡杂文，观点鲜明。但是却招惹下一场大祸。先是王实味的《野百合花》遭围剿，继之数年后，萧军在哈尔滨受批判，又十年，一九五八年，来一个总清算：“再批判”。上述作家和他们的杂文作品、文章，统统戴上“反党、反人民”的帽子。

一个很长时期，存在着对我们时代的内涵及杂文的功能、价值，片面的理解。人们口头上也许承认，我们的社会仍然充满矛盾，但实际上似乎认为，我们的社会不再有矛盾与异化。似乎认为，杂文只是对敌斗争的武器。这样一来，杂文这一朵带刺的蔷薇，这一碗苦口的良药，这一“文化批评与社会批评”的文体，就很难容于世了。建国后一直运交华盖。在“左”风盛炽之时，箝制言论，张结文网，真正的杂文不是往枪口上撞么？事实证明，民主盛，杂文兴；民主衰，杂文废。建国后的“十七年”，只是在五十年代中期与六十年代初期，前后相加也就是大约三年左右的时间，杂文呈现热闹的光景。那是在提出“百花齐放，百家争鸣”的方针，与提出“三不（不打棍子、不抓辫子、不扣帽子）主义”的良辰吉日，那是有点思想解放味道的时机。《人民日报》“文艺副刊”在这两个时期，发表了大量的好杂文，有一些至今仍有生命力。但是，好景不长，良辰难再。到了“文革”前夕，对邓拓设在《北京晚报》副刊上的杂文专栏“燕山夜话”与邓拓、吴晗、廖沫沙的“三家村札记”的批判，成了那场运动的前哨战。同时，全国大大小小的杂文专栏，如四川张黎群的“巴山夜话”，山东丹丁的“历下漫话”，统统被砸得稀巴烂，给那场政治大风暴祭刀。文网恢恢，疏而不漏，杂文，杂文家，刊载杂文的副刊在劫难逃。

社会主义历史新时期，结束了“阶级斗争为纲”的历史，这一划时代的变化，带来了杂文的复兴。杂文家不尚喧哗，不事声张，默默地在杂文这块园地里耕耘，成绩辉煌，收获丰盛。新时期杂文开拓了建国四十多年来从未有过的繁荣局面，是继三十年代中叶以后杂文发展的又一重要阶段。新时期文学刊物如雨后春笋，杂文发表的园地多了；但是报纸副刊仍然是重要的地盘。老一辈杂文家唐弢、柯灵、夏衍、巴金、廖沫沙、林放、吴祖光、林默涵、秦似、秦牧、陈白尘、陈虞孙、严秀、孙犁、冯英子、黄秋耘、吴有恒、舒芜、陶白、吕剑……等都有新作问世。在曾被称作中年杂文家的行列中，成绩最为卓著的是邵燕祥、牧惠、蓝翎、舒展四大家，四大家以燕祥为代表，他们是杂文队伍的中坚。还有如章明、刘征、谢云、公今度等，也都各有建树；也有后起之秀：陈小川、胡靖、朱铁志等。

以邵燕祥的杂文为例来说，自八十年代以来，他发表的杂文已结集出版了十二本书。燕祥原是著名诗人，他之所以转行在不放弃写诗的同时，主要从事杂文创作，是因为“时有不能已于言者”，是“以求与读者肝胆相照，声气相通”。是因为抒情诗章难以容纳他厚重的哲理思考，难以迅捷表达他对现实针砭的热情。他的杂文具有现代意义的独立人格精神。在燕祥和其他正直杂文家身上，承续了鲁迅遗风。

我们的时代需要杂文。我们的时代是处于伟大变革的时代，是社会主义现代化建设的时代；也是文明与愚昧、善良与丑恶、健康与腐败、崇高与渺小杂陈的时代。

还是杂文时代。京畿重臣陈希同落马，原北京市副市长王宝森，原贵州省“第一夫人”阎建红，原国家科委副主任李效时，原江西省省长倪献策，原铁道部副部长罗荣光、张辛泰，原青海省人大常委副主任韩福才……这些丑类，这些曾经握有党和政府各种权力的腐败、堕落、犯罪分子，肆意侵食民脂民膏。“假冒伪劣”泛滥，并非止于商品。我们需要法制，我们也需要杂文。杂文虽然不是什么“大工程”，不能列人文学的几“大件”，但它是一柄指向假恶丑的寒光凛凛的剑，是我们生活真善美力量的艺术显现。

发展杂文吧，它给读者带来的是豪情、正气和良知。也给人带来愉快和休息。报纸副刊负有更重要的使命。

一九九五年

第四辑

人物春秋

书前书后

《晚年周扬》前言

“十年生死两茫茫”，周扬同志息肩瞑目已十个年头了。“千秋万岁名，寂寞身后事”，十年来，文坛难耐的沉默终将过去，人们没有忘记他，他一直活在我们心中。周扬，一代文宗，不管你褒之、贬之、爱之、恶之，你都不能无视他曾经存在。他是一位杰出的马克思主义理论家，是中共半个世纪未曾中断的文艺领导人，他的升谪沉浮，折射着中共文艺方针、政策、路线、口号的变化。他就是一部左翼文艺运动史。他是“五四”以后成长起来的第二代知识分子，在世界范围被称作“红色的三十年代”，也是在全球性“左”倾思潮弥漫的革命时代，走上了革命与文学道路。在骇浪惊涛的年月里，为中国人民的革命事业奋斗终生。他横跨新旧两个中国，经历了“文革”前后两个时期。

他是一位悲剧性的人物。他身上具有这一代知识分子的种种悲剧因素。在他身上长时间地套着个人崇拜的精神枷锁。他走着曲折的道路。他宣传过“左”的理论，执行过“左”的政策，整过人。但在晚年罹受的一场冤案中，他又显示了一位共产党人、一位理论家凛然的勇气、正气与骨气。在他一生最后的十年，也是他充满矛盾与压抑的十年，同时也是他生命最辉煌的十年，我有幸得以亲炙，身受熏沐，相交忘年，至今仍深深怀念那一段情谊。我有责任以亲身经历，将我所知那场文坛公案的种种，公诸于世，供人辨析。另外，近读友人的回忆，某些出入之处，理应补充，相互印证，以臻全貌。故而，本以所知，为一得之贡。或可为研究了解“新时期”文艺史提供些许资料。

《晚年周扬》结语

周扬晚年，是他人生交响乐的一个华彩乐章，不管对他整个人生如何评价，这一点，凡是不带偏见的人都会承认。周扬与他的“战友”都已成为古人，二十世纪八十年代那桩文坛公案也已过去十八个年头，今天回顾，并非仅仅为了争个谁是谁非；其实，是非虽说不上海晏河清，但大体上皂白可辨了。今天来反思那桩文坛公案，追溯它的历史渊源，其意义与价值

作者（左一）、周扬（左二）、王若水（左三）、王元化（左四），一九九三年于天津。

值得我们认真看待。西方自“文艺复兴”、“启蒙运动”以后的几百年，人本主义、人文主义思潮成为社会进步、科技发展、经济增长、文化发达、政治变革的内在根本因素。上个世纪初，西学东渐，在我国“五四”启蒙运动中，一股人文主义思潮勃兴。梁启超喊出“人权万岁！万万岁！”鲁迅提出“改造国民性”的人文主义要求，周作人提倡“人的文学”，茅盾则认为，“人的发展，即发展个性，即个人主义，成为‘五四’时期新文学运动的主要目标”。但是到了三十年代后，人文主义思潮受到压抑。其中有着民族矛盾、阶级矛盾变化的社会客观因素外，重要的是中国两千多年的封建主义君主专制、人身依附的等级制的文化积淀的撞击。在漫长的岁月里，中国人的历史实际是在做稳了奴隶和想做奴隶而不得的时代中交替，浑身带着“精神奴役的创伤”。人性受到严重扭曲。这种传统文化积淀，对人文主义思潮顽强地进行抵御、排斥。可悲的是当世界上最先进的科学真理——马克思主义引进之后，在它的传播过程中，人文主义部分同样受到一些自称是“马克思主义者”的歪曲、阉割、指责、拒斥。马克思主义继承了人类全部优秀的文化遗产，理所当然地批判地吸纳了近代欧洲先进的人文主义思潮。从《1848年经济学哲学手稿》、《关于费尔巴哈的提纲》、《德意志意识形态》至《共产党宣言》等等著作，贯穿着人文主义思想，把从事实际活动的人作为他们理论的出发点，将人的解放、人的自由发展作为他们理论的最高命题。可是长期以来，在我们这里，马克思主义中的人文主义，关于人性、人性异化、人道主义、人本主义、人的自由、人的价值、人的权利等等统统被推给资产阶级而一直被批判、围剿，单就文艺方面而言，上世纪三十年代在上海、四十年代在延安、五十年代批“人情论”“人的文学”、六十年代批“苏修”“人道主义”，绵延不断。其中个别情况需具体分析。到了八十年代，二十世纪的又一次伟大的思想启蒙运动狂飙突进，随着人的觉醒，神道主义被唾弃，适应社会主义现代化的要求，人性论、人道主义热，也就势所必然。跟着，一场大的争论也是势所必然。

这就是人道主义与异化一案的实质所在。这是中国现代化道路上势所必至的一场遭遇战，还是中国传统的封建主义意识形态的回光返照？我们已经迈进了新的世纪，上个世纪八十年代那桩文坛公案究竟是否会随着旧世纪的过去而成为“绝唱”，或是还会在新世纪新的条件下重新粉墨登场？我说不准。

一八九四年，人们面临即将到来的新世纪——二十世纪时，有两位记者致函恩格斯，要求他展望新世纪，“用简短的字句来表达未来的社会主义纪元的基本思想”。恩格斯复函道：“除了从《共产党宣言》中摘出下列一段话外，我再也找不出合适的了。”恩格斯摘出的是什么话呢？“代替那存在着阶级和阶级对立的资产阶级社会的，将是这样一个联合体，在那里每个人的自由发展是一切人的自由发展的条件。”一百年过去了，世界又进入另一个新世纪，让我们用恩格斯摘引的《共产党宣言》中描绘的未来共产主义社会的目标，为新世纪祝福吧！

《晚年周扬》跋

周扬一生的革命与文学活动，从他一九二七年在上海参加共产党算起，大体上可以划分为四个时期，即：上海“左联”时期、陕北和华北革命根据地时期、中华人民共和国建立后的“十七年”时期与“文革”结束后的社会主义新时期。“晚年周扬”便是指“新时期”的周扬而言。中国近现代历史是一个急剧变动的转型期，置身于这个历史潮流中的人物，往往显出前期后期的差异，分为早年晚年的不同。被毛泽东举为近代“向西方寻找真理”的代表人物之一的严复，晚年竟蜕化为反对共和政体的封建卫道者，以致人称历史上有两个严复。毛泽东的晚年，也是“毛学”研究的重点。周扬是一位复杂的人物，对他全人的评价非三言两语可以说得清楚，我将在另一部著作、国家社科研究基金项目《周扬评传》中论述。这部书

作者（后）与于光远（前）。

里所记仅为晚年的周扬。然而，它并非是周扬传记的断代，它没有全面写晚年周扬的方方面面，仅围绕关于“人道主义与异化问题”一案展开。此书也不是“关于人道主义与异化问题”一案的全面报告，材料所限，不可能多侧面、多角度叙述，它仅以我与周扬的关系角度引申。

纪实性文字贵在真实。求真，求信。我信服胡适之先生所言，有一分材料说一分话，有九分材料不说十分话。像以第三人称写小说那样，全知全能，也不交代一句材料的来源；以想象、推论作立论的根据，我办不到。

似乎从那桩公案一发生，我就有着撰写此书的念头，十多年来不断地积攒材料。比如，一九八三年四月三十日至五月三日中宣部部务扩大会上，周扬与胡乔木短兵相接的舌战，我当时在场，作了认真、详尽的笔记，包括某些人发言过程中，别人简短的插话。当时没有录音，我相信这样的材料是我所拥有的唯一的、最详细的第一手资料。

作为本书“附录”，刊载了晚年周扬的三篇文章。其中两篇是晚年周扬未发表的重要佚文，值得郑重向大家推荐。两文都经周扬生前审核定稿，现得到周扬亲属、他的女儿周密女士的认可与授权，在此首次披露。这对于研究新时期文艺思潮史、研究周扬，都是极有价值的文本。

《兰叶春葳蕤》、《当代知识分子的心声》两文，都是关涉人道主义与异化一案的，当年发表时，都受到海内外舆论界关注，特此附录。

本书写作，得到众多师友的鼓励、指导，得到周扬同志亲属的协助，得到文汇出版社朋友的热情支持，在此致以衷心的谢意。

周扬同志的老友光远同志，一直关心本书的写作，承他慨允作序，是为至幸。

我静待海内外读者的赐教。

二〇〇一年十月于煮默斋

寿筵难再

桃李春风一杯酒

江湖夜雨十年灯

八宝山送别荒煤同志归来，似梦前尘，如烟往事，尽涌心头。延续十多年的师友间祝寿聚餐活动从此也将曲终人散了。

事情开头是在一九八三年岁末。

无意间，荒煤同志同我谈起，不知不觉他已经七十岁了。生日就在年底。我同春元一商量，给荒煤同志过生日如何？“酒债寻常行处有，人生七十古来稀。”七十岁也算高寿了。我们两人发起，邀几位师友一起聚聚，吃一顿饭，为他祝寿。荒煤同志也乐意大家碰碰面，聊聊；那一阵子，政治气氛低沉，思想都有点压抑。征求了荒煤同志意见，凑了一张名单：陆石、唐因、冯牧、许觉民、朱寨、江晓天、缪俊杰、王春元和我，加上荒煤同志本人共十个人，正好一桌。虽然大家分别散布在文化部、全国文联、中国作协、社科院文研所、人民日报社、中宣部等工作岗位上，但都是在“拨乱反正”岁月里一起走过来的，大部分人又是在一块为筹备召开第四次全国文代会忙活了一阵子，又是共同从事文学评论活动。好像荒煤同志时任文化部副部长，不过我们没有怎么在意他的职务。“文革”后，他几番调动，从社科院文研所副所长到文联党组第一副书记，巍峙同志任文化部部长时，他又到了文化部。他在我心目中，只是一位值得尊敬的长者、前辈，能够坦然相对、倾心交流、相契相悦的忘年交。上世纪五十年代初，我差不多与荒煤同志同时从外地调到文化部，那正是各地大区撤销的时候，我只是一名年轻的普通干部，他是电影局副局长。我先在出版局后在部党委，没有直接在他领导下工作。十年劫难之后，荒煤同志“却从巴峡穿巫峡”，由谪居地渝州买棹东归北上，在那“田园寥落干戈后”的文坛上，他与周扬、夏衍、光年、巍峙、冯牧等等同志在一起，带领文艺界的朋友，重整山河，恢复旧业，拨乱反正，迎接新潮。我有缘得以亲炙，是为三生之幸。

那时的文坛一派荒芜，那时的文坛一片狼藉。

第四次全国文代会上，悼念“文革”中受迫害死难者的名单，越开越长。归来者许多人也是“十年铁窗已白头”了。

那时的文坛遍地荆棘，那时的文坛布满地雷。

一九七六年秋天，“四人帮”被“一举”粉碎，万众欢腾。可是那条“左”的政治思想路线却不可能随着“四人帮”被捉而“一举”消失。冰冻三尺，非一日之寒，几十年积攒下来的“左”的思想、观念、习惯和做法，已经深深地烙在历史和社会生活深处，伤害了一个民族的心灵。亿万人被卷入的“文化大革命”，像一辆奔驰的列车，一旦刹闸，凭它的惯性力，还要继续在原有轨道上向前冲一段距离。“青山遮不住，毕竟东流去”，思想解放的洪流似“春潮带雨晚来急”，“实践是检验真理的唯一标准”的大辩论，十一届三中全会的召开，迎来了一个新时代。在这历史转折中，荒煤同志是文坛上一员跃马横枪的骁将，组织各种会议，讲话，作报告，写文章，旗帜鲜明地痛斥“左”风，总结历史经验，探索文艺规律，大讲文艺民主，学术自由。揭橥人道主义的旗帜，鼓吹人性、人情，倡导人的文学。也许现在年轻人会说：“人道主义”是老调了，“人的文学”是常识，有什么新鲜？殊不知，在“左”风肆虐的二十多年，“人道主义”已经是板上钉钉的“修正主义”。这时讲人道、论人性，可说是时代的“先锋”意识。文坛上后来不是有“先锋”派么？依我看，新时期最早出现的“先锋派”并非是借鉴西方现代主义的那些人，应该是高举启蒙旗帜的先驱者。荒煤同志的名篇《阿诗玛，你在哪里?》写在一九七八年，不妨将它看作是时代的召唤，是千百万群众冲破“四人帮”文化禁锢主义要求文艺自由的召唤，是对健康的文化渴求、对人性满足的召唤。他为“伤痕文学”鸣锣开道，鼎力推荐《班主任》；他为“改革文学”披荆斩棘，解危济困《乔厂长上任记》。他不知疲倦地、精力旺盛地为新时期文学破坚冰，开航道。他宽厚坦诚，平易可亲，大家都叫他“荒煤同志”，叫声中透着亲切。他当过文联党组第一副书记、文化部副部长，可是文界中人很少有叫他“陈书记”、“陈部长”的。他自己曾说：“不论从性格、素质和水平等方面来讲，我最不适宜做……文艺行政工作。”和他相处，不会有任何顾忌，不用任何戒备；使你感受到的唯有真挚与温情。他对我的

一九八六年在武夷山，作者（左一）、陈荒煤（左二）、张抗抗。

垂爱，在我记忆中留下一条永远的暖流。一九七九年二月，他在昆明主持召开全国文学科学规划会议，我在大会上发言，讲了“十七年”“左”倾路线，讲了毛泽东同志晚年错误，讲了当时的“凡是”路线领导人的错误。那时十一届三中全会刚结束，务虚会议正进行中，我在公开会议上那样讲，或许过早了一些。荒煤同志作总结，提到我的发言，说有不同意见可以讨论的话。我不知我的发言是否太冒失了？担心给人抓住辫子延祸于会议。会下我向荒煤同志表示：如果因我的发言引起麻烦，出了问题，由我个人负责。荒煤同志平静地宽慰我：“不要紧，是我让你到大会上去讲的，有人查问起来，我负责。我之所以在总结时那样讲，是为了作点预防啊！”我这才有所悟。又一年，荒煤同志在庐山召开文艺理论学会年会，集中讨论文艺与政治关系这样长期纠缠文艺的根本性问题。我一上庐山，荒煤同志便关照将我安排住在他下榻的别墅里，说可以“多聊聊”。同住的还有中玉、谷融两位先生。一九八三年，湖南文艺出版社约我出版一本评论选集。一天，我去协和医院探视病中的荒煤同志，顺便说起想请他写一篇序言的愿望。过后，我去了涿州开会，逗留了些日子。荒煤同志与我联系不上，生怕耽搁了书的出版，很着急，特地派他的秘书陈剑秋，开了车，专程从北京去涿州找我讨书稿，然后抱病伏枕写了一篇颇多过誉的序言。这哪是我请他作序，倒像是他求我似的。他的奖掖、鞭策与鼓励，令我永志难忘。

荒煤同志生日是十二月的哪一天，记不清了。是日，我们在和平门全聚德烤鸭店订了一桌饭，大家凑份子，“罗汉请观音”，除了荒煤同志，每人出资二十元，连酒水在内一共花了不到二百元，那时的物价真便宜。在这次活动的前几天，各单位传达了中央领导人访日归来对新闻界的谈话。这个谈话坚决制止了进行“28 天”的一场不叫运动的运动所造成的混乱。这件事是一大新闻，成了饭桌上热烈交谈的话题。在那“28 天”里，报纸上登了大量的消息、表态性的文章；新闻、出版、电视、广播、文艺要对发表、出版、播映的文章、言论、书籍进行检查清理，大学文科教材也要清理，以致扩展到社会上什么“怪发型”、“奇装异服”又被翻出来作为靶子。令人联想起逝去的噩梦般的岁月。好了，终于阴影一扫，“28 天”短命的“左倾”回潮被遏止了，大家谈着这一切都很兴奋。

荒煤同志那时精神矍铄，身体健朗，席上谈起这样一件事：荒煤同志由渝回京后，曾有人推荐他仍回文化部任副部长，时任文化部的主要领导人长期从事外交工作，不认识荒煤同志，有人进谗言阻挠，理由是：“陈荒煤，老态龙钟了。”说起这件事，大家哈哈一笑，荒煤同志哪来“老态”？何来“龙钟”？

踏月归去，兴意盎然。

一夕秋风　满城秋雨

寒来暑往，潮涨潮落。转眼冯牧同志七十寿辰到了。那是个秋天。晓天早就念叨这件事，电话给我：“‘三老板’七十大寿，还是原班人马聚一聚，给他祝寿好吗？”我当然赞成。这次是晓天操持，无非是电话通知，选择日期，订饭局，然后大家凑份子。

冯牧同志也是我所尊敬的师长。“文革”后，我们共事时间最长。“四人帮”被抓后的一个月，一九七六年十月，那金色的秋天，我们便一起相聚在文化部，在他领导下工作。后来又一起整个建制划归艺术研究院，再属全国文联。之后除去我有几年在中央宣传部外，最后调到作家协会，又归属他的麾下。我这一生所遇到的像他这样的“顶头上司”也有过，但不多。与他相处，没有任何拘束，任何顾忌，和朋友一样交换意见，商量问题，推心置腹，赤诚相见。冯牧与荒煤可说是新时期文坛上耀目的双星。第四次全国文代会、第四次作协代表大会的召开，他付出了大量心血，对新时期的文学，着力最勤。他精力过人，既担负着繁重的组织领导工作，又不时有文章出手。熟悉大量涌现的新作，关注文学战线出现的众多新人。

作者（左四）、陈荒煤（左二）、冯牧（左三）与业余作者在辽东。

春风化雨，泽被众生。十年来，文坛仍不免倏阴倏晴，忽风忽雨。虽然他有“胆小”之名，有时有“紧张”之态，不过，总的说来，当“左”的风浪袭来时，他顶风拒浪，直言抗争，坚持擎着思想解放这杆大旗，理所当然为文友们所拥戴。

这次聚会，人员略有变动。陆石、唐因告假，征求冯牧同志本人意见，递补唐达成、谢永旺二位入伙，陆石也许文界中人生疏，其实他也是出自延安“鲁艺”门墙，是一位老文艺工作者。建国后一直在公安部门工作。五十年代，曾与人合作创作当时被称作惊险小说的《双铃马蹄表》，流行一时，还被改编成电影，在当代公安题材文学史上留有一笔。四次文代会后，周扬同志请他出任文联秘书长、书记处书记，为了开展文联工作辛勤操劳，夙兴夜寐。他时任中国书协副主席，目疾日重，行动不便，只能遥祝冯牧同志鹤寿遐龄。唐因是《文艺报》元老。不幸在一九五七年匝地罡风中遭劫，流落北大荒二十余载。“文革”后出任《文艺报》副主编、主编，鲁迅文学院常务副院长。他淡泊名利，刚正不阿，一身正气。他以“于晴”笔名评诗衡文，笔锋犀利，文字老辣，自成一体。一生坎坷，历经沧桑，晚近疏于与人交往，形孤性癖，杜门谢客，淡于社会活动，他也是电贺冯牧同志岳降佳辰。

那天聚会是在政协礼堂的小餐厅，似乎那不是公开营业单位，那天店堂只有我们一桌饭，灯光幽暗，窗外下着雨，点点滴滴，气氛清冷。那时荒煤同志、冯牧同志都在“检查”，我也得到一个“记录在案”的免予处分的处分，逻辑欠通，谢谢宽大。是夕，似乎大家喝了一顿闷酒。

一夕秋风，满城秋雨，默默人无语。

江左俊彦　表柔内刚

接下来，越二年，又轮上为许觉民同志祝七十寿辰了。觉民同志姑苏人氏，江左俊彦。觉民同志是位老出版家、评论家。他继荒煤同志任社科院文研所所长之职，以洁泯笔名写评论文章。其文行云流水，优美清秀，能使人联想起波光澄碧的湖水，听雨浣云的园林，静谧幽深的曲巷，竹荫梅影的书轩。觉民同志表柔内刚，对“左”的思潮抵制不遗余力，在文学观念上，他思想开放，接纳新潮，而又沉稳明辨，不随波逐流。

也无风雨也无晴　一蓑烟雨任平生

时光荏苒，转眼之间十年过去了。和平门全聚德烤鸭店为荒煤同志贺七十大寿、踏月归去的情景似在眼前；如今，一九九二年，又迎来了荒煤同志八十华诞吉辰。本来应在明年，严平、新创、大周明、小周明诸位热心肠人，按照我国“过九不过十”的民俗，定在今年操办。还因为今年是荒煤同志文艺生涯六十周年纪念，他一九三二年参加左翼戏剧家联盟，开始写作生涯。两者结合，既祝寿又举行创作研讨。这次规模盛大，以六个单位名义联合举办，已非我们当年几个人、几杯薄酒小聚可比。

庆祝活动热烈、感人。

会期两天，十二月十八日、十九日。第一天，四百多人冒着严寒来到政协礼堂，当我看到会场门口等待签名的祝贺人流，排着长长的队，在楼厅里拐了一个弯，内心一阵激动，浮现出一个词："众望所归。"

会场内摆着巴金、夏衍……送来的花篮。

冰心老人……寄来了贺词。

多年未见的文化部许多老同志来了，文联的同志来了，文研所的同志来了，老延安的同志们来了，还有部队方面的同志来了，文学界老中青几代人来了，电影界的编导演艺术家、教授们来了……这是文艺界一次规模盛大、热情迸发的聚会，是几年来仅见的一次群众性自愿的聚会。我在想，是什么赢得广大文艺工作者如此的倾心？"桃李无言，下自成蹊。"八十年人生，六十年创作生涯，岁月悠长。悠长的岁月，陶铸了他的人格力量，熔冶了他的人格魅力。这人格魅力像一块强力的磁石，将人们的心吸引在他周围，将祝贺的人群聚拢在这座礼堂。严文井是荒煤同志延安"鲁艺"文学系教员中唯一健在的同事，文井同志拈出"质朴"两个字，以状荒煤同志的为文为人，可谓传神。我觉得，还要补充的是"真诚"，他人格魅力的精粹。他抓电影，则全力扑在电影上，李准说他看过的电影本子可以装一卡车，准确、生动。如今他退居二线，在政协这样比较虚的岗位上，他同样一头扎进去，不顾高龄年迈，到处跑，搞调查、写报告，非常认真。近些年，见到他，总是听他谈音像市场的混乱，对这个研究课题，怀着深深的忧虑。这次在他创作生涯六十周年研讨会上，他还谈到这个话题。

荒煤同志外表严肃，初次接触他的人甚至会有冷漠之感，可是严肃的外壳却包裹着一颗灼热的心，一颗富有人情味的心。他的散文写得那么动人，正因为他有着丰富、纤细而深沉的情感。劫后他重新拿起被剥夺了十四年写作权利的笔，写的第一篇文章，是纪念周总理的《永恒的纪念》。他写这篇文章“感到热泪难忍、顿觉眼前模糊起来”，积蓄在胸中对总理的敬爱之情喷涌而出。他的一组怀人忆旧的文章：《忆何其芳》、《怀念君里》、《忆老崔》、《不能忘却的纪念》、《阿丹不死》、《一颗企望黎明的心》、《告慰丽尼》，都是至情至性的篇什。他是“常常噙着热泪”握管操觚的。他像文学史上许多被人崇敬和热爱的作家一样，有着深沉的人道主义精神。他是一位带着少年时代就形成的忧郁气质，怀着悲悯的忧患意识，袒露着自己心扉，情感浓烈的作家。

庆祝大会以后，我们合计，按照已经形成的惯例，我们这个祝寿的友好圈子还得单独活动一次，好好叙一叙，庆祝大会不能替代。这样，原班人马：冯牧、许觉民、朱寨、王春元、江晓天、唐达成、谢永旺、缪俊杰和我，再加上陈丹晨以及荒煤同志本人共十一人，又在文采阁聚一次。张锲老板给予优惠，每人出资五十元，酒席还颇丰盛。席间忆及往事，大家不胜感慨。这时，已不再有祝荒煤同志七十寿辰时，正逢结束“28天”不叫运动的运动那份喜悦、兴奋的情绪；也不再有祝冯牧同志七十寿辰时，一九八九年多事之秋的那股抑郁、沉闷的气氛。“左”的霉菌虽然还在不时发出种种气味，什么“真理”、“思潮”之类，还不断地兴风作浪，但毕竟日薄西山了。而拜金大潮又席卷而来。长者及我辈中人，或已退居二线，或已离休，或快到站了。沧桑阅尽，心境平静。此时是“也无风雨也无晴”、“一蓑烟雨任平生”了。

席间荒煤同志提出：我们这些人在一起干点事好不好？干什么呢？办出版社。他是壮心不已，思想还很活跃。他的一本散文集没地方出版。出版社不是拒绝，是拖，是搪塞。他说，不如我们自己办一个出版社，出自己的书。我以为他是“突发奇想”，新闻出版署对出版社有整体布局，出版社都有单位归属，我们凑在一起办一个出版社，不是“同仁出版社”么？同仁出版社政策不允许。他说，宋木文（时任新闻出版署署长）讲，有什么事情要办尽管吩咐。宋木文是荒煤同志的老部下，对荒煤同志十分尊敬。过去办杂志要批刊号，很难。有人走后门找到荒煤同志，荒煤同志给宋木文打了招呼，还真解决了几件。可是办出版社不比批刊号，恐怕宋木文一个人也不能说了算。他老人家兴致很高，我也不好泼冷水，那就试一试吧。后来，联系的结果是这样，宋木文问：您要办出版社干什么？荒煤同志答：出书，我们的书也没地方出版。宋木文说：这事情好办，我帮您出书就是了。这就是后来出版的那套“当代文学评论家丛书”的由来。以荒煤、冯牧、许觉民、朱寨、王春元、江晓天、唐达成、陈丹晨、谢永旺、缪俊杰和我十一个人的名义向新闻出版署打了一份报告，申请出版“当代文学评论家丛书”。宋木文从署长基金中拨出十二万元，交人民文学出版社，指派人民文学出版社出版这套丛书。据说当时这十二万元出版十一本书的印刷费还有富余，这样陆续又有五位文友闻讯加盟，成了现在这套书的规模。令人感叹的是，这套书问世举行出版座谈会时，荒煤和冯牧都已不能出席，而春元已看不到他的新作了。

冠盖满京华　斯人独布衣

下一次轮到为哪一位祝寿了？朱寨同志。一九九三年，朱寨同志满七十岁。这几年他健康状况不太理想，血压偏高。忽忽间，满头堆雪。朱寨同志也是我所私心歆敬的一位年高德劭的长者。他是极其真诚、朴实、谦逊的学者，品格高洁，和他相处，有如秋水般的宁静。他不图浮名，不谋高位，索落自甘。冠盖满京华，斯人独布衣。他也有延安“鲁艺”的赫赫资历，“鲁艺”是文艺界的“黄埔军校”，建国后，“鲁艺”人差不多都是文艺界的领导骨干，少不了一官半职。朱寨同志进城后在中宣部一直是一名“大干事”，虽然他行政级别很高。到文学研究所，基本上是一名研究人员，学术上的职务，不算“官”。本色书生，一介布衣。有一件事，给我留下很深印象。上世纪五六十年代，我在大学里教书，教过“中共党史”、“文艺理论”，都得讲授《在延安文艺座谈会上的讲话》。先得讲这篇著作发表的“历史背景”：当时延安文艺界的小资产阶级思想混乱，什么《野百合花》、《三八节有感》，什么《轻骑队》，还有什么丑化干部的小说《厂长追猪去了》。老实说，有些我并未掌握第一手材料，不过照抄照搬而已。这篇《厂长追猪去了》我就没有看过。八十年代初，朱寨同志出版了小说集《鹿哨集》，承所赠，打开一看，《厂长追猪去了》赫然在目。读了作品，虽然稚嫩些，但健康清新，何来“丑化”干部？此时，人们已拂去“左”的尘埃，对这类作品已重新认识其价值，案已翻过来了。但我从未听他谈起过，未透露过一个字。他就是这样不屑于张扬谦谦默默的人。出席各种会议活动，他从不抢镜头，不计较座次，不显山，不露水，不摆架子，不倚老卖老，讲话也很平实，不故作惊人之语。但是，我非常喜欢听他的发言。一起开会，对他的发言我都用心倾听。他的发言不是作品未读也能洋洋洒洒讲上一大篇的废话，不是泛泛的套话，不是浅白寡味的滥话。每言常有人所未道的独到之见，犀利之见。有时仿佛有拨亮一盏灯的感觉。难能可贵的是，在如今吹捧之风盛行之时，讨论作品，常常直言指疵，不绕弯子，不怕得罪人。朱寨同志在文学研究方面不是才子式的高产，他学风谨严，他主持编著的《中国当代文学思潮史》是一部开拓性著作。材料绝对可靠，十分扎实，不像某些史著辗转传抄，他将建国以来《人民日报》、《文艺报》等原始资料，一页页翻阅，一天不落，最后形成观点。学风和人品共谐。

这次为朱寨同志祝寿仍在文采阁，原班人马，一个不缺。

生死契阔四十秋

在朱寨同志贺寿筵上，排了排队，再过两年将要庆双寿：春元与晓天凑在一起过七十岁。春元一九二五年岁末出生，晓天一九二六年年初出生，农历相隔无几。大家相约给他们二位一起举觞，两星同辉，双寿并贺。

说来也巧，春元与晓天又为安徽同乡。晓天为皖定远人氏，少年时代参加革命，是一位出版家。当年在中国青年出版社任职期间，成绩卓越，为同行侧目。他广泛团结老中青作家，竭诚以待。他对作品有相当灵悟，对作家有相当洞察力。著名的长篇小说“三‘红’一‘创’”（《红日》、《红岩》、《红旗谱》、《创业史》），均出自他主持的这个非文学专业出版社的编辑室。他扶持姚雪垠出版《李自成》更是感人至深，成为出版界佳话。

春元为皖桐城人氏，那是诗礼之乡。我与春元相交四十年，生死契阔。久未见面了，这几年他生了一场大病，心脏做了“搭桥”手术。这次宴会晤面，使我暗自吃惊，岁月怎能这样残酷无情？当年的英俊小生，多少女孩子的梦中情人，竟会苍老憔悴到如此地步！人消瘦了，背佝偻了，头发白了，门牙掉了，嘴瘪了。来时推着一辆除了铃不响到处都响的破旧自行车。看到这模样，不免为之黯然。不过他精神状态还好，还是乐呵呵的。稍释然。做梦也未曾想到，这竟然是我们最后的诀别。转年，中秋之夜，像往常一样，月白风清，万家团圆。突然，接觉民同志电话：春元去世了，昨天。没有过渡，没有预兆，骤然而至，猝不及料。第二天一早，去晨光街王宅吊唁。金陵姐坐在对面沙发上，幽幽地诉说着：前天上午还好好的，说定下午与保姆一起上街买菜，过节。下午两点多钟，保姆推开卧室门，但见他伏案口吐白沫，人已咽气。心肌梗塞。春元，就这样走了，太匆匆。人生在世，这个大限总要迈过的，或迟或早。他未尝非福，免受了精神与肉体痛苦折磨，免受了临终前的恐惧，走在刹那间。可是他走得太早了，如今不是流行这样的顺口溜么：“六十小弟弟，七十多来兮，八十不算老……”何况他还未满七十岁呢。他过早结束了人生旅程，将无尽思念留给了幸存的跋涉者。

六一居士有诗曰“古来交道愧难终”，但我与春元的友情则不渝始终。对他的思念也将伴我终生。几十年间，我们患难与共，心灵相依。我们相识在五十年代初，我在文化部党委，他在中国青年艺术剧院，是演员，也担任党总支工作。那时候机关青年党员少，我们开会常碰面。抗战胜利后，他来到故都北平，进入辅仁大学读书，那时的北平，空旷而寂静，长着酸枣树的城墙，响着鸽哨声的蓝天，悠悠然。卢沟桥的晓月，潭柘寺的钟声，伴他送走晨昏。校园是又一番热烈景象，反蒋民主运动如火如荼。春元参加了地下民青联。古城春晓，解放军的炮车、坦克在鲜花、红旗，在鞭炮、秧歌、腰鼓声中，开进了北平，他参加了华大文工团。那是激动人心的大时代。然后他转入中华人民共和国最早的著名话剧院——中国青年艺术剧院。演过几出戏，平平。到了一九五六年，在大演“五四”以来优秀节目热潮中，他在曹禺改编的巴金《家》一剧中，扮演了高家大少爷觉新，一炮打响。也许他那略带忧郁的气质，与角色相近，将他与梅表妹的一幕爱情悲剧演得悱恻动人。那时不像现在，一不经意就给你甩去一顶“著名”的帽子，那时就叫“青年演员”。青年演员王春元，颇有点像现在“人艺”的濮存昕那样受到女孩子的倾慕。

一九五八年，我们两人同时下放江苏农村，到大运河边的宝应县劳动锻炼，当“新农民”。这年年初，中央国家机关掀起上山下乡运动，我们争着报了名，实心实意要到生活中去改造自己。宝应，就是电影《柳堡的故事》的外景地。有大片芦苇荡，有骨碌碌转动的风车，有金黄油菜花，有碧绿芦苇。蓝天、白云、荷花、莲藕、稻田、菜畦。里下河风光旖旎。但那不是世外桃源，没有恬静的田园牧歌。难忘的一九五八年，我们有幸亲历了“大跃进”的全过程。我们刚下乡，住的村庄还叫农业社，过不多久，四个农业社成立了“联社”。到了八月，一句话“人民公社好”，我们那个乡的乡政府便挂出了“人民公社”的牌子，我们便成了公社社员。在县里喝了春节酒到农村生产队，适逢订农业生产计划，提出今年亩产八百斤。农民很高兴，说打八百斤，吃八百斤，口粮可以解决了。可是一会儿，修订计划，增订指标到一千斤。一会儿上边又来指示，指标要到双千斤。这时候老农民撇撇嘴，不相信了。接着变戏法似的，不断增订指标从五千斤、六千斤，到报纸上整天放“卫星”时，计划指标便到一万斤了。八月我和春元、金陵作为下放干部代表出席了扬州专区召开的“万人誓师大会”，说要“树万斤思想，过万斤门，打万斤粮”。人们疯狂了。再回生产队，食堂开张了，说“吃饭不要钱”，我们的伙食费也不要交了。接着又被调进县城大炼钢铁。夜晚，城东遍地小高炉，炉火通红。千军万马，很是壮观。那时，对这旋风般的事件，来不及去细想，也无由怀疑，只有激动、兴奋。我还在县城的报上写过一则“小令”：“昨日城东荒草地，今日高炉遍城东。铁水映天红，钢花舞半空。”到那一年年底，我们返京时，“大跃进”全线溃退，偃旗息鼓了。小高炉熄火了，与一堆废渣、废铁无声地躺在那儿。十几亩地的稻禾集中插在一亩地的“卫星”试验田，收了一把烂稻草，食堂关了门。我们开始咀嚼这份苦涩。那年年景特好，风调雨顺，庄稼长得绿油油，要不然准是大丰收。仅凭领袖人物意志掀起的一场“乌托邦”实验断送了这一切。在我们离开这儿两年之后，发生了一件震动江苏的“高宝事件”。宝应县的县委书记狠抓“阶级斗争”，强迫农民卖过头粮，在这鱼米之乡，春荒时一个县饿死上万人。这是后话。

那年秋天，我与春元、金陵又一起调到县里搞创作，文化部提出“人人写诗，人人画画”。我们三个人合作创作了一个小歌剧《什锦汤》，由同时下放的中央实验歌剧院的著名作曲家刘炽作曲，第二年在江苏人民出版社出版。那是我们三人友情的纪念。春元与金陵则在那里播种了爱情。金陵时在人民文学出版社任编辑，我们三人都是单位下放干部的小头头。金陵是一位才女，俄文译笔优美，屠格涅夫的抒情散文，经她的手雅致传神地介绍给了中国读者。回京后，他与王昆仑老伯父女合作创作的昆曲《晴雯》，甚得周恩来总理赞赏。

回北京，我调中央文化学院教书，金陵不久也调人民大学执教。我与春元成了锣鼓巷王府的常客。王昆仑老伯时任北京市副市长，在地安门后门桥附近的锣鼓巷有一座三进院落的四合院住宅，金陵的卧室、客厅在后院。在暖气烧得嗞嗞响的冬日夜晚的小厅里，在清凉的夏天小院中，主人煮咖啡、烹茶，我们常常纵谈竟日，待春元与金陵完姻后，我仍是他们两人最好的朋友。

第二年的下半年，我与春元同时由文化部保送进中国人民大学读研究生。我在哲学系，他在语文系。好不容易得到读书的机会，我们都很珍惜。那几年适逢批“修”，春元他们文学研究班以“马文兵”笔名的写作班子写了不少文章，大出风头，惹人注目。他是“马文兵”写作班子的主笔。后来我悟到，从事理论研究也许比演戏更适合他的资质。人大毕业后他进入了中国科学院哲学社会科学部，即今天的社会科学院。正值人生盛年。假若没有那一场几乎毁了我们民族也毁了我们人生的劫难，春元在事业上将会怎样呢？

后门桥边野草花　锣鼓巷口夕阳斜

那一场劫难毕竟来了，在我们怀揣着种种壮志与理想的时候，在我们人生最好年华的时候。人大毕业后我调到中央音乐学院，“文革”前，任该院党委宣传部副部长，运动一来，遭炮轰，“靠边站”。春元也告诉我，学部有人贴了他大字报。转年，工军宣队进驻，“清理阶级队伍”，整天敲山震虎：不要以为你们党委部门就干净，你们这里叛徒、特务、三反分子、现行反革命都有，只有坦白才是出路。我惶悚。有这样一件事：一九五八年，还是在乡下的时候，看到新华社发表的毛主席的谈话，提出“粮食多了怎么办”的问题，我感慨系之，毛主席他老人家太伟大了！我们常人总是考虑中国粮食问题何时过关，而他老人家却想常人之不敢想。高瞻远瞩、未雨绸缪、远见卓识，太英明了。我在日记里写下了自己的感想。到了一九六一年大饥荒的年代到来，我产生了怀疑，这是否与毛主席对粮食问题不切实际的估计、盲目乐观的战略安排有关？我又写在日记中。再过三年，到一九六四年，经济复苏，情况好转，我翻看了上述日记大为惊骇。我这不是对毛主席的英明、正确的怀疑么？不是对毛泽东思想信仰的动摇么？不是对毛主席忠诚的亵渎么……我又在日记里记下了我的新认识，还写了一些上纲上线的自我忏悔、自我批判的话。这些，后来我与我的部下，宣传部的两位干事闲聊时隐约提到过。现在，我担心他们揭发，我自己给自己衡量了一下，什么反对毛主席、反对毛泽东思想，甚至"恶毒攻击"的帽子都可以扣上。怎么办？是否要争取主动，坦白交代，交上日记？在这为难关头，我只有找我信赖的春元兄商量。春元只抛给我一句话："你是要'烧香引鬼'呀？"他比我老到，关键时刻沉得住气。他一句话，我清醒了。以后担心的事没有发生。可是，我一想起来，真有点后怕。要不是春元的点拨，我交出的将不是几本日记，那就由不得我了，交出的将是我从一九四七年至一九六七年整整二十年的日记，那还不知道要引出什么样不堪设想的后果来。像许多人一样，那二十年记下的几十本日记，后来偷偷地烧了，从此，我再也不记日记。

冬天，我去王府上看望他们的孩子，景象很凄凉。"后门桥边野草花，锣鼓巷口夕阳斜"，三进院落空寂无人。房门都被红卫兵糊上封条，王昆仑老伯已被关进秦城监狱，春元与金陵都被他们单位关了起来"隔离审查"，家里只有一位老保姆带着他们三岁爱女恬恬，蜷缩在原来作为门房间的小屋中，生一只煤球炉。暖气已停烧。北风起处，卷起满阶落叶，几只聒噪的寒鸦，栖立在院中枯树枝头。

隔年，我们都去了"五七"干校，春元去河南，金陵去江西，我去太行山下的冀中平原。春元成了"五一六"分子，无通信自由，我给春元的信只能由金陵代收，记得曾寄过他们几首绝句："京华一别两度春，最是难忘廿载情。品茗索句清秋日，风雪围炉夜来人。”“井冈逶迤对太行，易水不寒下赣江。何当西窗共剪烛，高山流水曲一觞？”“忆昔淮左作伴游，跃进声中下扬州。万人盛会君记否？瘦西湖上不兴波。”

“文革”结束，文坛仍不免风云起伏，波谲云诡。春元更加成熟了，我们也相交更深，友情日笃。我内心钦敬他在变幻风云中的是非分明的态度，绝不趋附，不像某些人将“理论”作为晋升的敲门砖。他是我所倚重的兄长，他对时局、世道、人事、生活总是比我看得深一层，看得比我透。逢到时局变化，我总要听听他的意见，心里才更踏实些。彼此默默关注着，照应着。我们有一些共同的好朋友，各自的挚友都想着要互相介绍结交。正当我们计算着要为他祝寿时，他却突然远行了，再也不回来了。“君今不幸离人世，身有疑难可问谁？”春元，今后我再问道于谁？我突然感到人生的寂寞，人生的悲哀。春元葬礼，我奉上挽联一副：“四十载忧患旧交，江南燕北，流水高山，雨夕剪烛，雪夜围炉，品诗衡文，音容宛在。尔今，琴碎梦断，斯人已萎，我哭故人成永诀，空余冷月照西楼。

八千里风尘人寰，艺苑文坛，桐城俊彦，秧歌腰鼓，梨园新曲，铁肩道义，妙手文章。猝然，星落云天，魂归何处，幸有清音遗韵在，尚存华翰昭后人。”

秋天的悲凉

冯牧同志又走了，也是一个中秋之夜，他走了，带给文坛不小的震动。他联系作家广阔，座上客常满。病重以来，惹起多少人牵肠挂肚。差不多二十年前的那个秋天，我与冯牧同志同时进中央文化部，又是一个秋天，二十年后的秋天，他走了，永远地走了。二十年前他住的黄土岗大院的两间西厢房，早已了无痕迹，原地上盖起了一座“王府井大饭店”；木樨地二十四号楼客厅与书房依旧，在他走后的第二天我去吊唁，那儿已设一座灵堂，人去楼空。

盖棺论定，冯牧同志是大好人。他襟怀坦白，古道热肠，善良宽厚，乐于助人，善与人相处。他过去是出名的“不整人”的人。在市场风云日益遮盖政治风云的今天，在年轻人听起来，“不整人”算得了什么？须知，在那“阶级斗争为纲”、政治运动不断、斗斗斗的年代，整人是一些心术不正、品行卑下者往上爬、保乌纱帽、飞黄腾达的便捷手段，而“不整人”，常常要为人品正直付出代价。这二十年来，他担任着这样那样的一些领导职务，但他始终是一位文人，一位作家。和朋友们交往，开诚相见，真挚待人，不假讳饰。

他走得太早了，他走了，文坛上令人有失落之感。

秋风瑟瑟，
秋夜沉沉，
在悲凉的秋天里，他走了！

今后的祝寿筵席上，又将“遍插茱萸少一人”。

死　别

听说荒煤同志心脏不太健康，朋友们都担心他的身体。冯牧同志走后，大家更是觉得他应该珍摄。朋友们谈起，都认为他应该少参加会，少写“序”，少写那些实际上是相当于评论文章的“信”。他太忙、太累，活动太多。近年来，北京各种作品研讨会、座谈会、作品“首发式”等活动太滥，川流不息，应接不暇。外地一些单位、部门轮番进京。有些“研讨会”，学术味日薄，商业炒作味日浓，吹捧之风日盛。名为“研讨”，实为宣传。着眼点是登报纸、上电视、发消息。有些官员热衷此道，是为了奔什么“工程”，获什么奖，显示辖下的“政绩”，有利于仕途升迁。清清白白的文学，被掺进如此功利目的，可悲可叹！在那些会上，频频出现荒煤同志身影，荒煤、冯牧两位古道热肠的老人，频频出镜。这固然是他们的声望，他们对文坛的贡献，而受到文学界人士的尊敬与爱戴；但也不乏有些人，只是着眼提高会议规格而见重他们。对于他们发表的意见，也许会私下撇撇嘴，认为是“老掉牙”而不屑。如今，冯牧同志已远行，对荒煤同志不能不提醒了。三月的一天，我去木樨地二十二号楼荒煤同志寓所，想正儿八经地对他进言。他的精力显然大不如从前，耳朵重听更甚，与他说话，总是要你声音大一些，或是坐得靠他再近一些。我突然想起了十多年前当做一句笑话的“陈荒煤，老态龙钟了”。如今已一语成谶，未免令人心酸。生老病死，这是无奈的事。朋友们商量向他敦劝的三“少”，我只谈了两“少”：一、少参加会议活动；二、少写“序”。写序很累人，一部长篇小说少则十几万字，多则几十万字上百万字，读完了写一篇几千字的文章，对一位耄耋高龄的老人来说，未免太残酷了。可是，荒煤同志对我的第二点建议并不以为然，他说了一句：年轻人还是要扶持的嘛！我心里想，现在有些年轻人还要您来“扶持”？他们已狂得不知姓什么了。之后不久，一位云南青年作家登我门，持荒煤同志手书，“顾骧同志：现介绍云南青年作家×××前来拜访，他写了一部长篇小说，希望你抽暇一读，读后为他写一篇序……”我不禁失笑，他老人家将球踢到我这里来了。下面还给我戴上高帽子：“你一贯支持青年作家，请加以扶掖为盼。”我心为之一动。他爱护、支持青年作家确是出于至诚，一片童心未泯，甚至有点迂。倒是我有点看破尘世的味道，未免惭愧。

到这年五月，听说荒煤同志住院，接着又听说已检查得了胰腺癌，心为之一沉。忙忙碌碌，直到八月的一天才到北京医院去探视。那天是与陶斯亮一起去的，先到四楼向曾志伯母候安，然后到了三楼荒煤同志病房。他半靠在病榻上与护士说话，神态安详，精神与气色都不错。少不了先谈病况，斯亮安慰他说："胰腺癌好治。我妈妈也是胰腺癌，经过化疗，现在恢复得很好。"荒煤同志嗫嚅地说，医生讲，还不能断定是良性还是恶性。哦，他自己还不知道实情，人们还在瞒着他。真是个傻亮亮啊！他那里哪像病房，简直成了书房。案上垒着两大摞书，床头也摊着一本小说，是山东一位女作家的新作，我也收到作者所赠，只是约略翻了翻，还未来得及细看，我问荒煤同志，这本书你看了？他点点头，"读完了，""比（作者）上一部写得好。"沉吟了一下又说："她创作上的缺点是观点过于直露。"他的意见说到点子上，我相信他确实是读了作品。我对他说，我将你的意见转告作者吧。我看到桌子上还有一大沓几个单位的"简报"，我问：您还有精力看这些？提起"简报"，他与我们说起"简报"上这样一件事：西北某一位著名作家，写了一部长篇小说，受到社会舆论的批评。有关领导部门将他安排去南方"深入生活"，路经北京，当做英雄似的来迎去送，又是领导接见，又是宴请，又是发消息，举动异常，令人费解。他有点气愤地说："太过分了，太过分了，我要给他们（有关领导）写信。"我劝他："老爷子，您操那份心思干什么哟，由他们去吧。"三句不离本行，又谈电影。他对斯亮说，真应该为你爸爸拍一部电影。陶铸同志是荒煤同志的老上级，曾经是"顶头上司"，陶铸同志任中南军区政治部主任时，荒煤同志是文化部长，而且是陶铸同志点名将他调去的。他对陶铸同志很尊重，有感情。斯亮说，有过一部电视剧，在一九八九年下半年播映过。那时社会上另有关注的热点，这部片子未被广泛注意。这次谈话很愉快，很轻松，他一点也不像重病人。我万万也没有想到，此时死神已经逼近，两个月后他便撒手归西了。

十月中旬，我在南京出席一个会议，接到北京电话：荒煤同志病危！我急着赶回北京，无论如何得最后见他一面。二十五日下午去医院，时间已晚，病房唯有严平在侧。我心想，看来严平要给荒煤同志送终了，荒煤同志有这样一位红颜知己，也是人生一大安慰。严平叮嘱我：他今天精神有点亢奋，大概是回光返照。今天探视的人很多，你不要再和他多说话了。然后走至床前大声说："顾骧来看你了。"他睁开眼，说了一句："谢谢你来看我。"神志似乎很清醒，这一句客气话，意味着诀别，令人心酸。此时我找不出任何安慰的语言，说什么都显得虚假，只是握着他的手，将无限依恋传递。只待了一会儿，严平便在一旁催促，你走吧，让他休息。我只好听命。但我知道，从此便人天暌隔，永不能再相晤对，再亲謦欬了。我依依难舍地退至门边，还想多看他一眼，只见他又睁开眼，抬起臂向我招了招手，拍拍床沿，示意我坐那儿。可是，严平却牵着我的衣襟：你不要去，他今天过于亢奋了。荒煤同志急了，说了句："难道你怕我么？"严平不得已才放手，说你去吧，他生气了。我急走两步，到了床前，强忍着哀伤，双手紧紧地、紧紧地握着他的一只手。只见他眼角渗出一滴清泪。我再也无法遏制内心如潮的悲痛，放开他的手，冲出门外，在走廊上放声恸哭了。他即将走完人生的旅程，这世界上再也没有荒煤同志了，人生的痛苦莫大于死别。

"千里搭凉棚，天下没有不散的筵席。"从此以后，谁也不忍心再提给谁祝寿的事。我记着，今年是晓天七十寿辰；可是故交零落，人事萧条，继荒煤同志之后，唐因、陆石也远行了，原班人马永难再聚。

寿筵不再！

一九九七年

菊篱秋色晚节弥香

——贺巴金老人九十华诞

一九九三年十一月二十五日，为巴金老人九十寿辰。二十四日，俗称“暖寿”。一清早，我随同中国作协副主席陈荒煤同志等，前往上海市武康路巴老寓所致贺。献上中国作协赠送的一只缀满鲜花与绿枝的花篮，献上

巴金老签赠于九十华诞。

我们一份衷心的祝愿与爱戴。

一九九三年第一个寒潮袭击浦江，武康路寂静清冷，巴老室内却洋溢着温暖的春意。冰心、夏衍送的大花篮摆在前厅。玫瑰、康乃馨、郁金香、剑兰、满天星……一丛丛，一束束，开遍室内各个角落。这里是花的世界，清香馥郁，似锦如绣。近日来祝贺的人群不断，世界各地文学界的友人贺函庆电不绝。巴金，不仅属于中国，也属于世界。他为世界和平事业与促进人类相互理解作出的努力，赢得国际文化界普遍尊敬。这些年来，他多次获得国际文化奖、勋章与荣衔。在他诞辰前夕，第十九届意大利蒙得罗国际文学奖，又授予他和以他为主席的中国作家协会特别奖。

耋年巴老，期颐在望。他走过了一条漫长而坎坷的人生之途。他“用笔和良心写作”了近六十五个春秋，只是“文革”十年被夺去了笔，封住了口。从他第一部文学创作《灭亡》到五册的《随想录》，巴老的作品，被收编在二十卷的《巴金全集》中。这是一部文学丰碑，一位文学巨匠的杜鹃啼血，和泪鲛绡。巴老一生创作，渗透着优秀的民族文化精神，视

一九八九年探视巴老于华东医院。

"道德文章"为文学最高境界，重人格的自我完善和培养，追求道德与文章的统一。巴老说过："我是从探索人生出发走上文学道路的。"他说："我活，不是为了自己。我写作，也不是为了自己。若干年前我决定继续走文学道路的时候，我曾在我心灵的祭坛前立下这样的誓言：'要做一个在寒天送炭，在痛苦中送安慰的人。'"这就是巴老的人生信条。人生的意义在于奉献，而不在于猎取。所以，他的"全集"的"后记"，题为"最后的话"的最后一句，是对读者讲的，对读者，他只要说："我爱你们"，这是他创作的全部依归。而讲真话，则是他为文为人最显著的特色。创作若是有"秘诀"的话，他的回答很简单："一句话，不说谎，把心交给读者。"他反复强调："作家要有一颗真诚的心。"他的作品，发自肺腑，流自心灵。像汩汩清泉，像如酥细雨，朴素无华，玉壶冰心。讲真话，看似不难，但恒常以持，谈何容易？他也写过一些经不起时间检验的文章，在五六十年代，出于一种美好的动机，囿于对生活透析的失真；但是他无悔，因为他的感情是真诚的。"文革"后，巴老的认识进入一个新的境界。他时时严酷地拷问自己、解剖自己、审视自己。他要"改变自己的生活，消除言行的矛盾，这就是讲真话"。

高山仰止，景行行止。巴老道德风范，学问文章，已经汇聚到我们民族优秀的精神之中，滋润与哺养着一代又一代读者大众。

室内一派阳光，巴老高兴地接受客人们的祝福。他将他所喜欢的一幅照片数帧，用颤抖的手，亲自签上名，分赠给我们几人。这幅照片上，满头银丝的巴老，愉快而慈祥地笑着。爽朗的笑声，似乎在大厅回响着。

祝愿巴老长寿，安康，巴老没有放下笔，我们期盼着他继续为我们写些，再写些……

一九九四年

与冰心老人闲话

我主持编选的《女作家成名作丛书》“港台及海外华人卷”一出版，赶忙挑出一套，给冰心老人送去。这套书由她题笺，老人关怀着编选工作。

那天阳光满窗，老人端坐案头，仍是那样亲切、温谦、安详。

她翻着书说：大陆作家的作品要高于台湾作家。许多人说琼瑶的作品好，一些女学生简直着了迷。我让人买了三本来看看。这位作家有才气，但是她那些书境界小，都是风花雪月、儿女私情，和时代很少联系……

我说：我们这套丛书共三卷，出版社要先出“港台及海外华人卷”（第三卷），然后依次出现代卷（第一卷）、当代卷（第二卷）。三卷共八册。以您的作品打头。

她问：哪篇作品？

我答：《斯人独憔悴》，可以么？

她点点头。

我问：您的作品，最喜欢的是哪一部？

她说：不好说。作家的作品，好比女人生的孩子，都一样疼，只能说哪一部用力如何？我写《南归》最快，全部情感一下子倾泻出来；写《关于女人》最慢。这一组文字发表在《星期评论》杂志上。最初是由文藻的一位同学，约我写一篇“引人注意的文章”，我说那得用笔名，他说不行。为了引人注意，我就用了《关于女人》的题目，署名还是用了笔名——

“男士”。都是围绕男人心目中的女人来写的。写了十几个人，还是被人识破是我写的，首先发现的是叶圣陶。这样只好不写了，《星期评论》后来也停刊了。

最近我给《文汇报》写了一篇文章：《萝卜青菜》，你懂么？（我说，我懂，“萝卜青菜，各有所爱”。）对了，我怕人家不懂，注了一下，北京有句谚语：“萝卜青菜，各有所爱。”

老人看着书桌上出版社送来的花篮，说：“现在来我这里的人，常有送花的。我喜爱花。我不喜欢晚香玉的香气，还有茉莉花、栀子花，闻了也不好受。香石竹，就是康乃馨，没有香气。这马蹄莲是总理生前最喜爱的。”

我说，记得《寄小读者》大概是“通讯”十七吧，您记述了在美国病院的生活，在您睡中，朋友们的花和信不断地来，屋里满了清香。您说，“在众香国里，花气氤氲”。

她说：那是玫瑰花香。

我说：玫瑰花香味正一些？

她说：不好说正邪。我在燕京大学读书时，宿舍楼前有一大片玫瑰花。常常要用剪刀将已开的花剪下来，不然新的长不出来。有红的，也有白的、黄的。剪下来送人。

我说：西方习俗，红玫瑰象征爱情，黄、白玫瑰送一般朋友无妨？

她说：这是西方说法，我们不必拘泥。现在我们住楼房，养花不方便。我喜欢桂花、兰花，香气清淡。我是农历闰八月生的，有一年父亲买了两盆桂花送我。我祖父喜欢兰花，记得他养兰花，花盆架子的四条腿下垫上水碗，为了不让蚂蚁爬上盆里吃花蕊。过去福州住宅有好几进庭院，可以养花，现在住楼房不行了，只能养草。

我说：您这盆君子兰还是长得不错嘛，花开得很好。我养了几盆君子兰，几年了，还未开花。

她说：你知道为什么叫“君子兰”么？我查了查《论语》，孔夫子对

"君子"的解释有好多处，我取君子"讷于言而敏于行"，大概称它为君子兰道理在这里。它不常开花，而一日开花，花期可长达一个月，花的香气很淡。

老人在赠我的一本书上签了名，让阿姨钤了印。她说：我有好多闲章，有一颗"是为贼"，是孔夫子骂人的话："老而不死是为贼。"起先我请人刻，谁也不愿意，后来请胡絜青大姐，让她找一位受酬的人刻，结果图章刻了，钱也未收。

司机张小强用我的相机，给我与老人照了两张像。老人指着相机问："你用的照相机是日本货?"我说："正是，是日本理光牌，性能还不错。"她说："来我这儿照像的，一百部相机也许有两部是国产的，海鸥什么的，其它差不多都是日本的。日本货真厉害。我看还得用国产的，有一次福建来人，用的是福建产的相机，我说，我要为它写文章。"我说："那么对厂家来说是难得的广告了。"她说："那还要看他们自己把质量搞好。"

一九九五年

人淡如菊 品格清淳

——贺中玉师米寿

中玉先生永远年轻。

初见中玉先生是在一九七九年一月春城昆明，他协助陈荒煤同志主持全国文学研究科学规划会议。那是一个破坚冰、开航道的艰难时刻。三中全会刚刚落幕，“务虚会议”正在进行，会议对“文艺黑线专政”论猛烈的批判，颇有震撼力。这次会议是“文革”结束后，最早的对“左”倾思潮发起进击的一次全国性学术讨论会。那时中玉先生已年逾花甲，可是至今回忆起来，中玉先生就像年轻人那样挺拔、潇洒。隔年，中国文艺理论学会年会在庐山召开，那是又一次空前的盛会，少长咸集，群贤毕至。会议对长期困扰文学艺术理论的关键问题——文艺与政治的关系问题，展开了历史性大讨论，影响深远。丁玲、公刘、白桦去了，王西彦、吴强、钱谷融、俞林等都与会。王若水在这次会上讲了“异化”问题，我作了关于文艺“反封建”问题发言。又是中玉先生协助荒煤同志，操办了这次会议。会议开得非常成功。会议期间，我与中玉先生、荒煤同志同住一幢别墅，得有日夕切磋求教的机缘。之后若干年，我与中玉师因文艺理论学会会务事，因《文艺理论研究》办刊事，常有接触，不时联络。京沪两地，鱼雁往还。南下北上，时有西窗剪烛、春雨品茗之聚。在做人论学上，中玉师时有教我，释疑解惑，嘘拂濡润，熏沐有加。十年前，一九九三年冬，中国文艺理论学会年会在沪上举行，我陪同荒煤同志、冯牧同志与会，并在会后贺巴金老九十寿辰。其间，中玉先生做东，在老城隍庙绿波廊宴请荒煤、冯牧，许觉民、李子云和我也都忝列。中玉先生精神矍铄，神清气健。可是他已是望八的耄耋之年了。三年前，我们相会在第七次全国作家代表大会上，历史已进入了新世纪，岁月的唯一痕迹是中玉先生满头堆雪。可是，梅花依旧笑东风，他仍然身体健朗、思维清晰，使我暗暗惊叹、称奇。中玉先生永远年轻，我为他的健康祝福，从他身上提升了我对生活的信心与期望。

我说中玉先生永远年轻，不仅是他生理体质方面，更感到的是他永远年轻的精神。中玉先生协助周扬、陈荒煤主持中国文艺理论学会年会达二十余年，筚路蓝缕，惨淡经营。中国文艺理论学会是新时期国内最早的一个文艺理论学术团体，二十多年间，它为中国文艺理论学术事业的发展，作出了自己的贡献。学会养成了一种求实、民主、科学、正派的学风，从不自居什么主义的正宗，自诩真理在握。学会活动总是平等地、客观地争鸣与探讨。在学会内部，担任各种职务的组织者之间，互相敬重，团结协作；更没有某些小团体人员之间的攻讦、倾轧、争名夺利的弊习。二十多年，风气纯正。不容易啊！这与实际上主持工作的中玉先生公道、正派、宽容、友善分不开。中玉先生精力旺盛、躬亲操劳，奔波擘画、不遗余力。

还有，令人称叹的是学会的刊物《文艺理论研究》，作为一本纯学术的文艺理论杂志，二十多年，不趋时、不流俗，在这一会儿风云变幻，一会儿商潮滚滚的气候中，硬是撑着一本一本地出下去。试看今日之域中，如此清淡自守、持续不绝的能有几本。细数，北方有老牌的《文史哲》，还有一些，但肯定为数不多。当然，刊物能这样办下去，并非是中玉先生一人之功，这里还有华东师大历届领导的支持，有出版社的撑腰，有其他办刊同仁，尤其是张德林兄，还有后继的晓明他们的努力；但是中玉先生以他执著韧性的精神，主持笔政，其功凿凿。

中玉先生师表教苑已达六十个春秋，我作为晚辈后学，以未能立雪徐门为憾。先生从岭南到齐鲁，桃李遍于天下，雨露泽被国中，这且不论；单以执掌华东师大中文系而言，其教绩昭昭卓著。华东师大是一所师范类高校，可是新时期二十多年采，中文系培养的优秀人才，一茬接一茬，现在蜚声文坛的学者、名士，可以列出名单一串，这是值得深思的现象。华东师大中文系的教绩，与我们这个开明的时代有关，也是钱谷融先生、张德林先生等众多老师，心血培壅。但中玉先生是终身系主任啊！

我说中玉先生永远年轻，还因为先生人淡如菊，品格清淳。先生不沽名、不钓誉。不自“炒”自，也不着人“炒”自，为人坦诚、厚道，心境开阔，心境恬淡。中玉先生永远年轻。祝中玉先生益寿延年。先生之风，如山高、如水长。

淮南名士 徽派大家

——悼鲁彦周

一

舞文弄墨年复年
回首如梦又如烟
霜天号角催征马
皓月星河抚玉弦
泽国水深悲屈子
荒山木落问陶潜
江州司马青衫泪
洒到心头作砚田

这是彦周兄进入古稀之年写下的一首七律，这里有着作家苍凉人生的回顾，作家襟怀抱负的自况，作家道德理想的自许，作家生命价值的追求。全诗有一种凝重的“沉郁”风格，属对工整，是一首难得的佳作，更是研究鲁彦周不能不读的诗篇。

鲁彦周，皖人，出身淮南农家。自幼居乡耕牧，人乡塾研读经史。及长渡江，求学皖南，受新学启蒙。在鏖兵中原的淮海大战前夕，投身革命。在鲁彦周身上杂糅着两淮文化与徽州文化的因子，浸润着两淮文化与徽州文化的底蕴。

两淮文化有别于三晋文化、齐鲁文化；楚文化东移，构成淮河流域文化主体。这里是充满神奇智慧和精妙思辨的道家学派创始人老子、庄子的故地。老子出生在淮河北岸，涡河之滨。庄子故里则在老子生活不远的蒙城。庄子文章旷达豪放，汪洋捭阖，一部“南华真经”千古独步。“牢笼天地、博极古今”的《淮南子》，是一部不朽的划时代的文化巨著，是两淮文明的见证。建安文学杰出代表曹操、曹丕、曹植父子，是两淮文化育出的一朵奇葩。南宋以降，政治中心南移，徽商崛起；明清两代，皖江、新安江流域的徽州文化高度发达。明清两代，徽州文化圈科举入仕者远超出其他地区。新安理学、新安朴学创立，徽派版画、徽派篆刻、徽派建筑（民居）、徽派戏剧……迅速形成。

“五四”运动三杰——陈独秀、胡适、鲁迅，其二为徽州文化抚育。鲁彦周身上积淀着、交融着深厚的两淮文化与徽州文化的血脉，他的成长深受两淮文化与徽州文化的滋养。作为淮南名士、徽派大家的鲁彦周，他的文品与人品，他的道德与风骨，他的智慧与才华，都可以从这里探寻其源与缘。

二

彦周兄是一位当代文学的杰出作家。他创作生涯越半个世纪。著作丰赡，作品等身。品质刚正，文德可风。他和同时代许多作家一样，在一条曲折的文学道路上跋涉。他以作家可敬的人格力量支撑，终于在他的创作后期，攀登上他生命与文学的高峰。

文学，“无可争论，在这个事业中，绝对必须有保证个人创造性、个人爱好的广阔天地，有思想和幻想、形式和内容的广阔天地”。而在中国，在中共十一届三中全会前的近三十年里，也是鲁彦周创作生涯的前期，文学领域缺失这样的最基本条件。鲁彦周和同时代的其他许多作家一样，只能以一部“讲话”作为理论参照，只能以一种创作方法作为原则依归，只能以一种再现审美作为掌握世界的方式。在那个意识形态极强的年代里，文学成为一种实用主义“政治”的奴仆。中国作家除了苏联文学可资参考外，与整个世界先进文明疏离，与外国优秀文学联系割断，只能在自己的一亩三分地里耕耘。作家营养缺失。那个年代，作家思维狭窄，刻板，单一，形成一种不变的定势。作家对生活的观察力、认识力、思考力贫弱，作家想象力迟钝，作家艺术表现力苍白。在这文学土壤贫瘠的“十七年”里，鲁彦周走着一条“之”字路，达到了他能够努力达到的应有的成就。“十七年”，鲁彦周文学生涯大体可分为三个段落。中华人民共和国建立后的上世纪五十年代初，总体说政治清明，气氛和缓。鲁彦周初登文坛，充满锐气，热情拥抱生活，创作了不少享誉当时的作品，《归来》（话剧）、《凤凰之歌》（电影剧本）以及一些短篇小说。鲁彦周一举成名。这是鲁彦周创作的第一段落。接着，中国进入整肃知识分子的“反右派”运动的斗争年代，大疯狂的“大跃进”年代。鲁彦周无法避免被裹挟，被迷惑，写了《三八河边》当时风光一时的电影等。后来鲁彦周用历史的眼光，冷静、客观地回顾，认为它们是对虚假生活廉价赞颂的没有生命力之作，这是第二段落。在进入严酷的三年困难时期，在安徽这块历史上多灾多难的土地上，哀鸿遍野，作为一位有良知的作家，鲁彦周震惊了，沉思了，觉醒了，对生活的认识深化了，连带对文学的功能、特性等认知科学了。鲁彦周无论在政治上、生活上、文学上都走向成熟，这是他文学生涯在“十七年”的第三个段落。这是鲁彦周在文学“新时期”到来能迅速进入角色的重要思想准备阶段，是他在文学“新时期”能一跃跻身文坛前列的酝酿阶段。

血雨腥风的“文革”十年，鲁彦周没有写一部作品，显示了一位作家的良知，也是传统的两淮文化、徽派文化的优秀精神在一位知识分子身上潜在的体现。

三

粉平林江之乱，历史进入新时期。二十世纪中国历史上继“五四”以后又一场伟大的思想启蒙运动兴起。这是一个全民族的反思年代。这是一个马克思主义重新发现与人的重新发现时代，是人的自觉与文的自觉时代。国门打开，文学融入世界文学的大潮流。作家思维活跃，思想开放，定势打破，思维方式发生了变革。作家理论参照系丰富了，文学营养丰盛了。人道主义是这场新的启蒙运动主潮，人性、人道主义这个文学带有根本性的命题，再也不是文学的禁区。现实主义再也不是唯一的创作方法，表现主义美学成了再现主义美学的重要补充。历史的灾难，常常以历史的进步来补偿，恩格斯如是说。鲁彦周从“文革”噩梦中醒来，“克礼复己”比较快地赶上了时代前进的步伐，跃居“新时期”潮流的前头，以他人格精神、以他创造性的文学业绩，迅速提升了他在文学领域的位置，成了新时期文坛有代表性的杰出作家之一，造就了他文学事业新的辉煌。

“文革”以后，鲁彦周文如泉涌，八卷本的《鲁彦周文集》绝大多数是上世纪八十年代以后创作的。《天云山传奇》、《彩虹坪》和《古塔上的风铃》是其代表作。

《天云山传奇》是作家写于一九七八年的中篇小说，改编成电影剧本后摄制放映。文学借助科技的翅膀，征服了亿万读者与观众。巨大的悲剧力量震撼国人，作家以“艺术家的勇气”真诚地反思历史，真实地直面人生，表现生活。他蓄积已久，这是文学上最早地、大胆地突破樊篱，反思历史的重要代表作之一。在艺术上作品也作了可贵的创造性探索。明显地

作者（左）与鲁彦周于作协五次代表大会期间。

觉察到作家对表现审美的青睐。作品探求一种直射人物内心世界的独特表现力，追求叙述的主观性和心理性。依据人物心理动作结构情节、叙述故事。以三个不同性格女性交替回述的形式，再现历史，展示人物罗群的命运，构成一种新的时空交错的结构方式，拓展了作品思想容量与艺术的感染力量。《天云山传奇》是鲁彦周文学创作的新高度。

中国经济改革始自农村，具体地说在安徽农村。鲁彦周敏锐而及时地表现了我们这一由动乱走向变革的伟大时代。他以一部《彩虹坪》的长卷形式，开了长篇小说反映农村经济改革的先河。而当政治体制改革提上议事日程之际，他以此为题材的另一部长篇《古塔上的风铃》在一九八九年问世。这部作品是鲁彦周得意之作，他说他自己“比较喜欢”。我在中国作家协会主持创作研究部工作时，曾主持召开了他的这部作品盛大的研讨会。他的这部作品，不是走过去简单配合政治、图解政策的老路子。宪政民主是中国人民实现一百多年来梦想的现代化的关键问题，也是当前改革的“瓶颈”问题，它是一个时代的重大主题。关切时政，愤时忧国是我国士人优良传统。问题在于，他的作品，并非冀图对政治体制改革作社会学的解答，而是以艺术的笔触，透过政治风云变幻，精心塑造几个典型人物，写出他们的历史命运，发掘他们身上潜藏的复杂的人性。它的艺术力量在于提供读者对人物命运与人生价值的思考，对人性、人情的探索。小说既具有题材的敏感性、时代性，又有题材的超越性与可能长久的艺术生命力。从这部作品可以看出，作家对现代表现艺术敢于和善于吸纳。小说在戏剧性情节的框架内，细腻地、充分地展示人物的内心世界和感情生活，作品通篇采用了多人称的内心独白叙述方法，真实而从容地对人物的心理和主观感受进行剖析。广泛地展示了情感、意念、回忆、联想、幻觉等意识流程，开掘了人物心里最隐蔽之处，推进到人物深层心理领域，徘徊于意识与潜意识之间。作品对个别人物心态的展示进入对民族文化心理的透视，情节小说与心态小说巧妙地融和了起来。这部小说在思想与艺术上探索的成功，值得文学界认真看待。

在彦周先生将趋耄耋之年的生命最后时刻，终于完成了他的绝笔——长篇新作《梨花似雪》。这部作品调动了彦周兄毕生的生活积累，是他对历史、社会、人生的认识，在进入高龄之后的认真反思与彻底省悟，是他毕生在文学上进行艺术探索的集萃。这部作品用当代意识这根经线，串联尘封的岁月生活，开掘了历史的深层底蕴，烛照出历史背后丰富而复杂的人的心灵闪光，达到一个新的审美高度。作者用心写一个风云跌宕的大时代人性的异化与复归，这是作品的价值所在。

彦周兄走了，生前，他为心爱的文学事业呕心沥血；走后，他留下的精神山泉，永远滋润着千万读者心田。

人们永远怀念他！

十年携手共艰危*

范用同志邀我到书店喝茶。三联书店三楼有他待客的茶室，自备的茶具、茶叶。他问我："还想约谁一起来?"我想了一下："请若水夫妇一起来，好吗?"范用同志赞成，他也好久未与他们见面了。我说："中午小酌我做东。"我有一个心愿，请若水夫妇吃顿饭，祝贺他们结婚十周年纪念。本该在去年，已一拖半年。在书店附近一家湘菜馆，临散席，董秀玉来了，喝了两口汤，抢着付了费。她是三联书店总经理，大老板，只好让她。她是特意来付饭钱的。我对若水、冯媛抱歉地说："只好改日再备薄酒以表贺忱了。"范用同志不解，问是怎么一回事?冯媛笑着说："顾骧老师要祝贺王先生把我'拐'到手十周年纪念。"我说："冯媛，这就不对了，你也太谦虚了，十年前，你们婚礼，请我们几个人吃饭。席上，若水介绍说，是你'追'他的，我们都佩服你的眼力、勇气和痴情呢!"

席散，我和范用同志回家，若水他们仍回书店淘书。望着冯媛挽着若水双双走去的背影，令我感触良多。他们就是这样相扶、相携、相依，在熙攘的人群里，在风雨的岁月里，一起走过了十年人生路。

冯媛，蜀中才女，复旦大学高材生，十多年前就有女性研究著作问世，曾在《人民日报》当记者，写得一手好文章。对于若水，起初，她未

---

* 引自鲁迅：《题〈芥子园画谱三集〉赠许广平》

作者（左一）与王若水（左三）、王元化。

必详知他是六十年代毛泽东欣赏的青年哲学家；哲学社会科学部委员扩大会议向毛泽东推荐的两位青年学人之一。但是，七十年代，若水曾面顶江青、张春桥、姚文元，她是知道的。她爱若水逼人的才气、过人的智慧，更敬重若水不畏斧钺鼎镬的骨气、正直坦荡的品格。不顾世俗之见，以身相许。一位具有浪漫色彩的现代女性。刘勰曾感慨："知音其实难哉!""音实难知，知实难逢。逢其知音，千载其一乎?"若水得一知音，也是"千载其一乎"？奇哉冯媛，她身上显现出来更多的却是中国传统女性的美德。婚后隔年，若水被革出教门。又两年，在一次风波中，冯媛说不清、道不明地在家"赋闲"了起来。也有一段时间，生活平静一些，双赴海外讲学。在美国东西海岸，有他们屐痕履迹。去年，恶疾突袭若水，冯媛日夜陪侍病榻，曲尽妇道，为伊消得人憔悴。吉人自有天相，若水如今已康复。年来，人们常见到在公园里、在湖边，夕照中、晨霭里，有一双身影款款而行、喁喁而谈，那是冯媛陪若水散步。十年，以沫相濡，以湿相呴，命运已将他们联在一起而无法分开了。

冯媛曾感慨地说："走过了十年的路，我庆幸当初的选择是对的。""若水对于我，是无可替代的。""假如人有来世，再有一次婚姻选择的机会，我还要选择若水！"

流年似水，恩爱如初！

一九九七年

附：悼若水（七绝四首）

（王若水兄二〇〇一年八月赴美，隔年一月，不幸于波士顿哈佛大学病逝）

（一）

海外忽传哀书至，
枕上潸潸泪沾巾；
深宵梦中惊坐起，
杜鹃枝上月三更。

（二）

道义铁肩千钧担，
文章辣手四字惊；
敢向霜剑持真理，
轻抛乌纱照汗青。

（三）

有情青史澄若水，
无畏霜摧傲骨寒；
砚冷台空斯人萎，
击石楚歌映胆肝。*

（四）

何期小别成千古，
重到“哈佛”未一年；
云海苍茫家万里，
西天遥奠一泫然。

二〇〇二年于北京

* 谢翱登西台哭奠文天祥，以竹如意击石作楚歌，竹石俱碎。

演员于是之

临去北戴河之前，又往协和医院探视了是之兄。

他浑身插着管子，吊着氧气瓶，无声息地躺着。曼宜嫂夫人俯身对着他耳际大声说："你的老朋友顾骧来看你了。"半晌，他微睁开眼，盯着我，露着凄楚的神情。曼宜嫂说，他有反应了，难得出现；前几天苏民同志来，也有这样的表情。

对之，怆然！

于是之，一代名优，话剧表演艺术家，话剧中国学派主要代表人物之一。他的一生，可说是认认真真演戏，清清白白做人的一生。善良正直，艺德可风。过去几十年间，是之台上优孟衣冠，台下磊落光明。他当过"官"。做了十几年的"副院长"，但他从不像"官"。登龙乏术，无袖可舞。掏出名片，只有五个字："于是之·演员"。要说头衔，他可列出一长串：什么中国戏剧家协会副主席、北京市戏剧家协会主席、北京人民艺术剧院副院长（那时曹禺老爷子在世，他只能位列"副"职了）。还有什么第×届全国人民代表大会代表、中共第××次代表大会代表等等。若再加上挂名的虚衔，名片上可印出密密麻麻一大片。但是在是之内心深处，给自己定位就是"演员"，演员于是之。

如今大师满天飞，也许不久"大师故居"也将遍地开花了。要论当代话剧表演艺术家，一定要推举大师，恐非他莫属；然而，他力辞"大师"

之称。他有一句挂在嘴边的话："不可能大师满街走！"朋友们相聚，谈笑间戏呼他"于大师，于大师……"，他总那么当真，一脸惶恐，连连摆手，口中还念念有词："别，别，别……"他不是矜持，不是故作谦虚，他是实实在在在心底不承认"大师"之说。他就是"演员"，演员于是之。

一九九二年作者（左一）与于是之（左三）在颐和园苏州街戏拍

演员于是之为人坦荡清淳，境界平凡高远。十多年前他曾说过，他决不拍电视广告。上世纪八十年代对话剧演员是否可以拍广告问题曾有争论，如今这已是习以为常的事，成为普遍现象了。但对是之而言，我觉得他的意愿还是有道理的。设想一下，他用毕生艺术生命凝结成的一座座艺术雕像：程疯子、老马、王掌柜、丁文中、魏勒……已经牢固地刻在观众的审美记忆中，假若有一天，他往电视荧屏一戳，手捧一盒治疗胃病的药或是其它什么药，向观众指指点点，请大家服用，而且每天出现一场，是否会引起观众的滑稽之感呢？是否是艺术上自贬自贱呢？的确是之从未拍过电视广告，虽然片约很多。这点不容易，不光要懂道理，还要能战胜金钱的诱惑。接一个广告片，不就是收入一座别墅，收进几部小汽车么？他能做到，他是演员于是之。

演员于是之常说，做一个够格的演员并不容易，他有较深的文化素养，而非只会演戏的艺匠。他反复说：“好演员没有不好读书的。”“我最害怕演员的无知，更害怕无知当有趣。”“我尊重有书生气、‘学者化’的同行们，在他们面前自惭形秽。”这后一句是过谦。是之自幼家贫失学，但他自学成才。在他少年时代便阅读了大量中外文学书籍，如茅盾、巴金、老舍、曹禺、拉辛、莫里哀、波德莱尔等人的作品。他钻研历史、阅读《中国文化史》《文献通考》之类。初踏进戏剧门槛就迷上了音韵学，硬啃《说文解字》及包尔·巴赛的《比较语音学》。他的法文功底也很不错。在他准备拍摄电影《鲁迅传》时，又通读了《鲁迅全集》。他写得一手好文章，十多年前我与宏韬同志一起，为他编选了一本《于是之散文选》，由友谊出版社出版了，收进我主编的“艺术家散文丛书”。他的书法很有功力，并非如某些“名人书法”，胡乱涂鸦，也被捧为“墨宝”。行书很漂亮，看了很舒服。这就是演员于是之。

演员于是之，祝你早日康复！

二〇〇八年九月

又见朱琳

看罢《雷雨》，剧场归来，给朱琳大姐挂了一个电话，衷心祝贺她艺术青春永驻。

我已记不清看了多少遍《雷雨》。半个世纪前，我在上海兰心剧院看过石挥扮演鲁贵的《雷雨》，也在南京夫子庙看过文明戏剧团演出的《雷雨》，看过带序幕与尾声将近四个小时的《雷雨》，也看过大学生业余剧团演的《雷雨》。一九五三年，看过鲁大海在舞台上攥着拳头喊口号的《雷雨》；四十年后，又看了“没有鲁大海的《雷雨》”，这是一位“先锋”博士导演的。这两个本子，一个是大师自己修改，一个为大师首肯。鲁大海这个“拖油瓶”，对于《雷雨》好像是难以处理的角色。在所有这些演出中，印象最深的除了石挥扮演鲁贵的《雷雨》，当推人民艺术剧院版本、夏淳公导演、朱琳扮演鲁妈的《雷雨》。一九五四年首演我看了，那时首都剧场还未建成，是在今天的儿童剧场演山的。一九七八年复演我又看了。弹指间现在距复演又已二十个年头了，《雷雨》，令人心灵震颤的《雷雨》，蕴含深不可测的《雷雨》，超越时空的《雷雨》，人性永恒的《雷雨》，道不尽的《雷雨》，演不完的《雷雨》。这就是经典，这就是大师。

若说石挥是《雷雨》第一鲁贵，我以为朱琳便是《雷雨》第一鲁妈。在那一方舞台上，在周公馆豪华的大客厅里，鲁妈，昔日的侍萍，在那雷鸣电闪的二十四小时中，经历了一场生命的大悲恸。朱琳，在两个多小时艺术创造中，陷在情感漩涡的中心，泪水在心窝里滚滚冲击。风云四十年，血泪三百场，朱琳与剧中人物一起，一次又一次，沉浸在恩恩怨怨、生生死死的情感搏击中，送走中年，迎来晚秋。今年是朱琳从艺六十周年，又见朱琳，又见活鲁妈朱琳，年逾古稀已息影舞台的朱琳。我要说，化妆上疏忽了，鲁妈刚五十出头的人，有几茎白发可以，但满头花白就显得比人物苍老了些。不过不要紧，当演员进入角色，当观众进入欣赏境界，凭朱琳那炉火纯青的表演，就像磁石一样，紧紧攫住了观众。观众一步一步被征服，一步一步为那艺术魅力所迷醉。对于鲁妈，朱琳不仅对舞台上那一刻的遭际有着真切的感情体验，对被虚起来的过去三十年，她也有过细腻的感情品尝，甚至年轻的侍萍与大少爷周朴园的短命爱情生活，曾经真心爱过，而后又刻骨恨过，都在心里积累着。人物在她心中活着。人物性格的丰富、真实与发展、变化，仍是那么清晰、准确，层次分明，分寸得当。仍是那么充满激情，而又能控制自如。我说她的表演炉火纯青，也就是因

作者（左三）与朱琳（左二）。

为她在处理表演艺术这一对基本矛盾中，能将体验与监督结合得恰到好处。她的台词仍是那么优美动听，充分性格化、极具音乐感。节奏上，刚柔相济，浓淡疏密得体；色彩上，语气声调变化多样细致。发声和气息的运用、重音的读法、停顿的掌握，都极讲究。这一切，都在规定的情节中，将人物的性格、感情、思绪，艺术地揭示出来，又让观众在倾听中得到一种审美享受。第二幕鲁妈与周朴园相遇的对白，对人物瞬间的心理活动、内心的矛盾变化、显台词后面的潜台词，曲尽其妙。人物性格的坚韧，人物品格的高洁凸现。怪不得有人说，朱琳台词的处理，可以自成一派——朱派了！

六十年，朱琳在舞台上塑造了众多的人物形象，难以一一尽数。全国解放前，有《大雷雨》中的卡捷琳娜，《日出》中的陈白露，《孔雀胆》中的阿盖公主，以及《丽人行》中的刘若英……全国解放后，在"人艺"舞台上，我以为最成功的是《雷雨》中的鲁妈，《蔡文姬》中的蔡琰，《推销员之死》中的林达与《洋麻将》中的芳西雅。有中有外，有现代有历史，有现实主义有现代主义，有侧重体验有侧重表现，有写实有写意。显示一位表演艺术大家娴熟的驾驭角色的能力。

电话中，朱琳大姐告诉我，再过几天要去澳大利亚探亲，看她的女儿小琳，"等回来邀几位朋友聚一聚"。我说："等您回来，还要再看一场您的戏呢！"

人生易老，艺术常青。

一九九八年

附：《又见朱琳》后记

翻检旧作，看《雷雨》，又见朱琳，已是十年前的事了；距“文化大革命”后仍由朱琳饰演鲁妈、人艺复演《雷雨》，又整整三十个年头了。上溯一九五四年我在儿童剧场看人艺初演的《雷雨》，乍见风华正茂的朱琳，已是半个多世纪以前的事了。五十多年间，我看人艺的戏，评人艺的戏，写人艺的文章，参与是之牵头、总结人艺风格、人艺传统的科研课题，撰写人艺演剧学派的著作，不时共商人艺剧目建设问题，与人艺几代艺术家交往，友谊深深。我不仅自认为是人艺的铁杆“朋友”，还自视为人艺的“家人”。岁月无情，人生易老。时光流逝、人事凋零。浩劫之后，首先是董行佶遽然西行，光覃先生、夏淳公又先后辞世，使我失却诸多请教受益之机缘。如今，苏民先生仍然杏坛课读，老骥伏枥；但是之兄已缠绵病榻多年。二十年前，我为是之兄编选了一本《于是之散文选》行世。是之兄不仅以表演艺术大家为人共识，他的文学修养也可使人窥之一斑，了却一桩心愿。近二十年来，是之兄寂处疗疾，悄然物外，得亏曼宜嫂夫人悉心侍候，为之敬佩。是之兄常驻我心头，惦念不已。有幸，年来还能不时见到朱琳大姐云衫鬓影，听到她那仍然悦耳的“朱派”台词的声音，颇感宽慰。《我和北京人艺》一书正编选中，编者索稿，检点旧作一则奉呈，聊资留念。

张海迪的“芭蕾”梦

张海迪，高位截瘫患者。她两岁刚学会走路，五岁即不敏于行。算起来，在人生道路上，她只直立行走了三年。命运太残酷了，寒来暑往，冬去春来，漫长的三十几年岁月，她只能用轮椅代步。她没有跳猴皮筋的童年，没有跃动双腿起舞的青春。然而，海迪不甘于命运的摆布。顽强地同

作者与张海迪，摄于一九九六年。

命运抗争。她一直做着一个美丽的“芭蕾”梦，怀有强烈的“芭蕾”情结，令人难以想象。

十岁那一年，海迪父亲背她去剧场看了一场古巴国家芭蕾舞团的访华演出。黯蓝色天幕下，幽蓝的湖水泛着闪亮的微波，柔和的月光照耀着远处寂静的森林。随着大提琴忧伤缓慢的旋律，一只洁白的天鹅飞落到湖畔。芭蕾仙子那修长线条，高雅风度，轻盈飘逸的舞姿，通过动感语言的欣赏，海迪沉浸在陶醉之中。转而，明丽的乐曲奏起，一群身着白纱裙的小天鹅，欢快地起舞。她们舒展双臂，双腿活泼地跳跃，足尖碎步频频挪动，一种生命韵律美，勾魂摄魄。海迪被那一双双灵活的腿，那一双双着白色舞鞋

张海迪的芭蕾梦。

的脚，深深吸引。对于一个势将永远失去行走自由，终生坐在轮椅上的孩子，她既有着强烈的、不可遏止的向往和渴望，又有着现实终究无法让她在舞台上足尖立地，飞速旋转的痛苦与悲哀。海迪认为，人类无法避免病残，而残疾人生存的本身就是对抗困难和不幸的力量。人的生命潜力难以

蠡测。残疾人有着健全人所难以想象的忍受痛苦展示自己生命潜能的欲望。海迪说："面对生活，我这样想，即使翅膀断了，心也要飞翔!"海迪以顽强意志，了却一桩"芭蕾"情结，显示人类生命力的强大；在圆了"芭蕾"梦的过程中，完成了生命的超越。将海迪引向生命的超越支点是文化精神。鲁迅有言："精神现象是人类生活之极巅。"海迪在人类精神自由的产物——文学艺术这一梦的形式中解脱自己，完成自己。她将对"芭蕾"的向往和渴望倾泻在画幅上。她在画架前，面对洁白的画布，用饱蘸着色彩、激情和想象的画笔，完成了一幅双腿修长、舞姿轻盈的"芭蕾仙子"油画。这幅画一直挂在她的卧室内。她将对"芭蕾"的向往和渴望，倾泻在文学上，她写了优美散文《芭蕾仙子》，让文学之梦使愿望得到满足，精神得到补偿。文章收在她的集子《生命的追问》里。她将对"芭蕾"的向往和渴望倾泻在音乐中。终于有一天，她和芭蕾舞团的女演员，共同拍摄了一部音乐电视片。在蓝色朦胧光影下，她一袭白色纱裙，足着银白色舞鞋，在一群洁白的芭蕾仙子中间，在音乐声中，旋转着轮椅，圆了她的"芭蕾"梦。在文学、美术、音乐的审美体验中，获得了精神上的超越。

一九九八年

万里系乡魂

虽是四月，告别布加勒斯特，大地还铺满白雪，飞抵华沙，迎接我们的竟是一派和煦的阳光。机场大厅里，波兰文学家协会的代表，用诗的语言致了欢迎词："波兰用阳光欢迎你们，希望阳光能照进你们的心。波兰还用鲜花欢迎你们，今年花开得晚，但你们离开的时候，花一定已经盛开……"这是胡佩方用一口流利的普通话翻译的。她着一身黑色长裙，露着一绺银丝的短发，随意拢在耳后。一下飞机，远远地从欢迎人群中，我就认出她来。

我来波兰，她任译员，事先从各自国家的外事部门都已获悉。我们期待着这次访问，期待着在上海未完成的谈话。

两年前，在上海"中国当代文学国际讨论会"上，我们结识。乍一看，很难将她与"波兰汉学家"联系起来。体态微胖，黧黑，平直的短发，一身极普通质料的衣裳，"土"得像国内党政机关女干部或上了年岁的中学女教师。不用说，和到会的西方女士无法相比，就是中国的女作家，也比她时髦，洋气。可是，她有一对睿智的眼睛，目光中透着坚毅、执著、豪爽，透着生活的艰辛与岁月的沧桑，透着生命的成熟。会上，她发言的题目是"中国文学在波兰"。语气中充盈着对中国绵远灿烂的文学的自豪，也流溢着对波兰文化的热情。我隐隐感到，在这个女性身上，广博、深厚的爱，负载得好沉，好沉！

波兰是我极为崇敬的民族与向往的国家。小时候，我读过鲁迅编在《域外小说集》里显克微支著的《灯塔看守人》。这是现在的译名，那时有一个文绉绉的译名《灯台守》，所以印象很深。而肖邦与柴可夫斯基，则是我最喜爱的两位音乐家。肖邦那充满诗意幻想的钢琴语言，浸润着多么深厚的对祖国之爱！如果说：文学与音乐都能沟通人类心灵的话，那么，中国文学在波兰，则是沟通中波人民心灵的工具。而作为翻译了多部中国文学作品，这些年又撰写了十多篇关于中国的报告文学的华裔波兰作家、汉学家的胡佩方，便是架设中波友谊和人民心灵交流的桥梁的一位可敬的工程师。无怪乎去年十月，波中友协对她进行了表彰，送上了波兰人民对她几十年劳绩的一份谢意与敬意。在上海，她对中国当代文学，向我提出了连珠炮般的问题，甩出了了解的渴望。我还发现，她对于中国社会问题的兴趣之浓，更甚于文学。短短三天会期，岂能尽言；大家相约，再见在华沙。

胡佩方降尊纡贵应聘担任接待中国作家代表团的译员，是出于友情。她不要波兰文协一个兹罗提的报酬，完全是尽义务。她说："双方都是我的朋友。"波兰文协主席茹果夫斯基与她有多年的友谊，而中国作家代表团的成员，不管是旧交还是新知，她都一律视作"娘家人"，能短暂小聚，也是一份慰藉。

说是波方译员，实际上她是我们代表团的"顾问"、"秘书长"。一切礼仪应对，她时时提醒；生活安排，她周到考虑。甚至为大伙计算，能节省点零用钱，买点什么小礼品带回国，她都为我们操心。她见缝插针给我们介绍情况；从波兰民族历史，到经济改革，政局更迭，科学文化，宗教活动，以至医疗保健、住房制度……推心置腹，毫无保留。一点也不将我们当外人。我们像小学生一样贪婪地听着。她好像要在短短的十多天里，把对祖国的一腔热情，借此尽情宣泄。到国外访问，最难受的是喝不上开水。我们到华沙第二天，她特地从家里给我们拿来一只热水瓶。这样，每天早晨用餐时，送服务员一盒风油精作为小费，在厨房里为我们灌一瓶开水，足够我们代表团三人，每人泡上两杯茶。对我这嗜茶如命的人，可是救了驾。

在波罗的海边上的革但斯克古城旅舍，在一天访问之后，我们得有机会进行了一次长谈。窗外月华如练，从海上吹来的早春的风，带着淡淡的腥味。她斜靠沙发上，一支接一支抽烟。似水般的往事，三十年去国离乡的岁月，如丝如缕。她说得很平静，似乎时光的冲刷，剩下的惟有冷峻。那内心的炽热与生活的辛酸都被深深掩埋了。

她生长在中国湖南。洞庭湖畔，汨罗江边，湘江沅水之滨，留下她童年与少女的足迹。而苍梧九嶷的神奇，三湘四水的秀丽，都给这块土地上的儿女以营养乳汁。更何况近七十年来，在革命风云变幻中，又涌现了多少杰出的仁人志士，演奏了多么雄伟壮丽的动人乐章，胡佩方就是在这环境里长大的。一九四九年，中国人民解放军挥师南下，解放湖南。胡佩方弃学从军。不久，北国烽火燃起，她作为中国人民志愿军的一员女兵，赴朝作战。“三八线”炮火沉寂后，她进入中国人民大学读书。和平的日子挣来了，她又重新捡起书包。

就在这时候，胡佩方的情感生活发生了重大变化。这一变化决定了她今后一生的道路。在校园里，一个学习中国历史的波兰留学生，闯进了她的生活。这就是后来成为她丈夫的斯沃文斯基。一九五五年，胡佩方辞国离乡，关山万里，远嫁波兰，随丈夫回国。

“离乡去国三十年，鬓斑发白不成眠”，她低低吟出两行诗句，伴着一声长叹。这也许正是她悠长岁月里的生活、艺术的凝炼。

“我也爱波兰。”她轻轻地说。前天，在一个座谈会上，波兰一位作家，误以为她也是我们代表团一员，问到：“您是中国人?”她答：“我生长在中国，我热爱中国。我嫁了一个波兰丈夫，现在是波兰人，我也爱波兰。”她将这一问一答用汉语翻译给我们听了。这就是胡佩方。

波兰民族是一个酷爱民主自由的民族，有着漫长的、英勇的为争取自由而斗争的传统。近一千年的历史里，内忧外患不断。三次为普鲁士、奥地利、沙皇俄国所瓜分。整个二次大战期间，华沙遭杀害的有八十万人。有七百年历史的古城几被夷为平地。波兰人民有强烈的民族意识，非常尊重自己的历史，珍视本民族的文化遗产。波兰为世界贡献的哥白尼和他的学说，不仅是天文学革命，也是近代世界科学发展的转折点。诗人密茨凯维支、音乐家肖邦、科学家居里夫人，这些享有世界声誉的文化精英，是波兰人民的骄傲。她也喜欢这个具有现代文化氛围的国家。

可是，他乡再好也无法代替祖国在心中的位置，就好比任何人也无法代替母亲在心中的位置一样。祖国的一山一水，故乡的一草一木，都牵动胡佩方不安的灵魂。六十年代以后，中波关系紧张，来往一度中断，得不到任何亲人的信息。“故园东望路漫漫”，家乡，故国，只能在一片片残梦中追寻。

六十年代中期一场邪恶的风暴席卷了中国大地。对祖国命运的担忧，对亲人遭遇的挂念，使得他乡游子愁肠百结。一九七六年一月，一个令人震惊的消息传来：周恩来总理逝世。这犹如晴天霹雳。对于周总理，她怀有特殊的感情。因为她的婚姻曾得到过总理的批准，因此她不仅敬重总理人格之伟大，还有着深埋于心的对总理的感激。多少年来，她念念不忘报答总理的愿望。如今，生不能当面献上一片至诚，死无法亲临祭奠。说到这里，她停止了抽烟，眼中闪着泪花，再也无法掩盖内心的波澜。

停了一会，她轻轻地接着说：“得到总理去世的消息后，我痛哭了一场。我有点绝望了，下了狠心，办理了转国籍的手续，在这之前整整二十年，是波兰的‘媳妇’，但我是一个旅居波兰的中国侨民。出于对江青之流的憎恨与对‘文革’那一套极左作法的反对，为了不牵累与株连国内的亲友。我只好走了这一条路，入了波兰国籍。没有办法。”胡君幽幽地说道。

差不多就是在这同时，她个人生活，经历了又一个转折点。她与一起生活了二十年的丈夫很平静地分手了。

“为什么?”我问。

“不为什么。既然爱情消退了，就不必再在同一屋檐下生活。他是一个很好的人，一个专心于研究的学者。那时已经是副教授。我们混血的女儿也已经上大学。分开了，我也能放心。他生活能力差，离婚后，他的住房还是我奔走帮他找到的。现在他已重新结婚。”说这些，她没有哀伤，没有尤怨。

天下事大概要数夫妻结合与离异最难说清楚。其中复杂与微妙的原委，也许只有双方当事人自己用心去感受才能得知，外人是无法也不必要去探出究竟来的。

她说，她们的混血女儿长得很美丽，原在伦敦读书，现在到了美国，在那里工作。

那么，现在异域他乡单身独居的胡君，生活感到寂寞，孤独么？这是自然的问题。

“我没有孤独感，生活得很充实，很丰富。”她肯定地回答。

似乎确实是如此。虽然她早过“知天命”之年了，流逝的岁月，已经带去了她的青春，风霜无情地将皱褶抹上她的额头，两鬓又添了霜华；但她精力旺盛，不知疲倦，开朗达观。犹如一片璀璨的晚霞，仍然映照出绚丽的色彩。她现职是波兰一家有影响的《大陆》杂志的编辑部主任，编辑部繁忙的事务要处理。每年要到世界各地采访，来去匆匆，风尘仆仆。有那么多中国古代和现当代文学作品，在她翻译计划表上要完成。在华沙，文学界、新闻界、出版界、教育界，她有那么多朋友；在波兰各地，她教过那么多学中文的学生，“桃李”遍于国中。中国改革开放以来，中波友好往来骤增，一拨又一拨的客人要接待。她没有时间叹息。

从外地回到华沙，临归国前夕，我们代表团全体成员去胡佩方君家中做客。在那里，我仿佛找到了胡君并不孤寂的印证。

在城南林木幽森宁静的住宅区，一幢小楼里，胡君拥有三室一套的寓所。客厅南向的大玻璃窗下，摆着盆盆花草，翠碧茎青，清香馥郁。阳光将室内染上一层绿意。满架图书，有中文，有波文，有英文；满橱艺术品，有尼泊尔银质佛器，中国贵州傩戏面具；有非洲土著妇女项链，印度精致牙雕；有中国碑帖印章和民间剪纸刺绣。更多的是从世界各地收集来的贝壳，五光十色，晶莹光泽。客厅壁间悬挂的美术作品，有油画，有中国水墨画。显目处是主人年轻时的几幅素描，那是波兰画坛师首、著名的艺术大师塔·古力谢维支的遗墨。胡佩方笑着念了一首“打油诗”：

“寒舍有五多，花贝书画歌，八机缺三对，性癖莫奈何。”这就是胡君的家，这就是胡君的性格，这就是胡君的人生乐趣。她向我们解释：“八机缺三对，”言在现代化电器设备不多之意。不过音响设备是少不了的，它正蹲在客厅的一角。我暗暗想：拥有丰厚文学艺术精神财富的人，是不会感到生活孤寂的。当她在寂静的夜晚，听肖邦的《G小调第二钢琴协奏曲》，乐章中反复出现的凝思优美、温柔抒情的主题，在宁静神化的意境中淡淡地消逝时，她沉浸在至纯至美的境界，是不会感到孤寂的。当她在春雨之夜，凉如水的秋夕，在灯下安详地阅读屈原、密茨凯维支的诗卷时，受诗人们沉郁博大胸怀感召的她，是不会感到孤寂的。当她伏案写作或斟酌译笔时，她是不会感到孤寂的。

临别，主人捧出一册精美的留言簿。在留言簿上，我写下了一首五绝相赠：

汨罗江上客，
西域未归人。
屈子风犹在，
万里系乡魂。

一九八八年

故国夕阳红

《故国夕阳红》是画家一幅代表作的画题。这画题，某种程度道出了这幅名作深邃的历史意蕴，也象征性地映照出画家坎坷的一生。故移用为本文标题。画家是我同乡，少年时代的战友，我们曾一起生活在苏北文工团的前身，阜东和滨海文工团。我欣赏他的艺术，更歆敬他的人品。古人有云："学画者贵先立品。立品之人，笔墨外自有一种正大光明之概；否则画虽可观，却有一种不正之气隐跃毫端。文如其人，画亦犹然。"（王昱《东庄论画》）故我乐于与恩谊一起，回顾他那艰辛崎岖的大半生，探寻他那漫长的艺术道路。

——题　记

蓝色的画魂

一九九〇年八月。

又是一个闷热的夏天。

《吕恩谊画展》在北京民族文化宫展出。

犹如一石击水，年来平静的画坛，涌起一片波澜。

桃李无言，下自成蹊。

展览一周，观众近万。

美展在寂寞的文苑，引发了一阵不小的轰动。

人间自有知音在。似火的骄阳，挡不住热心的观众。

一批批爱好者，有来自京城，也有来自外地：大连、青岛、石家庄。观众中有一般群众，也有国家领导人、将军、各界著名人士、海外华侨和国际友人。

杨成武来了。风度儒雅的将军，为画展题赠了《国魂》二字。好个《国魂》，这是深入画展内在堂奥，揭示出其艺术价值的最高评论。是精彩、精炼、精确的不刊之论。将军其实是诗人。

吴作人先生拄着拐杖，偕夫人萧淑芳教授来了。恩谊为美术大师入室弟子，两年前，大师读到恩谊部分绘画新作，喜不自禁，挥毫以“艺无止境”题赠；并跋为：“未晤恩谊三十二年，其艺进有嘉；夙兴夜寐，苍天不负苦心。”知生莫若师也。

常书鸿先生在夫人李承仙教授陪同下来了。这位将毕生心血献给东方艺术的艺术家，对画展显露的民族气派深为欣喜。

艾青坐着轮椅来了。诗人其实是画家。世人知其诗名者众，而知其画名者寡。诗人对恩谊诙谐地眨着眼睛，竖起了大拇指。这是无声的评论。

海军政委李耀文上将因为要到外地出差，等不及展览会的开幕，提前到恩谊家中仔细地欣赏了送展作品。恩谊在海军生活了四十个春秋，度过了大半生。他在这里成长，也在这里经历磨难。海军将他培养成材，他也为海军争得荣耀。恩谊的生命是蓝色的，是蓝色画魂，上将对海军的这位艺术骄子抱有分外的感情自不待言。画展开幕的当日，上将又特地从外地打电话给他儿子，要儿子代表爸爸前往祝贺！

八十六岁的彭明治将军，带着氧气袋来参观。一位职业中学五十多岁的女教师，冒着35℃高温，从石景山来到这里，连续四次在展厅流连。民族文化宫的工作人员感慨地说，这次画展，能激起观众如此高的热情，在这类画展中是罕见的。

展厅空间有限，艺术意味无涯，潮涌的观众，在画家所营造的茫茫宇宙，邈邈历史，博大、深沉的艺术海洋中徜徉。那震撼人灵魂的崇高的美，具有无声的力量，攫住了万千观众的心。

它令人陶醉！

它令人遐想！

它令人惊叹！

画展闭幕后，中央人民广播电台，中央电视台、北京电视台作了报导。新华社发了四则消息。八一电影制片厂拍摄了专题片。十余家报刊登载了消息、通讯、绘画作品和评论文章：“五十年代以画元帅肖像而蜚声画坛的杰出油画家，创作出一批反映大海、长城、榕树的油画珍品”，“我国著名油画家吕恩谊推出三大系列绝作”，“吕恩谊是一位感情丰富、功底深厚、思想敏锐的画家”，“是一位自学成才的画家”，“闻名中外的我国著名画家吕恩谊，以其精湛的艺术表现力在中国油画史上占有重要一页”……

画展结束了。当恩谊走出民族文化宫宫殿般的大门，留在身后的是他心血浇灌的艺术世界；迎着他的是仍有余威的夕照，他陷入沉思：过去的路是怎么走过来的？今后的路又怎么走？

少年布尔什维克

这条艺术之路，走得好艰难，好艰难！

有谁知道，作为一位画家，他比通常的同行，多付出几倍的艰辛?!

画家没有一个滋养他艺术的丰富乳汁的童年；但有着一个塑造他风骨与人品的时代。

六十年一个花甲子。

整整六十年前，恩谊诞生在江苏北部，黄海之滨的响水县上兴村。抗日战争时期，这里为滨海县，属苏北抗日民主根据地的盐阜区。现为响水县，属盐城市。

盐城是江苏古邑，从汉武帝因盐置县起，迄今已有两千多年的历史。盐城自古多忠贞爱国之士。南宋左丞相、著名民族英雄陆秀夫，殉身东海而出生盐城。范仲淹在盐城东乡更筑防海潮大堤，至今仍被人颂称范公堤。

抗战爆发，日寇连陷苏北诸城。山河破碎，生灵荼炭，人民在水深火热之中。多难兴邦，战争，某种意义上是伟大的学校。一场抗日民族解放战争的烈火在平原上燃起。一九四〇年新四军陈毅将军率部北渡长江，八路军黄克诚将军率部从冀鲁南下，在盐城会师，开辟了盐阜抗日民主根据地。皖南事变后，新四军军部在盐城重建，一时间盐阜地区成了华中敌后政治、军事、经济、文化中心，盐城获得“小延安”之称。抗日大学五分校在这里开办了，鲁迅艺术学院分院建立了。刘少奇、陈毅、粟裕、黄克诚、张爱萍等军政要人，李一氓、阿英、邹韬奋、贺绿汀、薛暮桥、骆耕漠、孙冶方、范长江、黄源……等文化人云集。“江淮河汉今谁属？红旗十月满天飞。”这是盐阜地区历史上辉煌的时刻。

庄严雄壮的《新四军军歌》在江北原野上飘扬：“扬子江头、淮河之滨，任我们纵横驰骋；深入敌后，百战百胜，汹涌着杀敌的呼声。……”“东进，东进！我们是铁的新四军！”斩钉截铁的节奏，铿锵有力的乐句，回旋反复，豪迈而悲壮。八年抗日战争，在青纱帐里，在纵横交织的芦苇荡中，人民战士、英勇的百姓，与日寇、伪军、国民党反动派，进行了无数次战斗，粉碎了一次又一次的“扫荡”、“清乡”、“围剿”，献出了数不清热血男儿的生命。

苏北平原如绣，水网似织。这里本是一块美丽的土地。如今，它成了燃烧的土地。

它是焚毁侵略者的土地。

它是锻冶丹心铁骨的土地。

它是升腾起民族气节的土地。

谁说中华民族仅仅是“燕赵”多慷慨悲歌之士？八年抗日战争，紧接着又是三年解放战争，不屈的人民，将苏北这块土地用血染得一片鲜红；伴着遍地翠碧的芦苇，分外娇艳。

岁月悠悠，半个世纪过去了。战争的硝烟已经散尽，死难者的墓地早是白杨萧萧；不，多数人根本就没有墓地，他们的白骨早已散失，汇入了泥土。然而，你若是到盐阜地区走一走，到处可见的一座座革命战争烈士纪念碑、亭、塔，它会唤起你对那段历史的回忆；它是那个难忘岁月的永恒史证。它记叙着二十世纪所进行的一次最伟大的反法西斯战争中，中华民族不屈的民族精神。

浩气长存。

这就是恩谊童年和少年生活的时代。苦难的历史，给予画家精神上的营养是慷慨的。热爱祖国，忠于人民，挺起不屈的脊梁，积淀在画家灵魂深处。时代塑造了他倔强、坦荡、正直的嵚崎磊落品格。

如果说时代赋予画家的精神营养是慷慨的；那么，艺术的营养却是十分吝啬的。

恩谊自小学画没有任何一位教师指导，没有受过基本的正规教育，完全靠自己摸索。

恩谊学画缺少最起码的绘画工具。

恩谊学画，缺少哪怕稍微像样的可资鉴赏的美术资料。

……

苏北滨海一带，地瘠民贫，闭塞落后，社会环境如同文化沙漠。恩谊家庭属于中小地主，但已家道中落。兵荒马乱，四处逃难，衣食难周，哪有条件培养孩子画画？今天在大城市里到处可以找见的绘画、雕塑、图片、画册，那时，与之无缘；什么叫面包，什么叫牛奶，火车是什么样子，电灯是什么样子，统统未见过，更不知道什么影视艺术了。

恩谊就在这样的环境下走向他毕生追求的艺术道路的。

恩谊承认，绘画的爱好是天赋。而要在绘画领域有所成就，必须付出艰辛的劳动。他认为对美的爱是与生俱来的；而“美”与“苦”又是一对孪生兄弟。

恩谊天性对色彩、形象有兴趣。用他自己的话来说，“看见画就走不动路”，绘画使他着了魔似的迷恋。

一册“语文”课本，那时叫“国语”课本，其中有篇课文是：“清早起，洗过脸，刷过牙，对着镜子照一下。她也认识我，我也认识她。”插图是一个小女孩，跪在凳子上照镜子。小女孩很可爱，他就照着描画。恩谊的艺术探索之路就是从这里开始的。

那时农村老乡都抽旱烟。偶尔有从集镇上买回来的香烟。有一种叫“老刀”牌的烟，人们都叫它“强盗”牌。烟壳上画的是一个戴着一顶海盗式帽子、留着八字胡、拄着一柄弯刀的人。每盒烟内装有一张画片，这是恩谊最喜爱的绘画摹本了。他拼命收集，照着画。还有，就是亲戚家墙上贴的年画，什么“关公斩蔡阳”、“吕布戏貂蝉”、“杨乃武与小白菜”，他默记下来，照着画。

用什么画？纸墨笔砚样样缺。他惟一的绘画工具是粉笔。一次得到一整盒粉笔，那浑圆、挺直、光滑、坚白的粉笔，在他心中激起的欣悦之情，至今记忆犹新。那时还没有彩色粉笔。

恩谊家堂屋一面漆成深栗色的板壁，油光透亮。它成了恩谊的画板。日久，板壁被粉笔画得竟成了灰白色。

新雨过后，河滩上沙地平整整的。他用树枝在地上画。画了擦，擦了画。

恩谊的父亲吕汉池先生，虽通经史，但不擅丹青。汉池先生没有在艺术上给孩子留下多少产业。可是，汉池先生对孩子学画却是理解的，支持的。如今，一提起，恩谊内心就溢满感激的亲情。恩谊学画是那么投入，一画起来就废寝忘食，他最厌烦在他画到兴头上叫他吃饭。每到吃饭时，看到恩谊还在画画，汉池先生就阻止别人催他："不要叫，让他画，等他画完了再吃。"

一九四二年，恩谊在《盐阜大众》报上，看到一幅木刻肖像。刻的是新四军三师师长黄克诚与副师长张爱萍。那时，根据地没有制锌版设备，报纸上的木刻，是原作直接印上去的。吸引恩谊的不仅是木刻作品粗犷、有力、传神的黑白线条，更有新四军三师抗击日寇的种种英勇故事与两位将军的威名，恩谊油然而生崇敬爱戴之情。恩谊将两位将军肖像用毛笔临摹放大，贴在墙上。这是恩谊第一幅习作，一幅人物肖像画，虽然是临摹。也许，这第一幅幼稚的作品，预示了他今后一生的现实主义道路。

路总是从第一步走起的。

这第一步，表明画家的笔，一开始便是与变幻的时代风云联系着的。

这第一步，表明画家的创作，一开始便是为了倾吐积郁于心的对祖国与人民的情愫的。

这是坚实的一步。

人世间，有些事，常常像是冥冥中命运的有意安排。恩谊第一幅习作临摹的张爱萍将军，后来竟和他结下了美好的情谊，或者说是忘年交。整整四十年后，恩谊又画了一幅张爱萍将军肖像。那是一幅油画，一幅真正的创作，一幅饱含着画家对将军充分理解与崇敬的写真。张爱萍将军是中国人民海军创始人之一，文武兼资，既骁勇善战，又风流儒雅。擅音律，工书法。尤其是在党内生活中，刚直不阿，一身正气。恩谊在一九五〇年调上海华东海军《海军画报》社任编辑，做梦也未想到，竟然在张爱萍司令员领导下工作。虽然，恩谊只是一个连级干部，与司令员相距很多层；不过他还是能听到司令员的报告，能一睹将军风采，这也是很幸运了。"文化大革命"中，将军罹难，恩谊去看望老首长。将军瘦弱的身躯，腰板似乎挺得更直。十一届三中全会以后，是将军首先通知恩谊：你的所有冤案：

“右派”、“反革命”，统统平反，彻底昭雪。将军爱才若渴，作为海军创始人之一，对恩谊这位在海军培养起来的艺术家，几十年背着一付苦难的十字架，他是于心不安啊！八十年代中期，将军欣喜地看到画家艺术上突飞猛进的进步，特地书写了“艺海风流”条幅相赠。在《张爱萍将军》这幅油画里，画家未去着重表现将军的戎马生涯，却是写出将军诗人的气质，画出将军平易、亲切、温和中透着坚韧、正直的个性，画出将军的风骨。画家将他四十年来的爱与知，尽情倾泻在画布上。

这些都是后话了。

一九四二年，恩谊十二岁，当上了乡儿童团团长。抗日战争是真正的全民总动员，民族危亡的时候，使孩子们也早熟起来。恩谊带着一帮孩子，站岗、放哨、查“路条”，可积极了。一天晚上，几个伪军跑出据点抢东西，正好碰上恩谊领着一队儿童团员，肩扛红缨枪巡逻，伪军远远见到黑黢黢的一队人马，以为是新四军，吓得抱头鼠窜。“儿童团吓跑了常备队（伪军）”一时传为佳话。后来还被人写成消息登在《盐阜大众》报的少年儿童版上。参加了儿童团，恩谊的画具有了更多的战斗内容：新四军和日本鬼子拼刺刀，老乡推着小车支前……在那个时代，艺术名副其实的如鲁迅所说，是“战斗的”。

一九四五年二月恩谊在他二姊吕芬的带领下，参加了滨海文工团，正式参加了革命队伍，时年十五岁。文工团的生活可说是既严肃又浪漫。那时，在根据地，文工团可以说是知识分子汇集的地方了，虽然都是一些小知识分子。文工团既要行军、打仗，又成天泡在戏剧、音乐、舞蹈、美术活动中，使我们这些“小鬼”团员又兴奋又感到新鲜。恩谊在文工团，每到一地都吃劲地拎着一只装着石灰水的铁桶，刷标语，画漫画。他将他粗糙的艺术，同年轻的生命一起，汇入到抗日的洪流里。不久解放区实行“精兵简政”，盐阜九县文工团合并，成立苏北文工团。恩谊和我们一些年岁较小的团员都又回家乡学校读书。

一九四五年的夏日，一个恩谊生命史上难忘的日子。他被吸收参加了中国共产党。像他家门前的一条灌河，最终向东流入了大海；一个向往光明、向往革命的十五岁少年。终于走进了党——母亲的怀抱。

人是需要理想的。崇高的理想是美丽的。世界上哪怕是宗教信徒，某些具有“真”、“善”意义的教义，也能使他们灵魂得到静虑与清宁。虔诚的宗教徒，也有一种超越生命的灵魂寄托。而共产主义是一种科学的信仰，是神圣、美丽的理想。一个真正的共产党人，无不为能获得这种理想并为之献身而具有一种圣洁感与幸福感。当时，恩谊并未读过《资本论》，连共产党人的“圣经”——《共产党宣言》都未读过。只看过乡指导员给他的《什么是共产主义?》小册子。但是，现实生活教育了恩谊，他相信所憧憬的理想确实是美丽的。共产主义很遥远，但共产党就在眼前。当异族入侵，烽火漫天之际，共产党领导人民起来抗击日寇。英勇杀敌，不怕牺牲。穿着灰布军服的新四军，官兵一律平等，军民亲如家人。根据地充满自由、民主、平等的气氛，恩谊对共产主义有许多朴素的看法，他从小就向往人与人之间的平等。他从现实生活中感到，未来的共产主义是真正平等的社会。恩谊拥护当时的减租减息政策，主张分自己家的田给农民。他读过《阿Q正传》，觉得赵太爷这样的人就是应该打倒。那时党组织还处于秘密状态，他避着家人，填写了材料，经中共区委批准成为一名候补党员，候补期二年，因为未满十八岁，又是剥削阶级家庭出身。按党章本应该县委批准，这是作为特殊例外处理。

共产主义是美好的，但是通往共产主义的道路铺满了荆棘。

共产主义是美丽的，但是在美丽的图画上，常常有人涂抹上贪婪、特权、强暴、腐败、邪恶的污秽。这些，一个少年布尔什维克还是无法理解的。

恩谊已把绘画与他的生命融和在一起，如今，生命和党又连为一体。绘画和党和谐地统一在他的生命中，他用绘画为党的事业服务。可是，恩谊做梦也未想到，十年之后的又一个夏日，他生命中的这两翼竟然水火不能相容。他为了心爱的绘画事业，而被认为是对党的事业悖逆。他被格出教门，成为党的弃儿，达二十二年之久。

他曾仰首叩问上苍：这是为什么？这是为什么？

上苍无言以对。

这一年的深秋，恩谊参加了新四军。不久，新四军改编为中国人民解放军。

之后的三年，是中国现代历史上烈火狂飚的三年。是光明与黑暗大搏斗的三年。是决定中国人民命运的三年。恩谊作为华东野战军（以后叫第三野战军）的一名小兵，随部队转战在运河两岸，洪泽湖边；在风雪弥漫的淮海战场上，在千帆竞发的渡江战役中。

马鸣风萧萧，落日照大旗。恩谊沙场征战，在血与火中度过了少年时代。在战争中，每个人都面临着人生的抉择。每个人都不可避免地面对流血、恐怖与死亡。瞬息之间，人们就会跨过生与死的门槛。人性的美与丑，须臾毕现。恩谊看得太多了，一场战斗下来，都有一批战友倒下。有的是刚参军不久的憨厚的农民，有的是调皮活泼的战士，原来是活蹦乱跳的，转眼之间生命结束了。他们都怀有强烈的爱憎。他们以一种无畏的献身精神，实现了崇高的人生价值。在战争中，恩谊除了做宣传工作外，还从事过救护伤员，运送辎重，掩护群众等等工作。最使他难忘的是参加掩埋队的一段生活。掩埋队的任务就是在每一次战斗，迅速将我军阵亡的官兵尸体搬运下来，挖坑，掩埋，登记造册。一方面以慰死者；另一方面也是不使后续部队目睹自己战友露尸郊野的惨状。每掩埋一个尸体都使恩谊情感经受一次巨大冲击。他积蓄了太多的爱与恨，灵魂在战火中经受洗礼，人性得到洁净，升华。

我有笔如枪。在战争年月，恩谊主要还是以画笔为武器，从事宣传鼓动工作。他画瓦解敌军的漫画，画鼓舞我军士气的宣传画，自画自编油印画报，画幻灯片……后来，文艺家们检讨现代文艺史上文艺与政治关系时，认识到一般说来，把文艺规定为必须为政治服务，是限制了文艺全部功能的发挥；同时，也都理解与尊重，在特定历史时期，文艺为政治服务是无法回避的现实，是无法推卸的历史使命。

紧张的战斗生活，常常使人忘记时间的流逝。但是恩谊从画笔底下，仿佛听见了历史车轮飞速滚动的雷声。

他不停刷写的大标语，从“坚持自卫反击战，粉碎国民党反动派的进攻”，转眼间变换为“打过长江去，解放全中国”。就这样，恩谊用画笔迎来了新中国的黎明。

水光潋滟晴方好

告别战争，告别少年。

迎着人民共和国的曙光，恩谊进入大城市，进入人生的黄金时期——青年时代。一九五〇年他奉调到上海华东海军政治部。翌年，又迁调北京，在海军（总部）政治部文化部从事专业美术创作。

新生的共和国如朝霞初展。

画家的命运与年轻的共和国命运联结在一起。呈现在恩谊面前的，是事业的似锦前程。

上海，北京，人才荟萃。丰富的现代文明的环境，使恩谊发现，自己的绘画不过是刚刚起步。要在艺术上有所成就，像打仗一样，要攻克一个一个堡垒，要攀登一座一座的山峰。

美的魅力慑住恩谊的灵魂。对艺术的追求流动在恩谊生命之中。他义无反顾地要在绘画上攀登新台阶。

进美术学院深造？不允许，部队的美术工作百事待展。怎么办？自学。继续自学。

千里之行，始于足下。从头学起，苦练基本功，以补上少年时代未经正规基本训练的不足。

人的命运是可以改变的，只要有坚定的理想，有锲而不舍的精神，执著追求，刻苦进取，就能取得你想得到的东西，摘取艺术的桂冠，实现人生的价值。

他满怀信心。他有着在他那个年龄算是很丰富的生活体验。他有着敏锐的艺术感觉与对生活的观察能力。他有着对美术钟情的天赋。

练素描。一个美术家，没有一千张素描是过不了关的。他不分场合地画，不分时间地画，夜以继日，晨夕不倦，不管是严寒还是酷暑，无论是顺境还是逆境，不停顿地画，不住手地画。没有休息，没有娱乐，抓到什么画什么，家里坛坛罐罐，水壶脸盆，都是描绘的对象。他不屑于庸俗的应酬和无谓的人事纷扰，他只是埋头画画，在艺术道路上踽踽独行、苦苦磨炼。五十年代，他究竟画了多少张素描，谁能记得住？几个一千张，谁能算得清？

那一幅幅、一摞摞素描，是他汗水与心血的结晶，是他爱和意志的凝聚。

恩谊对艺术不疲倦地追求，他的坚强意志，持恒毅力，惟孤灯残月，夜雨晨霜，可以为证。

写生。他不断地深入海疆岛屿，不脱离现实的军人生活，到处写生，捕捉形象。

为了训练对色彩的运用，他攻水彩画，一幅幅水彩画问世。

最后，向绘画中的重武器——油画挺进。作为一位部队画家，他感到要表现战火、钢铁的质感，要表现恢宏的历史性场面，油画是最佳手段。他终于啃下了这块硬骨头。

苍天不负苦心人。恩谊在艺术成长道路上一个重要的契机，是得到美术大师吴作人的赏识与指导。在美术家协会的活动中，大师注意到了这位年轻的军人画家。他的诚实，他的勤奋，他的谦逊，他的艺术才华与气质，使大师觉得孺子可教也。他随大师一起外出写生，在大师指导下临摹名作。画人体模特儿，他出入大师之门，执弟子礼，随时可得大师授业解惑。在艺术创作上，往往到了一定气候，再一经点拨，便能进入一个新的境界。唐代以画马著名的杰出画家韩干，少年时代在酒肆帮佣。但经他的老师、被杜甫赞誉为所画御马是“一洗万古凡马空”的曹霸的悉心指点，终于与他老师一起，成为代表唐代画马最有成就的双璧。他的《牧马图》、《照夜白》，为现存传世珍品。

恩谊，一个自学成才的画家，终于打下了丝毫不逊于学院派画家的深厚功底。

一九五〇年，恩谊出版了一本名叫《头门山海战英雄艇》的长篇连环画。作品虽是锋芒初试，可是却意外地受到毛泽东主席的赞扬。一九五三年，毛泽东主席视察海军舰艇部队，在舱内发现了案头的这本连环画。他兴趣盎然地拿起翻看。放下时，对身旁的干部说：这本书内容很好嘛，文字通俗，图画吸引人，适合战士看啊！那时，恩谊受到鼓舞的心情，是可以想见的。创作总希望得到社会的接受和肯定，何况还是来自毛泽东主席。接着他和人合作创作的水彩画《毛主席和海军战士们》由人民美术出版社出版单幅发行，迅速受到报刊的好评。作为一个海军画家，选择了海军生活的题材，在那个时代只能如此。表现领袖形象的欲望也是那个时代的社会心潮。值得一提的是，在处理领袖与群众关系，在表现领袖的精神气质等方面，今天看来，也还站得住脚。也许，那还是现实生活中尊重人的时期；领袖人物尚未被神化、个人崇拜之风尚未蔓衍的时期。恩谊的画幅中，毛泽东是一位平和、亲切而慈祥的长者，面对着年轻、安详的海军战士，闲叙家常。画家们设计了一个毛泽东的特征性动作：微微欠身，扳着手指头，似乎是对战士们讲述，第一个五年计划，国家要兴办的一桩一桩事业。画面的氛围宁和、融洽，似乎只有海风微拂，而听不到山呼海啸般的“万岁”涛声。

一九五四年，中国美术家协会成立。恩谊由华君武介绍，被吸收为首批会员。是年，恩谊仅二十四岁，是会员中最年轻的。

恩谊的创作兴旺期在他苦练基本功的同时到来了。

他的水彩作品《对空射击演习》、《舵手》，由朝花美术出版社出版单幅发行，并被选入全国第二届美展。他的油画作品《停泊》、《早晨》、《退潮》，接连发表，或被选入全国青年美展或送各地巡回展出。

最值得恩谊自豪的是他在一九五六年承接了国家下达的创作十大元帅肖像的任务。十大元戎，名标青史。这是为凌烟阁绘功臣图啊！比如打仗，这是一场硬仗。这是对恩谊艺术观念深厚程度的检验。是对恩谊油画技巧的检验。是对恩谊人物肖像画功力的检验。“凡画：人最难、次山水、次狗马……”（顾恺之《魏晋胜流画赞》）尤其是现实生活中的人，一点掺不得假。不仅求形似，还要求神似。画十大元帅要有硬功夫。画肖像，求真，当以符合解剖原理，讲究光、色、暖、明暗、冷峻强弱为手段的油画莫属。可是，以线为特征的中国人物肖像画，作为一种艺术，它又积累了极其丰富的再现审美特点的美学理论，作为高明的画家，决不能不加以吸取。中国人物画，早期重形而不重神，陆机说“存形莫善于画”。到顾恺之提出“以形写神”，认为形神兼备才能令画像栩栩如生，这是一个突破。到谢赫的“六法”：“气韵，生动是也”提出后，中国人物画更进入侧重向表现和抒发画家本人主观情意方向倾斜的新阶段。中国人物画，遂有客观真实地表现人体能力的衰弱，但却在表现细腻、深刻的感情、情调方面有西画所难以企及的艺术魅力。恩谊首先从朱老总入手。他研究分析朱老总的几十张生活照片。他更去努力学习、了解朱老总的思想、品德、情操，并在画布上倾注了自己对这位元戎的敬爱之情，创作完成了，它与每一幅像片都有相似之处，又不与任何一幅像片全似，是为不似之似。它画出了朱老总军人的威严与农民式的淳厚，它道出了首席大元帅的内在精神。十幅元帅肖像画次第完成，《解放军画报》十个月连载，每月一幅，整版刊发。油画为军事博物馆收藏，这是恩谊创作的里程碑。

天意从来高难问

鹞鹰，正欲展翅向更加广阔的蓝天翱翔。

风暴，骤然而至。羽翼折断了。

天意从来高难问。一九五七年那场历史性灾难，怎么会在中国大地上发生的，还是留待史家从细去评说。

对恩谊来说，那确是千古奇冤。

一九五七年的早春。中共中央下达关于整风运动的庄严指示。

作为一个忠诚共产党人的吕恩谊，自觉应该坚决响应号召。

作为一个画家，他对那些复杂的政治性问题无从谈起。

对于被列宁称为长在国家肌体上的“毒瘤”的官僚主义，恩谊也苦于说不出什么诊治性意见。他未免惭愧。

他关心的是艺术事业。当时发生的一件事触动了他：部队的美术组编制被取消，他想不通。他以为无论如何也不应该。部队还有文工团，还有电影制片厂；难道养得起那么多演戏的、唱歌的、跳舞的、拍电影的，就养不起几个画画的？全军从事专业美术创作的充其量也就几十人。他懂得美术事业的重要。他一再向人说：为什么列宁的形象能活在苏联人的心里？一靠电影，二靠美术作品的传播。而绘画不是时间艺术，其作用是任何其它艺术所不能替代的。我们国家应该有各个革命历史题材的绘画，部队美术工作只能加强，不应削弱。美术组编制不能取消。

骨鲠在喉，不吐不快。他要向文化主管部门提出批评与建议。在京的一些部队美术工作者，也与他有相同看法。这时，文化主管部门态度也是积极的，表示要召开座谈会听取他们的意见。不少美术工作者找上了他，或打电话，或上门交谈。他作为部队最有影响的青年画家，成了众望所归。为了准备意见，选定了一个星期天，恩谊约了十几位画家，在他家聚会，交换看法。谁知这就埋下了祸根。那时，恩谊住在北京东城礼士胡同的两间平房里，客人来了，屋里坐不下，就在院里树荫下放一张桌子，家里椅子凳子不够，向邻居借了一些。买了两瓶葡萄酒，几个凉菜，边吃边聊。这哪里是“密室”？也一点不“黑”，那是在光天化日之下。

在京部队宣传领导部门召开了两次座谈会。恩谊作了两次发言。他襟怀坦白，他出于一片爱心。他觉得不应有什么顾虑，不应瞻前顾后。前怕狼后怕虎的干什么？共产党员对党应该讲真心话，讲出真实意见。帮助党整风嘛。主持会议的宣传部门领导人，当时也表示大家意见是好的，是应该认真考虑。

这一切都是生活的正常运行。

这一切也十分简单，所议论的也就是一件具体的工作问题，关于部队美术组编制问题。是对，是错，都和“向党进攻”，和“反党反社会主义”沾不上边，八竿子挨不着。

一九五七年的夏季。那个闷热的夏季。据说形势正在起变化。李贺很幸运。他的诗句为人们所偏爱，并赋予了政治内容。“黑云压城城欲摧”被形象地形容为那个夏季的形势。于是一场反击资产阶级右派发动的向党猖狂进攻的运动展开了。

恩谊怎么也想象不到“右派”与他会挂上钩。开始，他听到广播和看到报纸上消息，说右派要共产党下台，要与共产党“轮流坐庄”，他很气愤，他也在批“右派”。但是终于有一天，他也被揪出来了。

他懵了。

他披肝沥胆，垂涕而道的那些意见，被说成只是一个“幌子”，“解决美术组编制问题”是“借口”，目的是反对共产党的领导。说他进行阴谋活动，召开“黑会”，“点火于基层，策划于密室”。恩谊其实不懂得阴谋是何物。说他是部队美术界反党集团的头目，这是部队报纸上的大字标题。大会批，小会斗，众口一词，有言难辩。最后的处理是：戴上右派分子的帽子，开除党籍，连降四级，由文艺四级降至八级。留用察看，劳动改造。

“一封朝奏九重天，夕贬潮阳路八千。”

一落千丈。

恩谊像是做了一场恶梦。

在处理他的大会上，会议主持人最后要恩谊自己“表个态”，要他“讲真心话”。

还有什么好说的？他最后憋出了一句：“我做梦也未想到，一个早晨，我被开除了党籍。”

一言既出，四座默然。会场片刻鸦雀无声。沉默，像山一样的沉默！这句话包含的真实感情和全部酸楚，猛地撞击了许多人的心。

个人的命运真是难以令人捉摸。其实，海军的同志，从领导到群众都不赞成将恩谊划为右派。“他哪里像右派，最多骄傲自满而已。”也不是上一级领导机关非要将恩谊置于死地。但是他们又都无条件地要执行将恩谊划成右派的指令，原因是，在两次座谈会上，恩谊发言慷慨陈词，未免言语尖锐。讲到部队美术工作者受到冷遇，业务活动开展困难时，列举两例：有一画家在海边画了一只舢舨，被一中尉见到没收了画具。有两位画家在海岛上写生，被一战士误当作敌人间谍打死。海外报刊利用这条材料做了文章，说“中国海军仇视画家”。这就闯下大祸，当时一位大人物勃然动怒，发下话来，各级领导，也只有奉命惟谨，岂容辩白。一片丹心，直言诤谏，竟招来灭顶之灾。政治生活不正常，公理就常常难以存在。这岂止是恩谊个人命运的悲剧，也何尝不是知识分子整体的悲剧，国家命运的悲剧?!

他一下从高高的山巅被摔到谷底。他一时不知再如何面对生活。大漠，旷野，荒沙，四顾茫茫。似乎已到山穷处，水尽处。不知路在何方。对生活的失望，对结束生命的意念，裹着寒意，阵阵袭来。

然而，恩谊还是站立起来了。他生命中燃烧着的对艺术追求之火仍未泯灭。他的心灵找到了源泉，目光引向了远方，心理得到了平衡。

画画，燃起他生存的希望。画画，支撑起他一度迷惘的灵魂。

他无愧无悔，他活得坦然。他有的是一颗忧国忧民的良心。他自忖，提那些意见并无错处，最多不该个人召开那次“会议”，违反了纪律，此外，别无忏悔。路还要走下去。艺术的诱惑，像一片爝火，照亮生活的途程，使他成为生活的强者，走下去，走下去，无论是面对荒漠，还是面对悬崖；走下去，走下去，无论是霜刀冰剑，还是斧钺鼎镬。画画不息，生命不止。

事实上，他从未放下过手头的画笔。即使是在批斗他的时候，白天开会，晚上回家还要画画。有好心人见到劝说：“你要好好考虑问题。”他说：“难道还能老是考虑问题?”第二天这番话又上了大字报，可是，恩谊照画不误。

在艺术的道路上跋涉，需要多么坚韧不拔的毅力啊。

他忍受着被逐出党外的孤寂和悲凉。他耐住了生活大幅度下降的贫困熬煎。他的工资由原来的一百四十八元降至七十二元，一下子减少了一半。“反右”运动期间，他夫人王鸿纪正怀孕，“反右”后生下了他们的第三个孩子吕苗，他和他夫人共计一百多元工资，维持着一家包括他岳母在内六口的生计。这一切都没有压倒恩谊。他一头沉浸在艺术天地之中，在艺术的天地中遨游。红尘的一切，他都看轻。惟有艺术，才是他心目中的神圣。有人说，吕恩谊打成右派，一点也没有愁眉苦脸的样子。以凡俗的观点，怎能理解以画为魂的艺术家标高卓绝的超常情操?!

在十三陵水库工地上劳动改造，恩谊挖土、推车、抢着重活干。一天下来，腰酸腿疼，浑身像散了架子。但是一到休息时间，他不是掏出小本子画速写，就是支起画板画水彩。他一刻也不停止基本功的训练。整整四年劳动改造期间，他忍辱负重，一天也没有停止艺术实践。这就是吕恩谊。

复活与沉沦

历史进入了六十年代。一九六一年恩谊摘掉了“右派”帽子，似乎轻松了许多。可是，“摘帽右派”的阴影仍重压在心头。恩谊管不了这些，他所幸的是能放开胆子画画，发表作品。六十年代前期，久违了的吕恩谊的画作又在报刊上出现了。他的《军港》、《幸福的航程》、《东方破晓》等一大批作品，或出版发行，或参加展览。读者欣喜地发现一位消失的画家又复活了。

一九六一年，中央美院的几位著名教授，从苏联临摹回一批巡回画派的作品。恩谊没有机会去“特列甲珂夫画廊”，亲读这些原作，但他决计要对这些临摹的艺术珍品再临摹。

俄国巡回画派，服膺车尔尼雪夫斯基的“美是生活”、“艺术是生活的教科书”的美学原则，强调艺术的社会作用，强调现实生活是艺术创作的根本，强调艺术的民族性，具有进步的民主主义思想。俄国巡回画派的进步的美术作品，曾对我国美术界产生广泛影响。但是由于车尔尼雪夫斯基的美学观点，对生活与艺术关系缺少辩证的理解，使得巡回画派的艺术家们作品也有着想象力的不足，以及绘画形象本身的感染力以及色彩、笔法等方面缺少创造的局限。当然，这是放在世界美术史范围来观察的评价。作为油画艺术，尤其是在塑造既具有典型性，又具鲜明的人物形象，以及揭示人物内心情感方面，巡回画派的艺术成就是巨大的，具有它独特的地位，足资我们作为楷模。

这一批作品，像磁石一样吸引着恩谊，牵系着他的心。得到美院的允许，他花了整整一冬天，临摹了这些名作的临摹品。那些日子，他仿佛神魂颠倒，常常夜不能寐。晚上，一闭上眼睛，上个世纪中叶俄罗斯的各种富有表情的人物形象，就跳到面前。列维坦风景画具有俄罗斯味道的迷人色彩，在眼前旋转、飞舞。每日一大早，他揣几个馒头或窝窝头、一包咸菜上路，去帅府园美院画库。这是他一天的食品。那是一个寒冷的冬天，也是一个饥馑的冬天。清晨，路上行人寥寥，街树叶落枝秃，显得静谧而凄清。他一门心思想的是那些杰作的临摹品。他忍住粮食定量不足的饥饿，却恨不能一口将这些绘画吞下，他每天都是提前到画库门前，等待工作人员到时开门。

在大师们作品的临摹本前，他如痴如醉。他忘记了时间，也常常忘记饥渴。在《伏尔加纤夫》面前，从那十一个个性鲜明的纤夫身上，恩谊仿佛读到了俄罗斯的苦难历史，仿佛听到民歌《船夫曲》那低沉雄壮而又悲怆的旋律。《伊凡杀子》，列宾那善于表现人物心理和情感冲突的艺术效果，使他震惊。画面上沙皇把垂死的儿子抱在怀里，企图用手捂住儿子额上的伤口，他自己因悔恨而陷于恐怖。王子垂死时虚弱的形象与沙皇精神狂乱的形象，构成了强烈的对比；权势欲与亲子情的冲突，动人心魄。无怪乎老托尔斯泰称赞说："无法形容这画何以画得这么好!"《近卫军临刑的早晨》、《女贵族莫洛佐娃》，恩谊读懂了苏里科夫对俄国受难者牺牲精神的温厚同情，对人民力量不可忽视的信念。列维坦作为后期巡回画派的大家，在给人大气阳光的美感，在色彩运用上，已突破了他长辈们的局限。无疑地，他可以说是十九世纪最富有现实主义精神和最美丽的风景画家之一。《荒塘》，使人回忆起儿时捞鱼捉虾的场所。《黄昏》，画暮色苍茫中的牛圈，静静地敞开着木门，似乎牧人即将赶着牲口归来。《三月》，仿佛早春已至，积雪方融，停在客舍门前的雪橇，等待着外出的主人。《永久的安息》，浓厚的乌云遮住了西沉的落日，河水无声地流着，小教堂背后，散立着歪歪斜斜的十字架，无名死者在那里长眠，黑紫和蓝灰的云层，调子沉重，气氛压抑，传达出一种忧郁、悲伤的情绪，这是一首意境独特的诗。这美的魔力，使恩谊不能不为之倾倒。

时间悄悄从画底流逝了。转眼间，冬去春来。蓝天飘浮起一只只风筝，悠长的鸽哨声带去了长空的静寥。北海的冰层发出嘎吱嘎吱的迸裂声。茸茸的绿意悄无声息地绽上了枝头。恩谊整整画了一个冬天。艺术使他沉醉。他没有觉察到季节的变化，惟是人消瘦了。临走，画库的一位工作人员对他说："作为一位著名的画家，对基本功的训练刻苦到这种程度，对美术的挚爱到这种地步，实在少见。佩服佩服！"刚过了几天平静的日子。学生能读书，画家能画画。一场新的折腾又来了。"文化大革命"的风暴席卷了神州大地，无际无涯，铺天盖地。这是中华民族的大悲剧。不过，它是采取喜剧以至闹剧形式出现的。上层走马灯式的权力更迭，令人眼花缭乱。今天还是座上客，明天忽成阶下囚。到了下面，一个单位，一个部门，很少不是两派的。闹嚷嚷，你方唱罢我登场，苦了小百姓，"站不完的队，流不完的泪"。比如在台风过处的大海上，任何漂浮物都无法存在一样，作为一位艺术家的恩谊，也无法免于卷入那场政治风暴。他们单位，今天这一派上台，代表着"毛主席革命路线"，要用他"一技之长"。那是神化领袖人物的时代，画领袖肖像最吃香，谁叫恩谊是以画领袖肖像而著名的呢？明天另一派上台，当然也是代表"毛主席革命路线"无疑了。这一派被攻击为"招降纳叛"，"摘帽子右派"的吕恩谊，又成了玩弄政治权术者手里攻击对方的一颗子弹。如此循环往复翻来覆去。一位艺术家，人类精神文明的探索者，却被那丑恶的政治所蹂躏。茫茫大地，无一片干净之土，可以让他放下一张安静的画案，支起一只画架。斯文尽扫地，艺术被亵渎。悲夫！

好不容易，"文化大革命"落幕了。党的十一届三中全会召开前，那条极左的政治路线尚未完全消除。一九七七年恩谊"二进宫"，又一次被戴上"反革命"的帽子，遭到逮捕关押。罪名是他有"反动言论"，攻击华某人。老账新账一起算。又是大会批，小会斗争。莫须有！查来查去也找不到确证。怎么办？将他与已经折戟沉沙五六年了的林彪挂起钩来。说他搞"阴谋文艺"。这又是令人啼笑皆非。他画了那么多毛主席的肖像，他还主动画了周总理的肖像，这些都不算？在部队大树"副统帅"的时候，当时的海军党委下令要他画林彪肖像，他能不画？他有何“阴谋”之有?！还是海军一位老首长，说了一句公道话：“吕恩谊是从小在部队里长大的画家。军人有纪律。他画林彪像，是当时海军党委的命令，他敢不画?”三中全会召开后，他被开释了。结论是“没有问题”。但是失去自由，被关押了整整一年，这个理又到哪里去讲？

曾经沧海的恩谊，“二进宫”时已完全没有被打成右派时一度的惶惑心情了。他深信，这不过是历史余绪而已。他所忧的是不能让业务荒疏。坐牢不要紧，画画不能丢。别有情趣的是两个看守人成全了他。看守他的是两个海军体工队的小伙子。真有点四肢发达、头脑简单的味道。老大不小的人，当看守，闲得无聊，做勾手指，钻桌肚的游戏，像一个小孩子。一天，转移了兴趣，向恩谊提出：“吕叔叔，教我们画画好吗?”“好啊，只要你们敢。”他开了一张单子，让他们到王府井美术服务部，买来铅笔、橡皮、画笔、颜料、画纸……一应绘画工具，白天睡觉，夜晚偷偷画画。为了瞒着专案组的人，用毯子将窗子挡得严严实实，不让灯光外泄。就这样，他一边教这两个学生，一边自己作画，一年间，笔耕不辍。到恩谊解除审查时，这两个已与他结成师生之情的看守，抢着将这位吕叔叔的行李扛回家。

对艺术的迷恋、挚爱，追求的勤奋、刻苦，即便在囚室中，也不敢懈怠，这就是恩谊！

丹青不知老将至

党的十一届三中全会召开，结束了一个时代，新的历史时期开始了。

恩谊得到了解放，得到了新生。所有罪名统统推翻，彻底平反，恢复原工资级别。

历史开玩笑似的，仿佛转了一个圈。不，历史不是循环，历史长河永远不息地前进。它只是在更高层次上重复低级阶段某些特征。一九四九年至一九七九年，整整三十年，恩谊又仿佛体会到了三十年前解放、进城的欢悦心情。

但是，说实话，他没有巨大的激动，倒有几分凄苦。

平反时，组织上告诉他：那些运动中整他的档案材料，统统当面销毁。但是本人就不必看那些材料内容了，因为牵涉到揭发人。其实大可不必。过去不少在运动中批判过恩谊的人，现在成了他的好朋友。除了少数整人成性，存心踩着别人脊梁往上爬，落井下石之徒外，许多人是局限于当时的认识。如今相逢一笑泯恩仇。谈起过去，恩谊往往报之一笑。

往事如潮。

看到那一大摞材料烧为灰，化为烟，恩谊心中惟有苦涩。随着黑蝴蝶扬起的是多少人的时间、精力、生命，花在那些专案材料上的，不仅有恩谊，也有那些搞专案人的光阴抛掷啊！

脚步匆匆，他已进入"知天命"之年。"丹青不知老将至，富贵然于我如浮云。"恩谊虽未言老，但对功名利禄，诸多身外之事，确实愈益淡漠了。数十年的跋涉，走得很沉重，很疲惫，几度大起大落，载浮载沉。但是，不管道路如何崎岖，行程如何艰险，他从未放弃过对艺术的执著追求，从未停止过艺术的实践。衣带渐宽终不悔，为伊消得人憔悴。

平反以后，他晋升为海军政治部创作室副主任，工资级别由文艺八级增至文艺四级，并被选为美术家协会理事，对这一切，恩谊以"荣枯过处皆成梦"淡然视之，他可庆的是，终于迎来了一个任艺术家可以自由创造而较少干扰的时代，而这种干扰，过去缠绕过他大半生。太多，太多了。画家对人说，我似乎进入了创作的盛年期。时代给予画家的创作盛年期来得太晚了。

整个八十年代，作家创作了一百多幅深受人们喜爱的作品。其中像《海兰》、《神帆》、《天涯海角》和《青年节》等十多幅，在画界引起广泛的注意，预示着画家的创作艺术上将有一个重大的突破，登上一个新的高峰。以《青年节》为例，在人民英雄纪念碑“五四”运动女学生游行场面的汉白玉浮雕背景前，一群身着白色军服的年轻海军女兵，幸福而欢快地准备照相。整体构思独到。构图将历史与现实联结到一个画面上，自然、熨帖，含意深邃。大色块的高调白，大胆，新颖。稍具暖色的背景与稍具冷色的人物，使白显出了细微的差别，显出了层次。作品既有历史的含蕴，也给人以清新、明亮的气息。

十年间，画家还主持或参与筹办了六次全国性和全军性美展，付出了巨大劳动。一九九〇年三月，在台湾省台北市黎明艺术中心，举办了《吕恩谊的艺术》展览，其中有一部分是他尝试用优美笔调创作的国画人物。

八十年代是画家创作盛年期，也是画家创作的转折期，他仍然坚定地走在现实主义的道路上，但是现实主义深化了，开放了，扩大了。八十年代也是画家创作的蜕变期，酝酿着重大突破的过渡期。

他画出了中华魂

九十年代第一春，画家六十初度。画家创作的突破期终于到来了。一九九〇年的《吕恩谊画展》，是标志着画家创作的一个历史性的新的里程碑。画家创作进入一个全新境界，步入一个新的起点，初步完成了艺术上的蜕变，攀上了他自己创作的巅峰，也赢得了他在当今油画界一代杰出的大家地位。《吕恩谊画展》的一批作品，显示了画家经过多年断筋折骨苦苦磨炼而达到的造诣深厚的油画功力。贯通古今，融汇中外的艺术天地，呈现了他独特的鲜明的艺术风格与创作个性。

如果说，八十年代前，画家的创作，受“文艺为政治服务”消极面的束缚，艺术视野还不够广宽，艺术内涵缺乏深邃的话，如今的创作，已进入一个探索宇宙，俯瞰人生，思接千载，精骛八极，自由流动的境地。如果说八十年代前，画家创作长期受俄罗斯和苏联艺术的影响，以再现审美为本的话；新起点的创作，则鲜明的注入表现审美特色。主体意识，自我意识，创造意识极大地强化，再现与表现较好的结合了起来。如果说八十年代前，画家的创作，表现手法，创作方法还欠丰富的话，新起点的作品，则在现实主义基础上多方面地吸取，兼收并蓄，为我所有。画家不屑于那种轻视造型基本功，不从内容上作深入挖掘，只小打小闹在形式、手法上玩弄一些新花样，自我标榜“新潮”的浅薄。反对没出息的对现代主义的艺术表现，不问民族审美情绪的照抄硬搬。但是画家不拒绝咀嚼以后的化用，他表现了一种勇敢的吸取精神。他笔下的大海，我们是否可以看到某些浪漫主义奇幻谲诡的神韵？他的长城，其色彩之强烈，已某种程度离开客观的实感，是否可以从中找到与后期印象派、野兽派强调色彩是主观情绪的表现有某些相通之处？

画家新起点作品的突出特点，还表现在画家的具有民族特色的艺术思维，艺术语言；对中国传统美学和绘画理论“神韵”说的继承，对意境的创造，使油画这一西方艺术样式，融入东方艺术的韵味。

一九九〇年三月，一位经济单薄但眼光远大的企业家，慷慨解囊，为恩谊举办个人画展，提供经济赞助。三月敲定，八月展出。恩谊决定展览作品五十幅，绝大部分是新作，立意必须新颖，技巧必须尚达。以大型为主，中小型为辅。一个颇具规模的、久久蓄积于心的创作蓝图诞生了。五个月内，实际上作画时间只有三个月。恩谊破釜沉舟了。房间窄小，放不下大画布，他就将大型家具统统送人，四间屋子，包括走廊，都成了他的画室。妻子儿女全不在身边，独自一人做饭太费时间，他就买来方便食品放在冰箱里，焚膏继晷，不分昼夜。每日作画，从清早到第二日凌晨，睡眠三四个小时，常常一手拿画笔，一手拿着面包或黄瓜，边画边吃，边吃边画。他以一种超常的劳动强度，全身心地投入了艺术创造之中。

在创作快要完成时，几位青年画家前往参观，看到满屋满屋的画幅惊呆了。他们画一幅大型作品，往往需要两个月的时间。而恩谊竟然能在三个月时间内创作出这么多大型作品，简直是奇迹，奇迹！达到难以令人置信的地步。

在那些日日夜夜里，他处于高度亢奋的创作激情之中。那从未有过的速度，连他自己也觉得不可想象。他忘记了自己的存在，不知自己身居何方。他忘记了时间存在，不知日月的交替。春夜的潇潇细雨，夏日的噪噪蝉鸣，他浑然不察。他没有感觉到满脸的汗水，他没有注意到满身斑斓的色块。他投入了全部生命。上下五千年的历史长河在胸中波推涛涌。对民族苦难的追溯与新生的期盼给灵魂带来撞击煎熬。

蓄之既久的思索、灵感，喷薄而出。他运笔成风，泼色如雨。他用奔放的笔触，强烈的色彩，将自己一生感受的内在生命力尽情呼唤出来。

画家倾倒在画布上的是火山爆发般的激情，是燃烧着的对祖国、对民族的不尽眷恋和深沉的爱。

在这样的艺术面前，不由你不产生心灵的震撼！

画展如期在民族文化宫展厅展出。

画展以大海、长城、榕树三组系列作品为主旋律，间以人物、风景。

大家气派、大家风度，大家手笔。

整个展厅，似乎回荡着贝多芬的“英雄”、“命运”、“合唱”交响曲，那种浩翰雄浑，磅礴激越的宏音巨响，回荡着黄钟大吕之声。弥漫着崇高感。与前几年画坛上一度流行的脏丑怪涩的画风大异其趣。这些作品的气息、情感、格调、意境，体现了浓重的力的美，勃发出阳刚之气。它上承秦汉风采、盛唐气概，对宇宙、社会、人生，作更大容量、更深层次的艺术观照，表现出崇高的审美品格。

画家选择大海、长城、榕树这样厚重的题材，固然说明画家的气魄；但画展的成就绝不是在题材本身，作品的艺术魅力主要也并非是来自题材。画家不拘泥于物象，不为物象所累。画家寻觅主观意识与客观造型在精神上的和谐。画家强调的是传神，是气韵。画家是借大海、长城、榕树表现中华民族的魂魄，表现一种深沉博大的意境，抒发自己的胸怀与诗情。大海、长城、榕树作为艺术表现对象并不鲜见，并非画家的专擅，不容别人染指。但是可以肯定地说，画家的大海、长城、榕树是画家独有的，正如虽有曹霸和韩干的马，有李公麟的马，但徐悲鸿的马绝不与他们雷同，是他所独有的一样。因为画中的大海、长城、榕树已非自然景物本身，而是自然在艺术家心中的意象与他本人的整个心灵的交融：它们是景，也是情，因为它们来自波澜起伏、九曲回肠的艺术家的心底。

大海，无边无际，辽阔深邃！它是世界上一切生命的发源地。它喜怒无常，神秘莫测。画家四十年来走遍了祖国的海疆、海岛、海港，他爱海，那海洋深处，似乎有汲之不竭的人生哲理，大海是画家四十年倾心相许的题材。我们面前的大海，灌注了画家新的时代感受。水天一色的《真实》，幅面大部是如墨的夜空，沉重如铅。画面下方一条泛着白色浪涛的蓝色海波，似向读者涌来，艺术语言简洁、凝炼、厚重。凝视这海洋、这夜空，自会涌起对时间、空间邈远无垠的思索，对永恒的向往。在《怒海》面前，读者似乎感到大地在颤抖，大海在沸腾，似乎听到愤怒的涛声，听到宇宙的电闪雷鸣。这是画家从内心迸发出来的对力的颂歌，这是画家对自己几十年来生命的思考。

画家笔下的大海，形成一种气势，一种境界，一种韵律，爆发出一种震撼力。他画出了大海魂。

长城系列作品是画家的新发现，艺术的新创造。画家考察过八达岭长城、慕田峪长城、古北口长城，而画中的长城又非全然是这些长城，他摒弃习见的群山之上蜿蜒着一线城墙的构图与视角。他并非是着意为了再现长城的雄伟本身。他的立意，他所显示的画家从心底流露与迸发出对祖国、对民族的深情的爱与思考。《永远的回答》，俯视角度的构图，画出长城一角，仰首叩问茫茫长天。占画面三分之二的高空，是蓝、黑和殷红如血的云层。调子凝重。它引你进入一种意味深长的意境之中。《龙步》采用立三角构图，表现长城的雄浑，也使人从中感到“力度”。《望不断》在巧妙地运用透视表现意境上有独到之处。近景处重重叠叠的城门洞，为黑褐色，给人以神秘之感。透过城门洞，隐约可见远去的长城，望不到尽头。淡灰色，给人以清凉之感。这幅画的构思可谓神来之笔，在构图的虚实、远近与设色的冷暖上，也充分显示了画家的油画功力。

《故国夕阳红》是画展扛鼎之作。荒烟蓑草，夕阳余辉，黑褐色的古长城城垛，铁铸般地矗立于整个画面，笔触凝重、雄浑、深沉。强烈的体积力量，使人联想到汉霍去病墓前石虎、唐乾陵前石狮的气韵。而大气磅礴，则会使人想起宋代范宽的巨幅立轴《溪山行旅图》，主峰占画面三分之二的沉雄峻厚、耸立摩天的章法。有限画面，启人精骛八极，心游万仞。使人想到祖国久远的历史、古老的文明、民族的苦难与坚强不屈的奋争。想到泽畔行吟的屈子，想到怒向刀丛觅小诗的鲁迅。在画幅前，使人油然而生“念天地之悠悠，独怆然而涕下”之感。他写出了千秋痛，他写出了中华魂，画家在这里找到了时代情绪与历史意识、民族精神最终的契合。这里，我们仿佛感受到画家真诚的灵魂的颤动，炽热激情的燃烧。我们读到了画家的胸襟、抱负和风骨、人品。

榕树系列同样与众不同。榕树易入画，可是别的画家往往感兴趣那如盖的绿荫，桠杈上垂着一簇簇老人胡须似的“气根”。恩谊则独钟情于根，《巨树》造型奇特，大胆地突出根部的构图处理，使物象已作了某种程度的变形，它更充分地体现了画家的表现意识，更富有感染力地传达出力的美。这是在力的韵律中表白了无声的诗意；或说在无声的诗意中表白了力的韵律。

从吕恩谊画展中，我们读到了一位杰出的爱国者的人品。

从吕恩谊画展中，我们读到了一位杰出的艺术家的追求。

吕恩谊已走出了他自己的路。

吕恩谊的路还要继续走下去。只要他永远能保持不疲倦的探索精神、创造精神，永远和人民在一起，路会越走越宽广。

故国夕阳红。

兰气息 玉精神

“到死未消兰气息，他生宜护玉精神”，黄仲则这两句诗，是李子云在评论宗璞大姐作品时引用的。黄仲则《两当轩集》中的这两句诗冰心很喜爱，在《寄小读者》中引用过，我的印象好像还不止一次。如今，作为馨香一瓣，持赠敬奠于子云灵前。

六月十日清晨，急促的电话铃声，传来了金坚范同志的哀告：子云昨晚去世。顿时，一片茫然，悲难自已。怎么会呢？一点预兆、一点预感都没有。一个多月前我们还一起吃过饭呢，两周前我们还通了长长的电话。这些年虽然她心脏不太健康，不时住院；但是她很乐观，见面仍然议论风生。我又一次感到人生的无常。

就在四月底，上海的淮海中路衡山路口，一家西式餐馆，我与她还有徐俊西晤叙。暮春中午，马路两旁的法国梧桐已浓阴蔽日，这里仍是上海市区比较安静的地段。似乎还可以找到当年法租界霞飞路的影子。她的家就在这附近一幢祖传的故宅里。这里存留着较多的老上海气息。

席间，她交我一包材料。她告诉我，上海市档案局向她征集有关夏公的资料；她翻箱倒柜，结果连带找出一批近三十年前我给她的信件。那时，我在北京，她在上海与茹志鹃一起担任《上海文学》杂志副主编（巴老还挂主编之名）。我们通信约在上世纪七十年代末八十年代初，前后有五六年。这批信件有二十多封，虽然我在不少信末叮嘱“请阅后付丙”，但她还是固执地保留了。我感谢她珍藏这一片友情。这批信函，携归旅邸，夤夜展读，往事历历，恍若隔世。返京后我在电话中与她商量：这批信函都是交流那个历史转折时期思想文化领域信息，文坛动态，评文论事，交换识见。我拟交报刊发表，公诸同好。雪泥鸿爪，或可窥时代风云一片。对于有心的文化史家、思想史家、文学史家，或许能作一得之贡。她欣然同意。我们还核对了若干事实。这几天，我正在誊抄、校订这批信函，与她重温往昔的交谈，怎么她就倏然而去了呢？从此，人天睽隔，音断语绝，永无再见之期。蝴蝶梦中，杜鹃枝上，家万里，月三更，子云魂归何处?!

与人相处、相交有一个底线。首先得看他在大时代中的作为及立身行事，是对我们国家、人民、社会作出积极的奉献还是相反。我敬重子云的人品与文品。她是新时期那场思想启蒙运动中文学界一员骁将。那些年，《上海文学》作为地方一本文学期刊，十分注重发表理论文章。它的独特见地为人所共知。它在一九七九年以“本刊评论员”名义发表的、批判

作者在巴老九十诞辰，与李子云（左三）、李小林（左一）摄于李宅。

“文艺是阶级斗争工具”的文章，具有振聋发聩的震撼力，影响整个文艺界。这篇文章已经载入新时期思想发展史册。这篇文章是在当时上海作协党组书记钟望阳同志支持下写的，望阳同志是大好人，人们都在怀念他。也是在茹志鹃配合下，小周（周介人）协助下，主要由子云执笔写成。“文革”结束，人们批判了“文艺黑线专政论”“文艺黑线论”“三突出论”，下一步怎么办？“拨乱反正”，难道“反正”只是反到“十七年”的轨道上去吗？“十七年”那条路是怎么走过来的，我们都有体验。那条路越走越窄，势难再走下去了。反思文坛，最主要的问题是文艺与政治关系问题，即文艺与阶级斗争关系问题。横亘在文艺界头顶上有三条绳索，即“文艺为政治服务”论，“文艺从属政治”论和“文艺是阶级斗争工具”论。这三论不破，文艺很难前进一步。子云以她理论上犀利的识见，首先揭橥了批判“文艺是阶级斗争工具”的旗帜，在全国具有很大影响。这在当时是需要胆量和勇气的。

当然，子云的主要成就还是因为她作为女性评论家，以她清新明丽、行云流水的文字，对女性作家、女性文学敏锐细腻的审美感受，所写的一篇篇女性作家评论，在上世纪七十年代末八十年代初的文坛上，为人们喜爱，为文学界瞩目。她确实是一位才女，这并非是恭维之词。她是新时期女性文学评论家群的代表。这种历史地位无可争议，为女性评论家所公认。她是中国文学史上女性主义批评的开拓者之一。从上古到近代中国文学，是以男性为中心的文学。女性文学只是作为附庸与点缀而存在。专门从事女性文学批评的女评论家更是阙如。直到“五四”，具有现代意义的女性文学方始诞生，中国文学史上出现了第一个女性作家群落，群星灿烂，蔚为大观。可是女评论家群呢？抱歉了。关心女性作家的还是几位男性作家。茅公写出《冰心论》《庐隐论》，鲁迅对萧红《生死场》予以鼓励。冯雪峰评丁玲，傅雷评张爱玲都是有影响的文章。是上世纪第二次伟大的思想解放运动的春风，催发了新时期女性文学的芳菲桃李。女性作家老少咸集，联袂而至，而且破天荒地出现了女性评论家群落。三十年来，女性文学批评与研究、性别文学批评与研究成绩斐然。老中青几代的女评论家、研究家，卓然有成的，掰手指头数数恐已超过半百。在理论上、学术上超过子云的也大有人在。但是，子云是这个女性文学批评群落形成的“带头羊”，她在实践中形成的独特的风格与个性是罕有可比肩的。她评茹志鹃、王安忆母女，自从茅公用“清新、俊逸”四字评价《百合花》，这似乎已成了茹志鹃创作风格不刊之论。子云自出机杼，发现茹志鹃“在从容外貌下透露出一种内在的不挠的执著与顽强”，拈出了她创作个性的“英气”。在王安忆还是刚刚破壳而出的小鸡雏张开新奇的眼看这个世界时，子云就肯定了她丰富与细腻独特的感受生活的能力。如今已蔚然大家的张抗抗，在她刚崭露头角，在“文革”结束后的文坛上，第一声喊出“爱的权利”而受到不公平指摘与批评的时候，子云挺身而出，拔刀相助，仗义执言，态度鲜明地加以呵护。张洁不到两千字的散文《拾麦穗》，写一个七八岁的丑陋女孩大雁，要嫁给一位卖灶糖的白胡子老头。这个独特的人物关系构思，使许多读者感到“怪”！它的深度，它背后内涵的意蕴，是表达在贫困的、寂寞的社会里一种要求被人疼爱、要求温暖的渴望。它被子云掘发出来了。没有一副懂音乐的耳朵，怎么能欣赏美妙的乐曲呢？对男性作家，她对王蒙与他的作品知之甚深。她与王蒙共同运用一种通讯与对话方式的评论样式，使得她的评论文章充满亲切感。周扬在一次会议上给予称赞和表扬，惹得文学界一些朋友不满，原因是他们对话所谈的一个中篇小说，文学界有不同评价，人们以为周扬是支持这篇作品的。那时气氛还好，作家并不惧怕与意识形态领域高官意见相左而被扣上“反周扬”帽子被打成右派；而周扬觉得他的表扬是对这种有别于以往那种冷漠的八股式、评论家站在作家之上判决式文学批评的“对话”评论的肯定，对于他们所谈的小说，他并未去读。但是，他也只是对人们的误解报以苦笑而已，不以为忤。

上世纪八十年代末台海两岸关系解冻，大陆作家与海外华人作家交往加深，台港及海外华人文学的研究一下子成了充满诱惑的园地。但是子云对台港及海外华人文学研究、评论独树一帜，一枝独秀。她以独特的、敏锐的眼力和识见，对几位著名的有代表性的作家作品，探幽烛隐，品鉴入微，作出令人信服的审美评价。得到他（她）们的认可与赞赏。他（她）们将她视为知音。我在一九八二年九月三日给她的信中说："京地一些熟识的朋友谈起你，都希望你多写点评论文章。大家抱有很大期望。有人说，喜欢读你的评论文章，每篇必看。甚至认为你评白先勇的文章，可堪为文学评论范文。人们希望你能成为中国的德·斯泰尔夫人。"

近些年来，子云淡出文坛，但并未淡出社会、生活。我们讨论的是社会的公平与精神的自由。关注的不仅是"民生"，还有"民权"，思考的是现代化道路的艰难与历史的曲折、迷误。只是思考与关注文学未免太窄小了。我们现在已无职业的羁绊。

自沪回京后，我曾给子云一诗："京申两地路几千，天涯相忆不计年。待到江南秋色好，把盏对月问青天。"

然而，她走了。秋尽江南草未凋时，若再去浦江，叩问苍天，苍天何以作答?!

二〇〇九年

青山不老水长东

——读贺岁函

我原想今年偷个懒，打算只给几位前辈电话问安，不再向诸亲友寄赠贺年卡了；但是，事难由己，圣诞节还未到，本市的、外埠的，以至海外的，一束束充满友情的贺简，冒着寒风，飘然而至，落在案头，暖我心怀，慰我思念。尤其是光远同志、胡老的“平安书”，既为我所渴盼，又令我不安。失礼了！

光远同志、胡老明年都属九秩晋五。还有巍峙同志、彦修（严秀）同志等，他们或是我当年领导，或是受之奖掖的师长，他们都年龄相若，明年巍峙同志将迎来九十五华诞，彦修同志将迎来九十三华诞。他们都是被尊称为“两头真”的我党党员。早年，他们全都在延安那座圣城洗过礼，虽然年高体衰，免不了有这样那样的老年性疾患，但都思维清晰，精神矍铄，达观气健。他们仍然心存社稷，不仅关注“民生”，还关心“民权”。他们当年都是怀揣自由民主的理想，为“民族”独立解放而奋斗，追求真理，献身革命，经历了人生与历史的曲折，如今都在以一生实践检验理论的是非，思考“娜拉出走以后”（顾准提出的）命题。他们的健康，是我后辈之福。

光远同志说：“这一年我没有住过医院，没有添什么新毛病。日常生活比较有规则。每天早餐之后，九点多钟坐在书桌前翻书和整理资料，直到十二点。午睡到三点左右，然后照样在书桌前直到下午六时。晚饭后一般看一小时电视，有时还继续看一会书才上床休息。我不太想疾病带给自己的各种困难，静下来努力做一点事情。也会有一些老朋友来看望我，除了叙旧，还会带来一些新信息，使我不会感到寂寞。他们都夸我精神好，不像九十四岁的人，听到表扬，我还是高兴的。

“新中国成立六十周年，我想是值得庆祝的。但是在总结经验的同时，也应该总结错误和教训。最近我看到一篇写一九五九年河南‘信阳事件’的文章，很有感触，三年大饥荒，河南饿死那么多人，这一事件是‘大跃进’的产物，是当时的政策与工作导向的失误。直面历史错误，反思历史事件，是为了未来更好地发展。二〇一〇年，我将度过自己的九十五周岁生日，我希望活得更久一些，因为‘世界真奇妙，后来才知道’。”

胡老的信说：“二〇〇九年我住了三次医院。精神还是好的，但是工作时间已经缩短，大约看书报半个钟头就得休息一会。好在我脑子还不糊涂，思维还相当有条理，能够形成一个比较完整的构思。我的睡眠不踏实，总是有很多问题要思索，总之，我这个九十四岁的老汉，在同龄人中，还是健康一族。在写作上，这两年我也很有收获。”

彦修同志多年来研究苏共的兴亡，他山之石，很有价值。近期，他的一部研究成果已结集出版。报刊上还不时读到他那锋锐的文字。巍峙同志是九十四岁高龄这一族群健康尤佳者，他还不时到外地走动，参与抢救文化遗产，调查民间、民俗文化活动。今年夏天，他为我的一本小书赐序，他说花了整整一周时间，令我感动。

我少年从戎，在那民族危亡之秋，敬附诸前辈之骥尾，献身革命。而在个人崇拜的年月里，我曾自性迷失，半生碌碌。如今，我已属耄耋，皤然八旬一叟。我仍将追随党内前辈，不息地追求真理，热爱我的祖国与人民。虎年新春将至，预祝诸老健康长寿，期颐在望。

二〇〇九年岁末

第五辑

絮语随笔

念 旧

《文汇读书周报》首刊了巴金老人的新作《怀念卫惠林》，这又是一篇至情至性的文章。文末注明写作时间是一九九四年七月二十九日，此时，正值中伏。在上海百年未遇的酷暑苦夏的日子，已经申明搁笔了的九十一高龄巴老，用颤抖的手，一字一句写下了对一位故友深沉的忆念。“我没有忘记他们”，近七十年漫长岁月逝去了，友人已跨鹤西归，但昔日旧情仍然浓得化不开，在老人胸中翻滚。读了文章，心情难以平静。那不掺杂任何利害的纯真念旧之情，使我心弦为之一颤，陡生一种澄澈、圣洁之感。

念旧，怀旧，在很长一段岁月里，总是作为“小资产阶级情绪”挨批判的。“左”风匝地，阴云蔽天的“文革”中，大破四“旧”；念旧，怀旧，更成了一桩罪名。如今，又有人说，“喜新厌旧”是人之常情，据说，这还是什么“现代意识”呢。我说，喜新念旧是人之常情。“念旧”是人性中美好的部分，是伦理道德范畴的珍贵方面，是最感动人的一份人间真情。周恩来总理诞辰那天，电视台又重播映了电影《周恩来》。总理临终前特地着人找来罗青长同志。总理吃力地告诉罗青长，他关念海峡彼岸台湾岛上的同胞，叮嘱：“对于过去帮助过我们的老朋友，千万不要忘记他们。”这是根据可征信史编写的。看到这里，感到一阵心酸。

可是，人人都会念旧吗？不然。中国历史上有二位农民出身的皇帝：汉高祖刘邦，明太祖朱元璋，他们都是一旦南面为王，贵为九五之尊，便对与他们一道造反的“一个战壕里的战友”开杀戒，愈是亲密的“哥儿们”，愈是往死里整。韩信、彭越、英布是刘邦帐下三员猛将，楚汉之争的决定性战役“垓下之战”，是靠他们打赢的。到刘邦称帝后先后被诛，一个个给收拾掉了。朱元璋做得比他的先驱更厉害。明初功臣宿将鲜有善终的。韩国公李善长与朱元璋还是小同乡，同为凤阳人，朱元璋自己说：“李一起兵就跟我，经过艰险，勤劳簿书，功劳很多。”明建国后，李官为宰相。可是，朱元璋借胡惟庸案，屠李善长全家七十余口，是时，李已是快八十岁的人了，朱元璋没有放过他，一点也不念一道出生入死的旧谊。若以常人之情来衡量则不好理解。其实，一点也不为怪。这些都是政治权力的需要。政治权力与金钱物欲，能使人性异化。念旧，可以被吞噬。

一九九四年

说不尽的曹操

前年，上海京剧院来京上演京剧《曹操与杨修》，最近，中国青年艺术剧院，又将上海剧作家北婴的话剧《捉刀人》搬上了舞台，这是一出曹操杀崔琰的戏。一阵子，评论界争说曹操。无论作为历史人物还是艺术形象，无论褒之或贬之，爱之或恶之，曹操都极具吸引力，都是有挖头的。套用一句西方研究“哈姆雷特”的话，可谓“说不尽的曹操”。

现今，人们常常引用一位西方史学家的话，“一切历史都是当代史”；对此，我是存疑的。把历史评价的相对性，夸大到绝对的地步，历史就成了任后人捏搓的泥巴了。不过，这个命题确实道出了一种历史研究的现象。就说曹操这个历史人物，从王沈的《魏书》、陈寿的《三国志》至今，一千六七百年，翻案、反翻案，反反复复，聚讼不休。本来是一位“非常之人，超世之杰”、“外定武功，内兴文学”的英雄，到了习凿齿、朱熹笔下，则成了篡逆的汉贼，尤其是经过罗贯中一番艺术化，曹操在戏曲中便涂上白脸，成了奸雄。近代先有胡适、鲁迅，再有郭沫若、翦伯赞诸家，又来一个再翻案，曹操又“至少是一个英雄”了。在“评法批儒”中还曾红了一阵子。可见，历史人物不只是“盖棺”不能“定论”，即使书上写了，史籍中记载了，说他功几分过几分，应该三七开或四六开什么的，或甚一时捧为“完人”，一时又打下地狱，都是不能着数的。

说曹操是英雄也罢，奸雄也罢，他是一位了不起的政治家、军事家，是开一代诗风的杰出诗人，这大概是大家不能不承认的。他的那些四言乐府，现存虽然不多，但确实是好诗。气韵沉雄，遒壮抑扬，堪称三百篇之后千古奇唱。也许是他在征战中“马背上”哼出来的，他并无心做诗人。曹操这个历史人物具有多面的复杂性，因此才成为艺术上一个挖不尽的富矿。这些年来曹操政治、军事、经济上建树，芟刈群雄，抑止豪强，屯垦戍边……都得到了人们首肯，舞台形象又都是生扮了；可是，他的道德人品、知识分子政策，终为人诟。在他创业之期，礼贤下士，惟才是举，广罗方士文士；一旦身为丞相，魏王，实际上掌握国柄，便翻脸不认人，讨厌知识分子，害怕知识分子，整知识分子。于是有了杀华佗，杀杨修的电影与戏剧，如今又有了杀崔琰的戏，这些都戳到了曹操的病处。其实，从历史上看，作为封建政治家，打天下时需要知识分子，坐天下时又讨嫌知识分子的“捣乱”、“抬杠”，又岂止是曹操，又何必从道德上独责阿瞒?!

一九九六年

瘦西湖“胖”了

烟花三月，下了一趟扬州，少不得又游了一次瘦西湖。与留在记忆中的少年时代居扬的印象比较，似乎瘦西湖“胖”了。

近人王振世著《扬州览胜录》认为，瘦西湖得名盖在光绪中年：“十里波光，幽香明媚，颇可与杭之西湖比，而清瘦过之，遂易其名曰瘦西湖。”瘦西湖整体布局风格是小巧玲珑，婉约娟秀，乡情野趣，体现一个

“寄啸山庄”水心亭。

“瘦”字。小岛仿金山，但冠以“小”字；白塔与北京北海喇嘛塔似，但造型清俏；瘦西湖北端最高点蜀冈也不过三十丈余。尤其是从城内小秦淮（又是一个“小”字！）泛舟北行，绿水蜿蜒，夹岸垂柳，万缕千丝，轻拂水面，青翠醉人。渔洋山人的“绿杨城郭是扬州”，正因为抓住了瘦西湖的这一重要特征，而为人称道。虽然，《扬州画舫录》记载，在乾嘉年代，全盛期，瘦西湖四周有二十四景，“两堤花柳全依水，一路楼台直到山”。而我辈所见，则旧迹早湮，审美感受惟余“两堤花柳全依水”，而无“一路楼台直到山”。

此次游瘦西湖，由平山堂乘舟上溯，西岸不知何时摆了一座学校，虽用心良苦地以粉墙一带遮掩，毕竟有臃肿之感，令游人视野局促，湖面也显得狭窄了。再往前，是颇为喧闹的二十四桥新景点。古代诗人咏扬州诗词之盛，大概除金陵外，任何一个文化名城，无出其右。晚唐小杜在淮南节度使幕僚任上居扬州有年，留下不少风流韵事，“赢得青楼薄幸名”，也传下“二十四桥明月夜，玉人何处教吹箫”名句，惹得后人唱和到今，直至现代还有郁达夫“销魂一卷樊川集，明月扬州廿四桥”诗，而二十四桥便一直成为一桩谜一样的悬案。究竟是有一座名曰二十四的桥呢，还是指扬州有二十四座名桥？多数史料倾向于扬州有二十四座名桥，沈存中的《补笔谈

片石山房。

记》，还一一列举了二十四座桥之名。不过，人们附会名为二十四桥的旧址，营建新景点，也未尝不可。然而，对我来说，多了一处实景，却感到一种审美的失落。杜牧之后，流风余韵，绵延不绝。宋黄庭坚有“淮南二十四桥月，马上时时梦见之”。秦观有“二十四桥人望外，台星正在广寒宫”。明唐顺之有“二十四桥云雾里，看君骑鹤上天游”。清孙枝蔚有“斜阳纵没西山里，二十四桥明月多”。正是二十四桥梦一般扑朔迷离，引人不绝遐思，驰骋想象，才成为恒长诗的意境。虚幻创造了意象，视觉上的空白，为心灵上的想象所充实。造园艺术得讲究空灵美，忌太实，太满，太富丽。尤以瘦西湖这样以“瘦”为总体艺术特征的胜迹。明张岱论画曰：“画如小李将军（指唐李思训之子李昭道——引者）楼台殿阁、界画写摩，细入毫发，自不若元人之画，点染依稀，烟云灭没，反得奇趣。”他是得中国美学之神髓的。这里，我联想到，北京城南有一座据说是按《红楼梦》所示营建的《大观园》，如今凡有外地来京旅游的亲友，我都力劝，切莫前去观光。其造园艺术水平之低下，足以将你心目中名著所构成的艺术审美想象，冲得一干二净。我已上了一次当。当然，淀山湖边上的《大观园》还是有看头，不妨说它是近年来难得的集江南庭院园林艺术大成之作。建筑、山水、花木组成佳妙。不过，一定要与《红楼梦》联系起来，是为了注入园林的文化内涵?!

一九九四年

美人鱼与石狮子

在华沙，乃至整个波兰，到处都有美人鱼的芳踪。政府机关会议厅里挂着美人鱼城徽，商店橱窗悬着美人鱼标识。大小不一的美人鱼铜像、浮雕，陈列在出售旅游纪念品的商亭里，美人鱼图案出现在各种出版物上。波兰人亲昵地称她为“塞琳娜”、“塞琳卡”（爱称）。

美人鱼是华沙城徽，是华沙的标志；实际上也是整个波兰的象征。波兰是美人鱼的国度，美人鱼有一段美丽的传说。美人鱼凝结着波兰几百年的苦难历史。从十四世纪起，华沙城徽几度兴废，美人鱼屡遭劫难。沙俄统治波兰时，严禁芳颜露面。

在华沙的维斯瓦河畔，矗立着的一尊美人鱼塑像，是波兰最著名的华沙美人鱼塑像。她上半身是裸体女郎，下半身大腿外沿覆盖着鱼鳞，腿的终端合成一条翘起的鱼尾。她右手握剑，高举过头；左手执盾，紧护胸旁。脸庞俊秀，目光如炬。像是一条刚跃出水面的鱼，凝视着静静北流的维斯瓦河水。

访波期间，在塑像前，我与美人鱼留下合影。在塑像旁，我产生一个疑问：这座出于名雕塑家卢德卡尼特斯霍娃之手，终于一九三七年雕成的塑像，在德国纳粹占领波兰期间，华沙几被夷为平地，古城成为一片废墟，为何这位佳丽独能幸存呢？波兰文协的波伦娜小姐告我：在德军入侵前，人们把这座铜像拆卸下来，入土掩埋。战争结束后，才重新发掘，原位竖立。

从美人鱼的隐遁与复出，使我联想起一件类似关于石狮子的故事。

作者一九八八年在波兰华沙美人鱼雕像前。

“文革”前我执教于中央音乐学院。音院由天津迁京的校址，是清末醇亲王府。醇亲王奕谖辛酉政变有功，也是慈禧老佛爷驾前一位炙手可热的重臣。他是载湉生父。醇亲王府就是那位瀛台泣血的光绪皇帝的衣胞之宅。二门前院内有一对象征中华民族文化的威严石狮雄踞。“文革”起，“破四旧”之风愈刮愈烈。那对石狮子便兽命危浅，朝不保夕了。一天夜晚，我发现院内人声嘈杂，张着灯，支着木架，人们在挖坑刨土。第二天，那一对石狮子悄然失踪，土遁了。那时我早已“靠边站”，不敢多问。后来才知道，一部分群众为了防止外地串联的红卫兵破坏，取得了校内红卫兵的默契，采取了保护措施。十年“文革”，风风雨雨，生生死死。“文革”过后人们已慢慢淡忘了在那块地方曾经有过一对守门的石狮子。又过数年，我回学校，却蓦然发现，历尽劫波的石狮子变成了新的“出土文物”，重回故地了。

人是创造文化的动物。人类社会发展的历史，是文化的积累与发展的历史。西方的法西斯，东方的“四人帮”，这一群野蛮人，或以战争作为手段，或以“文化大革命”作为名义，都是以反人类、反文化为其能事。但是，即便是在寒凝大地的时刻，人类珍视文化、保护文化的良知，仍如不息的地火在运行。今天，希特勒与林、江之流早已烟飞灰灭，而华沙美人鱼与北京石狮子，仍在笑傲东风。

一九九五年四月北京煮默斋

不屈的民族之魂

波兰不会亡，

只要我们还活着。

一架古老的留声机里传出的深沉旋律，悲壮的歌声，使我的心灵受到巨大震撼。

这是一个苦难的民族争自由独立的呐喊。

这是波兰民族之魂。

一个初春，在波罗的海岸边的革但斯克市郊，我们参观了波兰国歌博物馆。

一座清静的小院，一幢十八世纪的房舍。波兰国歌作者、诗人约瑟夫·维辛斯基的故居。诗人生于一七四七年，卒于一八二二年。这里是他的诞生地。室内陈列着各种图片、实物。有的虽不是原物，但是有那个时代革但地区橡木雕刻的家具，有第一次演奏这首国歌的琴——有点像吉它的弦琴。

诗人其萎，琴韵长存。

一首国歌，就是一部波兰苦难史，一部波兰人民斗争史。

波兰，人民习惯称它为东欧国家；其实，在地理位置上，它处于中欧，华沙居欧洲中心。这优越的地理条件，历史上却给波兰带来悲惨的命运。它处于侵略成性的普鲁士、“欧洲宪兵”的沙皇俄国两强之间，再加之南有恶邻、曾经横行欧洲不可一世的奥地利，人为刀俎，我为鱼肉矣！十八世纪起，波兰遭普、俄、奥三国三次瓜分，在长达一百多年的时间里，波兰民族在铁骑蹂躏下呻吟，在异族统治下喘息。

苦难的历史，造就了一个国家、民族不屈的性格。波兰人民有着漫长的、英勇的革命斗争传统。在那风雨如磐的岁月里，波兰人民举行了无数次的暴动、起义、抗争，反对侵略、反对压迫，争取独立，争取自由。以至卡尔·马克思后来在论述这段历史时，高度赞赏说："'波兰人'和'革命者'两个词成了同义语。"波兰国歌就是在这血与火的日子里，在刀光剑影中诞生的。一七九七年，在意大利的波兰政治流亡者，组成了波兰志愿兵团，产生了兵团的战歌，这就是后来成为波兰国歌的《波兰不会亡》。曲调据玛佐夫舍地区民歌改编，词便是诗人维辛斯基的著名诗句。"波兰不会亡，只要我们还活着"，成了沉沉黑夜里引人前进的一片爝火，成为进军的号角。在一八三〇年、一八六三年这些著名的大起义中，人们唱着"波兰不会亡，只要我们还活着"，英勇地投入战斗。在起义被镇压的日子里，每逢失败周年纪念，波兰人民都默默穿起黑色衣衫，燃起了蜡烛，轻轻地哼唱"波兰不会亡"，为逝者哀悼，为生者壮威。

一九一八年波兰独立。一九二六年《波兰不会亡》正式被定为波兰国歌。

波兰人的苦难没有尽头。

一九三九年九月一日，按照西方史学家的说法，第二次世界大战是从这一天开始的。德国法西斯从波兰下口，做起吞噬世界的迷梦。腐败的波兰政府在闪电战攻击下垮了，人民自动地英勇抵抗。一队骑兵高歌"波兰不会亡"，冲向德国坦克兵团，用血肉之躯，拼向火炮与钢铁。尔后，在华沙起义的日子里，人们唱着"波兰不会亡"，逐街逐巷与希特勒党卫军战斗。

"波兰不会亡，只要我们还活着"，一个不屈的、爱好自由的民族音乐象征。

许多民族都有它自己的、在历史中熔铸的民族之魂，它自己国家的音乐象征。它与人民的心声共鸣，蕴含着无穷无尽的精神力量。

在波兰国歌博物馆里，我耳畔不由得联听到“中华民族到了最危险的时候”歌声。坚定的节奏，传达了我们民族的凛然正气和不可屈服气概。“前进！前进！前进、进！”四度上行的昂扬音调，反复唱出叠句，斩钉截铁，充满着向前的力量，犹如中华民族勇往直前的战斗步伐，任何力量都不可阻挡。《义勇军进行曲》唱出了时代的声音，人民的声音。它雄壮、豪迈，每一句都是一个响亮的口号，都是一个不屈的灵魂。过去，它有力地发挥了动员人民抗日的伟大作用，人们唱着它，在长城内外，大河上下，浴血奋战。如今，它传唱在祖国四面八方，每一个中国人唱着它，都会油然而生一种民族自豪感，那振奋人心的旋律，仍激励我们进行社会主义建设的激情。这是真正的中华民族之歌。

许多著名的国歌，都和它的国家一段难忘历史联系着，披一身硝烟征尘，蒙满面沧桑岁月。世界最著名的国歌《马赛曲》，原名《莱茵军团战歌》，一七九二年，马赛志愿军唱着它冲进推勒宫，故得名。三年后即被法国议会定为国歌。《星条旗》则是诞生于一八一四年美国第二次独立战争期间。正是那位青年律师弗朗西斯，望着英军的冲天炮火，看到美国星条旗依然在巴尔的摩上空飘扬，充满激情地写下了“星条旗永不落”的诗句，方有美国国歌的面世。

那些优秀的国歌，那些凝结着一个国家、民族力量与意志的乐章，常常飞越国界。恩格斯指出，《马赛曲》中超出民族界限达到全人类的东西，是非常宝贵的。二百年来，《马赛曲》已传遍世界。《马赛曲》传入我国已经一百多年了。北伐战争中，叶挺独立团的军号，吹起《马赛曲》，激励将士冲锋陷阵。抗日战争时期，各地风起云涌的群众歌咏活动，《马赛曲》常常成为传唱的曲目。同样，我们的《义勇军进行曲》，在第二次世界大战中，也曾鼓舞着许多国家人民为争自由独立而斗争。一九四〇年，正当反法西斯战争最艰苦的年头，在大洋彼岸纽约的一个露天音乐厅，世界著名的黑人歌唱家保罗·罗伯逊，用汉语演唱了《义勇军进行曲》。他那浑厚、深沉，富于感染力的歌声，使这首革命歌曲，很快传遍全世界，在东南亚、在南洋群岛，那些日寇铁蹄践踏的地方，在椰林深处，在橡胶园里，到处回荡着打击侵略者的《义勇军进行曲》的歌声。

一个国家、民族具有生命力的优秀精神财富是全人类的。

一九八八年

晨　　泳

冬泳诱人。冬泳对人体健康的益处，简直神妙之极；冬泳者搏击严寒的意志，更令人心折。然我，终还是对冬泳向往而尚未践履者。

我的住处毗邻什刹海。出胡同，横穿地安门外大街，西行数百步，便是什刹海南岸一片露天游泳场。东靠荷区，这里水清波碧，夏季人头攒动，冬日时有破冰划水者。屈指算来，我在这儿坚持游泳已有五年。不过大体上是每年暮春下水，秋末罢泳。每日清晨，击水半小时，从岸边到湖心岛，往返两趟，约三百余米。然后回家洗漱，用餐。泳后胃口特好，浑身筋骨舒畅。星期天，总要在水里多“赖”一会儿。有时采仰泳姿式，四肢舒展，平躺水面，一任水波柔柔地拥着托着抚着。岸边柳枝摇曳，湖上风送荷香。这一刻，颇觉心旷神怡，杂念俱消，似入禅定。

据说，冬泳应由秋入冬，不作间断，循序渐进，使身体逐步适应水温的变化。而我，往年，每到秋高气爽的季节，便因各种会议活动出差外地，或十天半月，或更多时间。待返京，气候变冷了，游泳中断了。加之惰性，便不无遗憾地就此结束一年的游泳锻炼，始终未进入冬泳的行列。

今年不同。入秋以来未出京门一步。每晨游泳也得以坚持未懈。北京的秋季太美好也太短促了。如今，西山黄栌已醉，东篱秋菊正香，湖东荷残，留听雨声。秋色日渐其深，气候也一天天地在变冷。这几天，水温只有十一二度。当浸身入水的一刹那间，顿觉寒气刺透肌骨，遍身僵麻，总得游出五十米左右，才稍稍缓过气来。每次下水前，再也不像夏天那么痛快，常常踟蹰犹豫再三，在岸边磨蹭又磨蹭。有几次，真想打退堂鼓。可是，在众人面前脱了衣服不下水，穿了再走，未免太丢人，也于心不甘。最后还是纵身一跃。待游完出水，却又是一番滋味。周身火辣辣红彤彤，拭干水，穿好衣服，又觉身轻神爽，那份惬意，非亲尝难以体会。

按照气候变化的规律，大概不出半个月，西伯利亚的寒流便要滚滚南下，直扑北京。我自问，到那时，在扑向水面的“一刹那间”，我还能有足够的勇气与合适的身体条件吗？我难以回答。

我有时想，人生也如游泳。生活的强者与弱者区分，不往往就是在扑向水面的“一刹那间”的选择么?!

一九九〇年

冬　泳

以往，从电视里见到哈尔滨人冬泳的镜头，感到不可思议，简直“不寒而栗”。哈尔滨的冬泳，与哈尔滨的冰雕，同是冰城一双风景线，差不多每年都要在电视上亮一次相。现在自己也进入了冬泳行列，觉得也不过那么一回事，神秘感消除了。

冬泳有两种定义：一种是指在气温0℃以下，水温4℃以下条件里，人体进行的游泳活动；还有一种广义的解释：无论在大江南北，凡是在冬季室外条件下的水域里进行游泳活动，都被认为是冬泳运动。

冬泳是一种主动接受冷水强刺激的体育锻炼方式。这些年，随着冬泳活动开展，冬泳的医学科研活动也发展起来了。冬泳对人体健康的好处说得可神奇了。虽然我的医学知识少得可怜，但是这样道理还是懂得的：冬泳水温要比人体体温低30℃左右，强烈的冷刺激，迅速地散热，促进了人体新陈代谢，增大了血液流速，加强了血管壁的收缩和心室功能，减少了血液脂物的沉积，增强了血管的弹力，从而减少冠心病，冠状动脉的粥样化过程和脑血管硬化过程。人为地降低了血压。它刺激人体内分泌肾上腺素增加，调节人体各部器官和系统处于较佳状态。总之，它是祛病健身的一项体质锻炼。我这四五年来，身体健康状况一直很好，心血管系统、脑血管系统、肠胃系统都未发现什么毛病，血压、血脂正常，大概与冬泳有关吧?!

冬泳，如果不是严重的心脏病、高血压、晚期肝硬变等症患者，人人都可以参加。只要掌握好“循序渐进，量力而行，坚持不懈”的原则便行。那么，为何冬泳人数虽逐年增多，但总还是人群中的少数呢？原因在于这里还有一个意志问题。有人说“冬泳是勇敢者的运动”，我不敢公开这么讲，有自吹自擂之嫌。事实上确乎如此。有一次我泳后在岸边休息，一个十三四岁的孩子，走到我面前好奇地问：“伯伯，冬泳有什么经验？”我在孩子面前毫无顾忌，大言不惭，竖起四个指头：“勇敢、毅力。”数九寒天，北京的气温有时达到零下十几度，不说别的，即便在岸上剥光衣服，赤身裸体，也够呛了吧，最要命的是下水的一刹那，一下子透心凉，刺骨冷，浑身像无数针戳的疼痛，只有一咬牙，憋一口气，一头扎进水中，说实话，每次游泳都是一场思想搏斗。只因“习惯成自然”多次重复，身体、心理慢慢适应了，这种思想搏斗才淡了。冬泳是体质的锻炼，也是意志的锻炼。

我每次冬泳的时间也不过两三分钟，游五十米左右，等于在水里涮了一下。待到上岸后，身体已转暖，像一只烧红的虾子。回家再用热水澡一冲，神清气爽，通体舒畅，胃口也特别好，一天都觉得轻快无比，个中滋味，只有自己知道。

冬泳要定时、定点。可以三、两天游一次，但最好间断不要超过一星期。冬泳期间，我有时到外地开会，为了保持连续性，便在宾馆冷水浴。我冬泳的地点在什刹海南岸，时间是每天早晨，起床以后。有一个星期天，睡懒觉，便挪在中午去补游。什刹海湖面，一到冬天便成了一片大冰场。星期天可热闹了，数以百计穿着鲜艳冬装的男女老少，在阳光下奔滑，看到我们游泳，在我们这一片湖水周围，一下子紧拢了一圈人，都用好奇的、惊异的眼光在欣赏，我想他们大概也像我在电视中看哈尔滨人冬泳的感觉吧，我那一份得意的心情，像孩子受了大人夸奖似的。

也许外人有所不知，北京有冬泳俱乐部，成员有二三千人。每年都举行一次冬泳表演赛，近几年来参加的都逾千人。一九九〇年我参加了一次，还得到一条毛巾的奖品呢。冬泳人有自己一方天地，有自己的世界。我结识了一帮泳友，四五年来，渐渐熟悉了，这是我又一社交圈子。他们有部队退休干部，有教师，有工厂技术人员，有医生，有饭店服务员，有浴室工人，有出租汽车司机，有个体商贩……在这里人人平等，下了水赤条条，彼此彼此。见了面都热情打招呼，谁好久没来了，还记挂呢。下水前和上岸后，少不得聊上一阵子，天南地北，有许多在我生活圈子里听不到的见闻。社会上的热点，常常是中心话题。北京亚运会期间，则说赛事，评裁判，谈金牌得主。海湾战争那些日子，则谈飞毛腿、爱国者导弹，谈萨达姆反复无常。有时谈物价，谈社会治安……海阔天空，侃一阵子回家，快何如之。在这个冬泳世界里，有着感人的奉献精神，亲切的友情。我们冬泳，是将什刹海南侧湖面的厚厚冰层，凿开一角，约八十平方米，作为泳池的。白天从早到晚有人游泳，不会结冰；可是一夜北风紧，夜间又封冻了。所以每天一早，就有热心的泳友，自动前来破冰。用镐砸，用网捞碎冰。那些碎冰像刀子一样，不捞尽碰到人身上就划一条口子。有的人整整一个冬天坚持破冰，冒着掉进冰窟的危险，有时等到破完冰，上班时间到了，只好放弃自己在水中的美好享受。完全义务，谁给报酬？也没有什么荣誉可图。冬泳世界，水是冷的，人情是暖的。

一九九四年

重新认识“杞人”

《列子》这部书的真伪争论有一千多年了。列子，班固说他名御寇。《汉书·艺文志》著录了他八篇文章。但是现在的《列子》八篇不是《汉书·艺文志》所著录的。一千多年来，倾向性的意见，现存《列子》是魏晋人所伪造。最早打假的是唐代柳宗元，他有《辩列子》一文，今人马叙伦先生所著《列子伪书考》，证伪最为有力。虽然，日本人武义内雄作《列子冤词》，对马先生作了驳论，为《列子》喊冤叫屈，但不足以将案翻过来。另，冯友兰先生、杨伯峻先生，也都从不同角度举证，论及《列子》非先秦时代作品。

说《列子》是伪书，不过是说它冒充先秦作品罢了；魏晋人所作的这部书，也还有它的时代价值。就说它的《天瑞》篇一则寓言，一位人物，名气就很大。流传千年，至今还是一条很有生命力的成语。这就是“杞人忧天”。杞人，一千余年被当作一个讽刺、嘲笑的对象，一个反面典型，连写出石破天惊诗句“日月终销毁，天地同枯槁”的浪漫主义大诗人李白，也不能理解这个杞人的精神，作梁甫吟“杞国无事忧天倾”。当代伟人毛泽东也曾经用挖苦的口吻说：“从古以来，只有‘杞人忧天’，就是那个河南人怕天塌下来，除了他以外，从来没有怕天塌下来。”

可是“杞人忧天”果真是那么可笑么？果真是不必要么？现在该是冷静思索的时候了。

古人限于当时的科学水平，认为天是盖在我们头上的“苍穹”，地是我们足下的“大块”，他们不能认识我们是生活在宇宙的一个星球上；这位“河南人”忧虑“天地崩堕，身亡所寄”，如果我们不是死抠他具体所忧的自然形态，其含意实质是担心人类生存环境有毁灭的危险，人无藏身的处所罢了；杞人为此而“废寝食者”，吃不下饭，睡不着觉，以我看来，这正是当代人类所应具有的“人类整体意识”、“宇宙意识”、“生态意识”的一种朦胧反映，杞人是一种了不起的当代意识的先驱。六十年代，经济学家鲍尔丁有一个“飞船经济”的比喻，即我们的世界像是一艘在太空中漫游的、靠不断消耗自身资源而生存的飞船，我们不是在一个无边无际的世界上开拓进取。

人类面临着拯救地球的迫切任务。拯救地球就要拯救人性，改变人们对世界可能产生危机的警告置若罔闻的可悲、可怕的认识和态度，而不是什么批判“悲观主义”。

二十世纪，人类社会在取得巨大物质成就的同时，面临着空前的危机：气候变化，“温室效应”发展，臭氧层破坏，有毒化学品和有害废物的急剧增加，酸雨蔓延，物种迅速消失，森林锐减，水土流失加剧，内河和海洋污染严重，人口膨胀，资源耗竭。由于人类排放的二氧化碳等温室气体的增多，据科学家预言，若不采取措施，到下世纪中叶，将使全球气温急剧升高，将有可能导致两极冰雪融化，一些岛屿国家将有可能遭到类似“天地崩堕”那样的灭顶之灾，世界沿海三十亿人口濒临海水入侵的危险，纽约、伦敦、上海……是否将会沉入海底？人是从海中出来的，是否又会回到海中去？以我们中国来说，中国科学院一个研究组提出的报告，说中国环境的最大容量是能够养活十七亿人口，如果超出这个界限，整个生态系统就会崩溃。中国耕地面积本来就少，总量仅为世界总量7%，仅为世界人均量1/3。而我国人口每年以1300万—1400万的速度在增加。可是，这些年，我国耕地面积每年以五百万亩左右的速度在减少，十五年来，耕地面积已净减少8100万亩，相当于一个江苏省。由于滥砍乱伐，超量开采，森林遭到严重破坏，从海南岛到大兴安岭，日日夜夜是斧锯之声。四川全省森林覆盖率由解放初期的20%已降到八十年代初的13%，其结果是环境恶化，自然灾害频繁。草原植被的破坏，我国沙漠化面积达7.7亿亩。水荒严重，六百个城市，一半以上缺水。黄河年年干涸，这两年断流都在一百天以上。而长江，有人已惊呼是否会成为黄河第二？世界银行公布的材料，中国大城市的环境污染状况目前十分严重。全球空气污染最严重的二十个城市有十个在中国。污染已经严重威胁到中国人的身心健康和智力发展。

英国皇家学会和美国国家科学院发表的联合声明警告说："不加限制的资源消耗，可能给全球环境带来灾变的结果。

某些环境变化会对地球维持生命的能力产生不可逆转的损害。……我们星球的未来安危未定……"

中国科学院国情分析研究小组发表的一份报告，结论是："中国正处在前所未有的多重危机之中。"报告呼吁关注"生存的危机感"，树立"民族的忧患感，改革的紧迫感和历史的责任感"。那位杞人的"身亡所寄，废寝食者"的危机感、忧患感，正是我们时代所需要的。杞人精神长存。

放下你的斧子

报载，四川省攀枝花市领导人宣布，从今年年底起，不再砍伐天然林的一棵树。这是一则大好消息。虽然这样做晚了些，但来者犹可追。

老实说，我倒不是多么看重领导者个人的承诺，也不是多么看重这个宣布的行动意义。我们不是有一部“森林法”了么？那又怎样？不是仍然有禁不止，有法不依，上有政策，下有对策么？我看重这个宣布潜在的人性觉醒意义。它意味着一种人类生存的危机意识、民族的忧患意识、科学的文明意识、历史的责任意识在大自然的教训下，新的觉醒。这就大有希望了。

十年前，作家徐刚写了一篇报告文学：《伐木者醒来！》构思巧妙地运用聂鲁达的诗句作题，标出一条警策性的短语。十年来，作家写了上百万字的著作，致力于生态文学的创作，可敬可佩。可是，百无一用是书生，伐木者仍然迷醉于砍伐之中，乐此不疲。从海南岛到大兴安岭，到处是斧锯之声，日日夜夜，夜夜日日！森林在泣血，大地在泣血，祖国母亲在泣血。大兴安岭烧了一把大火，海南岛热带雨林以年2%的速度递减，覆盖率已由一九六五年的25.7%下降到一九九五年的8.9%。我看到一个八十年代初的统计材料，四川省森林覆盖率由解放初期的20%，下降到13%。不知近二十年又下降了多少！于是，作为长江上游的这块地区，气候异常了，水土流失了，江水浑浊了，泥沙淤积了，河床抬高了，……洪水一来，狂暴施虐，自不能免。

恩格斯的这样一段话，对我们并不陌生：

“可是我们不要过于得意我们对自然界的胜利。对于我们每一次胜利，自然界都报复了我们。……美索不达米亚、希腊、小亚细亚以及其他各地的居民，为了想得到耕地把森林都砍完了，但是他们都梦想不到这些地方今天竟因此成为荒芜不毛之地，因为他们把森林砍完之后，水分积聚和贮存的中心也不存在了。阿尔卑斯山的意大利人，因为要十分细心地培养该山北坡上的松林，而把南坡上的森林都砍光了，他们预料不到因此却把他们区域里的高山畜牧业的基础给摧毁了；他们更预料不到这样就使山泉在一年中大部分时间都枯竭了，而且在雨季中又使洪水倾泻到盆地上去。”

“因此我们必须记住：我们统治自然界，决不像征服者统治异民族一样，决不像站在自然界以外的人一样，——相反地，我们同我们的肉、血和头脑一起都是属于自然界，存在于自然界中；我们对自然界的整个支配，仅仅是因为我们胜于其他一切动物，能够认识和正确运用自然规律而已。”(恩格斯《自然辩证法》)

恩格斯的这一段一百多年前的话，说得多么好啊，如此明晰，毋庸多加阐释，所以我大段摘引在这里。我们不是都说信奉马克思主义么，忠于马克思主义么？这段提醒、忠告，我们简直当作“耳旁风”了！

这些年，任用干部据说要看“政绩”，这很好，难道让那些光讲空话、不干实事的人当家么？可是，究竟什么样的“政绩”可取？“政绩”岂止是片面的经济指标？一些数字？在这个问题上若是混乱不清，一些热衷于功名利禄者，官迷心窍者，就会常常打着为民致富的招牌，干一些杀鸡取卵，竭泽而渔的勾当，不择手段贪婪地追逐财富，置环境保护于不顾，与可持续性发展相对抗。往往是这些人，利用手中权力肆无忌惮地包庇、纵容、支持破坏森林，滥占耕地，污染环境。在他们看来，什么人区别于动物，比其他一切动物高明，正在于“能够认识和正确运用自然规律”的这类教导，简直是“扯淡”！

六十年前，“中华民族，到了最危险的时候”，流行一出短剧《放下你的鞭子》。如今，就生态环境而言，可以毫不夸张地说，中华民族，又到了“最危险的时候”。我们要断喝一声，伐木者，“放下你的斧子”！

一九九八年八月二十五日于北京

魔鬼·人

一九八三年，娄乃鸣是中央戏剧学院导演系的应届毕业生，她在徐晓钟先生执导的《培尔·金特》中，扮演了一个魔鬼的角色，那是她们毕业实习演出。一晃，十年过去了，现今的娄乃鸣已成长为一位颇有名气的导演；她执导的《初恋，我们不懂爱情》，让一些少男少女看得如醉如痴，如今已演满百场。据说，她现在有京城十佳导演之一的誉称，最近，在林兆华执导的歌德名著《浮士德》中，娄乃鸣再次“下海”，饰演了剧中的魔鬼梅菲斯特。在座谈会上，我笑着对她说：“你是‘专门与魔鬼打交道的人’。”

《圣经》中的“约伯记”，一开篇，便是天帝耶和华与魔鬼撒旦争论的故事，这给后来欧洲文学某些启示，成了不少作品的一个情节模式。歌德的《浮士德》的“序曲”也受到影响。浮士德与梅菲斯特这两个人物，象征性表现了善与恶的斗争。不过，若是认为浮士德是一位完美的“英雄”，而梅菲斯特这一魔鬼，则是通体皆坏的“恶棍”，那就糟践了这一伟大古典名著了，《浮士德》也不可能是说不尽的了。梅菲斯特是一个诱惑者，是一个害人精；同样也是一个具有某些人文精神，对教会和宫廷腐败、新兴大都市的罪恶、殖民主义海外掠夺的嘲讽者，他身上有若干“人气”。有的研究者称他是“亦鬼亦人，亦恶亦善”。如今林兆华让一位女性演员反串，更赋予他中国文化的“亦阴亦阳”的内涵，极妙。

经典名著是人类文化的结晶，是超国界、超历史的。“亦鬼亦人”的艺术形象，在当今现实生活中，也并非乏例。不过呈现的样式，正好与梅菲斯特相反罢了。有的其形是君子“正人”，甚至是名公、巨卿、文人、学者、理论家，满口圣人之道，标榜“坚持”、“高举”；而褫其华衮，细细品味，则满身鬼气。热衷于捞位子、房子、票子、车子、出国，悉皆鬼蜮行为。梅菲斯特魔鬼其形，某些人气之外，不失可爱；而如今衮衮诸公，常常上电视，见报纸，“正人”其形，而当他们自己的作为，撕掉虚伪的尊严，揭穿假装的正经时，只能给人以可恶，可憎！

一九九四年

流氓无产阶级

王安石一生好做翻案文章。《读孟尝君传》便是一篇翻千古定论、识见非凡的名作。他是超短篇的圣手，文章凌厉遒劲，笔力磅礴，全文不足百字，“语语转，笔笔紧”，“篇无余话，语无余字”。沈德潜赞此文为“千古绝调”。可贵的是荆公敢于向史学界大权威太史公挑战，向史学经典发难，一扫世俗之见，力驳孟尝君田文“能得士”的传统之说。他开宗明义便将观点鲜明摆出来：孟尝君何许人也？“特鸡鸣狗盗之雄耳”！他反诘，这样人“岂足以言得士”？他高度重视“士”的作用：“擅齐之强，得一士焉，宜可以南面而制秦。”他诘问：“尚何取鸡鸣狗盗之力哉？”最后结语：“夫鸡鸣狗盗之出其门，此士之所以不至也。”斩钉截铁，掷地有声。你田文搜罗、重用、依靠“鸡鸣狗盗”之徒，必然对“士”怠慢、轻视、疏离以至排斥，“士”又怎能依附、归靠于你呢？你怎能配得上“能得士”的美称呢？这里有一个“依靠谁”的问题。荆公一家之言超迈千古，九百多年后的今天读来，仍感到见解深刻精辟，历久弥新，发人深省。

“士”用现代词语翻译当为“知识分子”了，“鸡鸣狗盗”之徒呢？在现代社会人群里，大概是属于“流氓无产阶级”的社会层。“流氓无产阶级”（Lumpenproletaviat）词语也许是随着《共产党宣言》传入而流行的，史未见书。但“流氓”一词古已有之，源远流长。“流氓”是一个多义词，古代与现代异义，广义与狭义有别。《说文解字》云：“氓，民也。”《诗经·卫风·氓》曰："氓之蚩蚩，抱布贸丝。"古代"流氓"一词指"流亡之民"、"草野之民"，这也是广义的解释。现代词语的"流氓"据云产生于清末的上海，专指不务正业、为非作歹之人。这是狭义的解释。我认为《共产党宣言》对这部分人定性是准确的："流氓无产阶级是旧社会最下层中消极腐化部分。他们在一些地方也被无产阶级革命卷到运动中来。但是，由于他们的整个生活状况，他们更甘心于被人收买，去干反动的勾当。"（《马克思、恩格斯全集》第四卷第203页，人民出版社1997年版）然而，由于"流氓"一词在我国具有历史的多义性，加之与"无产阶级"搭上界，而一提起"无产阶级"，就让人想到先进性、革命性、大公无私、组织性、纪律性这些特性，因此对"流氓无产阶级"的理解就可能出现偏差，可能不被看得那么坏。我曾读到海外一本华文刊物，将Lumpenproletaviat译为"渣滓普罗"。"普罗"不必说了，这是二三十年代旧译；"渣滓"我想比之"流氓"也许能减少对《共产党宣言》中"流氓无产阶级"这一概念理解上的歧义。我不懂德文，请教了一位旅德学者，请他帮我查一查Lumpenproletaviat究竟应该怎么译为好。据告，这是一个复合词，穿破衣烂衫的、无产者（不一定译为无产阶级）。他在一本词典里找到这条词语的解释，基本上是以《共产党宣言》为依据的。我之所以对"流氓无产阶级"关注，是因为它在我国长期革命斗争中的作用，值得再思考。

在过去的社会变革中，尤其是在农村的变革中，可能有意无意地小视了流氓无产阶级是"旧社会最下层中消极腐化部分"的论断，而高估了他们的积极因素，对马克思、恩格斯称之为"更甘心于干反动勾当"的"痞子"、"无赖"们，推崇为"先锋"、"元勋"。正是这些人，热衷于给人戴高帽子游乡，实施人格侮辱；热衷于"挖浮财"，"占人妻女"；热衷于乱打乱杀，从肉体上消灭异己。直到"文化大革命"，首先被"发动"起来的人中，就不乏流氓无产者。那些"打、砸、抢、抄、抓"分子是些什么人？上海"工人造反派"头头王洪文，花天酒地、呼朋引类、斗鸡走狗，活脱脱一个流氓无产者。可是，在林彪折戟沉沙之后，被钦定为“接班人”，位居一人之下、亿万人之上，成为中国的第二号人物。“夫鸡鸣狗盗之出其门，此士之所以不至也。”那么，大儒周恩来只好往后靠了。荆公，荆公，你真了不起，九百多年前的话，还如此光彩，如此鲜活。

古老的东方有一尊佛

古老的东方有一尊佛，她的名字叫观世音（梵文 Aralokites'vara），略称观音。称观音为佛，似嫌不太确切，观音是菩萨，在佛教中，菩萨比佛还差一个等级。不过我们俗众笼而统之混称也很平常。观音出生印度，定居中国，影响遍及亚洲南北，普陀山是观音菩萨显灵讲法的道场，是观音的一方净土，是观音的家。

在普陀山龙湾岗之巅，面向大海，背倚蓝天，一座高三十三米金灿灿的观音像矗立，这是一座东方女神，一座善与美化身的东方女神。*

佛教有多少佛、菩萨、罗汉？不要说我们这些凡夫俗子，即使是普通信徒，也未必都弄得清楚，除非专门研究佛学的专家。反正“见庙就烧香，见菩萨就磕头”是了。但是有一尊菩萨说她“家喻户晓”不为夸张。人们不一定都能识别和记住文殊、普贤、地藏，而观音却是无人不知、无人不晓，虽然他们合称“四大菩萨”。中国人有一种浓浓的观音情结，一种观音崇拜，而且历史悠久。大约南北朝时，对观音的崇拜就渐渐热了起来，《法华经·普门品》（《观音经》）已经流行。到了明代，竟然“奉其像者，十室而九”。（明·宋濂《观音画像赞》）观音已深入到千家万户。

为什么在诸佛中观音奇峰突起，在中国形成持续的“观音崇拜”？这

---

* 佛是人，不是神。佛教是不相信神仙的。我这里称观音为女神，是作为敬称与美称意义上使用的。

是很值得探究的。观音尊号是“大慈大悲救苦救难观世音菩萨”，在佛教认为的“苦难世界”里，谁不需要观世音？《普门品》说，众生遇到水火灾害、碰到盗贼袭击、受到病痛之苦、撞到鬼神之时，以及个人陷入情欲罗网，只要称名观世音，皆可被搭救；甚至男女不孕不育，观音便会前来“送子”。观音是“善”的化身，是“善”的载体，是众生按照“善”的愿望塑造的偶像。

二〇〇六年摄于普陀山。

本来佛教中的佛都是“善男子”，唐以前的观音亦为男相，而到宋代以后，观世音的形象则女性化、母性化了。素衣白袍，裙裾流动，潇洒飘逸，细眉淡唇，肌肤晶莹，典雅清丽，慈祥宁静。她是人们对善的渴望产物，是爱的产物，是中华文化产物，也是美的产物。观世音是美女与慈母复合型女神。即使单从艺术角度来说，观音形象也是值得称道的。中国传统佛教雕塑，公认为最成功、最具有中国特色的是女性观音、男性罗汉以及灵动的飞天，观音是东方善与美的爱神，是东方维纳斯。在二〇〇五年，中央电视台春节晚会上亮相的舞蹈“千手观音”，之所以能使亿万观众“震撼”，就因为在美轮美奂的艺术形式中，传递了向美向善的信息，揭示了观音慈悲善良普度众生的精神内涵。与观众心中“善”与“爱”的愿望构成强烈的共鸣。

回顾过去的岁月，人们太需要“善”与“爱”了，世界曾苦于“善”与“爱”的匮乏。二十世纪是一个科学技术大发展、生产力大提高、人类取得巨大进步的世纪，同时也是一个灾难与恐怖的世纪。五十年间竟然发生了人类大杀戮的两次世界大战，第二次世界大战中，中国约有三千五百万人丧生，苏联约有两千七百万人殒命，南京大屠杀就有三十万中国人屈死于日本军国主义分子的屠刀之下，犹太人被纳粹消灭的有六百万人。除了血腥的战乱，还有“红色恐怖”。在斯大林主政的苏联，在一九二七、一九二八年大清洗中，以及三十年代初强迫农业集体化与消灭富农运动中，被杀戮的有多少人？虽然现在档案已经解密，但数字仍有争议，以两千万之说居多。在不到八百万人口的柬埔寨，被一位伟人敕封为“共产主义英雄”的杀人魔王波尔布特掌权时，虐杀了约二百万众（数字有一百万到三百万之说，现取其中）。“红色高棉”的“红”是血染成的。“善”与“恶”是伦理学最古老的范畴，是人类最基本的道德情感，“善”有阶级的、民族的、时代的、相对性的特性一面；但是无可否认，它也还有历史继承的、最一般的、最普遍意义的、永恒的、共性的一面。“红色恐怖”论者，用“阶级性”的相对性否定“善”的最基本的、普遍意义的伦理规定性，就将“善”与“恶”的伦理底线彻底泯灭，人道缺失，兽道泛滥，什么样的罪恶勾当都可以通行无阻，而且冠冕堂皇，这是最可怕的。

我们已进入一个全球化的时代。市场经济席卷世界，信息传播无远而弗届。因为地域、民族、阶级、历史等特性，在全球化进程中，文化将长期存在“多元化”状态，然而，全球化需要确立人类社会一种普世的道德规范、伦理观念，这与文化“多元化”相行不悖，而且是势所必然的大趋势。“善”和“爱”就是这种普世伦理核心精神价值，古老东方的观音精神，必将汇入普世伦理世界文明的主潮中。

这里，从古老东方普陀山海滨，面向太平洋的观世音这座善与爱的女神，联想到，在遥远的西方，在纽约港口，面向大西洋也有一座名曰“自由”的女神。“自由女神”不是宗教神祇，是一座艺术雕像，是“自由”观念的寓言载体，精神载体。“自由”也是人类社会最大价值的精神，也将汇入普世伦理的核心价值中。东方的善与爱的女神、西方的自由女神，

二〇〇七年摄于美国

都不是地域性精神资源，而是属于普世伦理的世界文明潮流。先哲孙中山先生有言："世界潮流，浩浩荡荡，顺之者昌，逆之者亡。"如今当国执政者也喜爱引用。面对世界文明潮流，识时务者，当思之，再思之。

二〇〇六年

还×于民

应邀出席了西湖博览会活动。满耳听到的是杭城人民上上下下争说“环湖南线工程”的盛事。人们称此举为“还湖于民”。我深感这件“工程”背后意义的分量。

为何称之“还湖于民”？因为西湖南岸长期被一些机关单位、宾馆饭店、私人住宅所“割据”，走西湖南山路，难窥西子姑娘的容颜。这里有许多风景名胜点，如，老“西湖十景”的“雷峰夕照”、“南屏晚钟”、“柳浪闻莺”；有净慈古寺、钱王祠故址；有于谦、张苍水、章太炎墓址……统统被遮蔽。割据西湖南岸的有不少显赫单位，还有一些神秘的傍湖临水的院落，冷冷地挡住了游人览胜的视线。“环湖南线工程”之艰难可想而知。十多年前，杭州市委、市政府就曾发起环湖绿地建设工程，动迁临湖建筑，当时，一些“位高权重”的人物因自己的临湖小院不保，曾经议论当时的杭州市委负责人，“你拆我的房子，我撬你的帽子”。果然，一年后，这位负责人就调离杭州市委到浙江省政协任职了。西湖南线绿地建设成为泡影，西湖南线的一些建筑“安如磐石”。如今，经浙江省人大代表在人大会议上提出议案，经杭州市委、市政府决定并得到浙江省军区广大指战员全力支持，省市联合，军民携手，上上下下，戮力同心，迁住户，搬单位，拆障房，引湖开河，调整林木，重新布局绿化，经过半年多努力，如今西湖南线三点五公里已成为一条绿色长廊，人们行走在南山路上，可以透过绿茵茂林，直接领略到西湖的湖光山色，杭城人民称之为是“解放”南岸，走通西湖，这就是“还湖于民”。

“还湖于民”好得很，西湖是属于杭州人民的，是属于全国人民的，她是珍贵的人类文化遗产，也是属于世界的，不应少数人得而私之，也不应由于少数人的专享而损戕她的芳貌。

与杭州“还湖于民”相映带的，在另一个省会城市济南，在差不多时间内也出现了一件“还泉于民”的善举。去年“五一”节，山东省人大常委会将其机关所在地——珍珠泉大院对外开放。珍珠泉是济南七十二名泉中的“极品”，与趵突泉并列为“四大名泉”之一，历代多有文人题咏。珍珠泉院内素有名泉、古迹、郁树、飞鸟四景，为济南著名的历史风景名胜区。可是多年来珍珠泉幽禁于机关大院内，这次山东省人大机关将办公区压缩了四分之三的面积，对游客开放，供人游览。他们称之为“还泉于民”。

作者（左三）与张抗抗（左一）、邵燕祥（左二）、雨柔于杭州西湖。

“还湖于民”、“还泉于民”的意义，在于它摆正了“小我”——个人或团体与人民整体的关系，是对一种特权现象的冲击、消解，是对法治的尊重。杭城人民将遮蔽西湖南线的建筑称之为“割据”，如今将南线打通称之为“解放”，用了这样严重的字眼，不值得我们深思么？说实话，杭州与济南的“欠”湖于民、“欠”泉于民，在全国绝非是个别现象，甚至可说是相当普遍。经常在外面走走的人，不难会有这样尴尬的遭遇：不少风景园林、名山丽水、古迹胜境，以至海滨沙滩，会突然出现一小片或一小处禁苑，挂上“游人止步”的牌子，或者有警卫站岗。本应对公众开放的区域，成了供少数人专享的“特区”。这是活生生的、形象的特权昭示，影响之坏，莫此为甚。新华社消息说，珍珠泉幽囚在机关大院内，“成为外地游客心中的遗憾”；何止是遗憾，骂娘的恐怕也有。如今杭州、济南的“还湖于民”、“还泉于民”带了一个好头，善莫大焉。我作为一介普通公民，在这里呼吁，各地各级的人大代表们，恳请你们关注一下，你们那里是否有应属于人民的×，长期被占据，到了习以为常的地步？如果有，请求你们运用你们作为人民代表的权力，力促无条件地“还×于民”。这也是具体落实“三个代表”思想的实践。

二〇〇三年

重视科学的实证方法

——从一则文摘谈起

上海出版的《报刊文摘》报，第223期（2006年6月26日星期一出版），摘载了一篇标题为《于光远忆陆定一言谈》的文章，文如下：“据《中国新闻周刊》第22期报道，于光远回忆说，粉碎‘四人帮’后，陆定一一直住在北京医院，我常去看望他。有一次他与我谈话，讲了一句非常精彩、简明扼要的话：‘于光远，我们过去做的事情，不就是整了一个人接着再整一个人吗?’他的这个思想，我想一定是在‘文革’中考虑得很成熟的。”……

（《报刊文摘》这则来源于《中国新闻周刊》的材料，未标明作者是谁，照理，我应去核查原发报刊，由于精力所限，未能践行，不够严谨之处，请读者见谅。）

这则“报道”征引的于光远同志转述陆定一同志的“言谈”，乍看很熟悉。陆定一同志不仅与光远同志谈起过，据我所知，还和周扬、黎澍等好多同志谈过，老中宣部很多人都知道。但是，仔细一看，不对了，这里陆定一同志的“言谈”严重地失真、失实，似乎被这篇“报道”苦心改造过。这篇“报道”转述光远同志“回忆”定一同志的“言谈”：“我们过去做的事情……”这里主语“我们”所指代是谁?只是定一与光远两位吗?语焉不详，含混不清。光远同志原话究竟是如何说的?说话要有证据，我们还应以光远同志自己写的文字为凭。早在两年前，光远同志在一篇批评某教授评述陆定一同志的文章时，已对这则材料作了澄清。光远同志这篇文章虽然不长，但是写得郑重其事。他说："现在我只想说一个作为见证人不得不说的话。"我"只想指出其中某些与事实不那么符合的地方"：

"我想说的是第一件事是，陆定一同志出狱后不愿意回家，但并没有必须住院的病，然而一直住在北京医院。一次我去医院拜望他时，他对我说：'光远，我们那时的宣传部，不就是整了一个人，再整一个人吗？'他说的的确是事实。在陆定一担任'肃清胡风反革命集团十人小组'组长时，他的确非常积极，十分起劲。在听陆定一讲这句话的时候，我就想：说这样高度概括、彻底痛快的话，是完全符合陆定一的。这是陆定一的性格，对他的这种性格，我从来是喜欢的，也非常钦佩。"光远同志这篇文章载于广东出版的《同舟共进》杂志2004年第2期，总第188期。标题就是《见证人应该说的话》。白纸黑字俱在，可以复按。这是见诸当事人、见证人的第一手材料，应是具有权威真实性。与光远同志自己写的文章一对照，令人吃惊的是，"报道"所引述的光远同志的话，"我们那时的宣传部"，光远与定一同志供职的"宣传部"不见了，被剜掉了。定一同志担任了二十几年中央宣传部部长，一把手，是中共历史上担任中央宣传部部长时间最长的一位，他有资格讲这样的话。你可以不同意他的看法，可以批评他的看法；但是你不能剥夺他讲这样话的权利，不能将他讲过的话抹掉。事实上我就曾听到过对定一同志这番话的不同意见，有人认为定一同志的话片面、偏激；难道老宣传部就没有干一件好事么？定一同志本人在一九五六年中南海怀仁堂所作的《百花齐放，百家争鸣》的报告，不就是一件大好事么？我对定一同志的话是十分钦佩，完全赞同的。这话是如此深刻、如此精辟、如此概括、如此精彩，把话说透了。须知，这是形象性语言，不是给老宣传部做鉴定，要分一个成绩一、二、三，缺点错误一、二、三。对于一位已经作古的历史当事人的言证，谁都有权评说，可是谁也无权篡改，或增添或删削。

我寻思，这则“报道”为什么要在光远同志已在两年前订正了这则材料后，还有意或无意砍掉“宣传部”这个主语，使得语句欠通，材料失真呢？是为了避讳吗？若是，这种阿Q不准说“光”和“亮”的心理完全要不得。新时期以来，思想解放运动以来，我们对党史的研究，虽然还难以说完全做到畅所欲言；但是确实有了历史性的进展与突破。对我们党的第一代领袖陈独秀、对中华人民共和国建立后的党和国家第一代领导人毛泽东，他们的是非功过都可以评说了，难道对党的一个部门的工作评说，反而会成为禁忌吗？

这篇文摘使我想到的是，我们新闻、出版界，我们学术研究界，对科学的实证方法严重地漠视、匮乏。我们如果遵守严格的实证方法的规范的话，这样问题或许可以减少发生。以此文为例，编辑部在审稿时，对这则引述于光远同志“回忆”的话，应要求作者注明是否亲闻。若是，在何时？何地？除了作者本人是否还有他人可以佐证？若是转引，应提供材料来源，见之何报？何刊？何书？出版单位、出版日期、原文如何？等等。总之，应像胡适之先生一句口头禅，“拿出证据来”。如今人们对近代史、现代史、中华民国史、中华人民共和国史、中共党史以至“文化大革命”史，兴趣日浓，专门著作难以计数，以此为内容的专门报刊也相当不少。其中，违背科学实证方法的著述，毫不夸张地说，比比皆是。我手头有一份二〇〇六年六月八日刚出版的《××周刊》，登载了一篇题为《剑英同志立了大功》的署名文章，讲的是红军长征途中的“密电”事件：一方面军与四方面军会师后，混编为左路军与右路军，中央机关随右路军前进。一天，左路军领导人张国焘密电右路军领导人陈昌浩率部南下，阻挠中央北上，“若执迷不悟……则以武力解决之”。当时叶剑英将电报向毛泽东报告，遂有中央红军单独北上之举。这是几十年来流行的说法。但自上世纪八十年代以来，部分党史研究者对此提出质疑，研究者查阅了中央档案馆、军委档案馆的有关档案，长征中左、右路军来往电报原稿，以至对历史当事人回忆谈话进行训释，所谓“武力解决”查无实据。而坚持原说者，则以言证为据。二十六年来，争论、考证的文字可以编成厚厚一册书，至今仍无定论。这已成为党史研究中一个难点。《××周刊》这篇文章对二十六年来大量研究材料置之不顾，仍然沿用陈说，密电“阴谋用武力危害中央”，既不驳论，也不对陈说提供任何论证材料。可叹的是对长期误传，因叶剑英在“密电”事件上立了大功，毛泽东用“吕端大事不糊涂”诗句赞扬他；这则材料经过查证已得到澄清，原来毛泽东用“吕端大事不糊涂”诗赠叶剑英，是在一九六二年九月二十四日中共八届十中全会开幕时，因叶剑英写了批判彭德怀的文章而讲的，有记录在案。这篇文章仍然以讹传讹，照抄旧说不误。这样的党史研究文章，只能是“楚天云雨总堪疑”了。这样的文章并非是我刻意搜寻来的特例，可以说是随手拈来。

在党史研究中，在整个学术研究中，漠视、排斥实证的方法，值得我们重视与认真思考。这个问题究其原由与我们长期以来科学精神薄弱有关。在意识形态领域长期奉行的“以阶级斗争为纲，以大批判开路”，在方法上必然是伴随着独断与臆度。上世纪五十年代批胡适连带批了他的“大胆假设，小心求证”的命题，结果是，批了“大胆假设”，将科学的怀疑精神批掉了，余下的是迷信与盲从；批了“小心求证”，将重证据方法批掉了，余下的是主观武断。还应一提的是，我们科学实证方法的缺失，与我们对传统朴学的精华简单否定也有关系。胡适重视实证方法，所以他对清代朴学很有兴趣，他与梁启超都对朴学有研究。他的《清代学者的治学方法》对朴学作了梳理。朴学与近代科学的实证方法有许多相通、暗合之处，所以胡适认为：“中国旧有的学术，只有清代的‘朴学’确有‘科学的精神’。”（《胡适文存》一集第285页，黄山书社1996年版）我是同意他的看法的。应该看到，清末以来，我们出现了一批学术大家，从梁启超、王国维、胡适、顾颉刚、郭沫若到陈寅恪、钱钟书等，他们在治学方法方面无不有形、无形地受到朴学的影响是不言而喻的。这种内在联系的渊源关系，梁启超分析得很好："自经清代考证学派二百余年之训练，成为一种遗传，我国学子之头脑，渐趋于冷静缜密。此种性质，实为科学成立之根本要求。"（梁启超《清代学术概论》，第 106 页，上海古籍出版社 1998 年版）上个世纪五十年代后，我国学术界对朴学的基本态度是只批它的窒息思想、方法繁琐的一面，而对其中科学精神则完全摈弃了。这是十分可惜的。我们现在到了应该重视这份学术遗产的时候了。

二〇〇七年

谈茶说泉

中国的茶艺是茶和水的最佳艺术搭配。茶离不开水，水离不开茶。“精茗蕴香，借水而发，无水不与论茶也。”（许次纾《茶疏》）无论是唐宋以饼茶为主的碾煎法，还是明清的散条形茶瀹泡法，莫不如此。对于宜茶之水，陆羽认为，烹茶之水，以山泉为上，这是很有见地的看法，一锤定音。《茶经》以后，有了第一部专门品水的著作，这就是唐人张又新的《煮茶水记》。他在这部书里，开了对天下泉水排座次、品等级的先河，引出了一桩“品水公案”，官司打了上千年。据张又新说，陆羽将天下泉水分为二十等，庐山谷帘泉位列第一；而张又新又抬出一个名刘伯刍的人，将天下水列为七等，扬子江南零水，也就是中泠泉独居榜首。两者大相径庭，孰是孰非？陆羽已作古，死无对证；刘伯刍名不见经传，张又新又未作交代。张又新没有做到胡适之主张的有一分证据说一分话，令人产生疑窦也就难免。欧阳修就干脆认为，这是张又新假托陆羽、刘伯刍之言，自己胡诌的（欧阳修《大明水记》）。

这个“天下第一泉”我们暂且按下不表。有意思的是被称作“天下第二泉”的无锡惠山寺下的惠山泉，千年来却稳坐第二把交椅。名噪天下，声誉超过任何一眼被称作“天下第一泉”的。这个惠山泉世事洞明，绝顶聪敏，大概它知道“木秀于林风必摧之”的道理，“不为天下先”，甘当“二把手”。惠山泉为历代文人、鉴赏家所推崇。尤其是唐朝宰相李德裕仿唐玄宗为杨贵妃驿递荔枝的故事，专门设置了从无锡到长安的数千里“递铺”，用快马一程程为其传递坛封的惠山泉的记述（唐·无名氏著《玉泉子》），把惠山泉声价抬得更高，名气越炒越响，红遍大江南北。到了本世纪，无锡出了一位盲人音乐家，瞎子阿炳，一曲《二泉印月》（后改为《二泉映月》），已成为世界名曲，本世纪音乐经典。“天下第二泉”插起音乐的翅膀，飞向了东瀛西域，声名远播世界。半个世纪前，渡江战役后，我们文工团进城之初，驻扎无锡惠山寺，二泉边。可是那时绝无品茗赏泉的雅兴，辜负了那一泓泉水。

谁是“天下第一泉”？聚讼不休。中国人人性弱点，骨子里不是自大，便是自卑。关起门来称大王，老子天下第一。最早被命名为“天下第一泉”的是位于镇江金山寺以西扬子江心的南零水，也称中泠泉。此泉在唐宋名声也很大，所谓“扬子江心水，蒙山顶上茶”，是最理想的饮品了。如今因江滩扩大，中泠泉已与陆地相连，仅是一个景观，颇受冷落。庐山的谷帘泉，虽为“茶圣”陆羽亲定“天下第一泉”，但并未因为权威的意见而大红起来，至于徐霞客认定的“天下第一泉”云南安宁碧玉泉，更是鲜为人知。你徐霞客不就是一位地理学家、旅行家么，没有显著的官阶，也不是什么权威评委会主任，滇边又地处偏僻，你说它是“四海第一汤”，又有多少人认同？北京玉泉山的泉水为“天下第一泉”，是清高宗乾隆皇帝御封的（《玉泉山天下第一泉记》）。有清一代玉泉山泉水是供大内御用的，用玉泉水灌溉的稻子称京西稻，是贡品。提到玉泉山，园艺学讲“借景”手法，都要举颐和园造园借玉泉山入景为例。但是这玉泉山半个世纪以来，一直披着一袭朦胧神秘的面纱，山在虚无缥缈间，可望而不可即。我居京华也快半个世纪了，一直不识此山真面目，更谈不上有喝一口玉泉水的福分。一九六五年我参加了中央美术学院社教工作队，那是毛泽东同志关于文艺问题的第二个批示下达后，中央决定进行的十个城市社教试点单位之一（其它是中央文化部、全国文联、北京电影制片厂、经济研究所、北京大学……)，运动深入后，决定办一个“黑”画展（展品不限于美院师生作品）。当时中央分管美院社教的是康生。记得工作队吴寄寒同志向我们传达康生对画展的指示，提到北京国画院陈半丁的一幅山水画。画面一山，据说状似玉泉山。山顶一塔，据说状似玉泉山塔。问题出在题画诗上，陈半丁题曰：“天下名山僧占多”。康生恶狠狠地判定，这是“射向党的三支毒箭之一”（还有那两支“毒箭”不记得了）。他还连带说起另一件事：两年前，浙江美院潘天寿来京开画展，康生为画展题词：“画坛师首，艺苑班头”。康生说，他这个题词是为了压陈半丁的。这是我亲耳所听的传达。康生在这里既打了陈半丁，也为他自己捧权威开脱，一箭双雕。但不知一年以后，潘天寿也成了“反动权威”、“黑画家”，康生又作何辩解呢？如今世道清明，喝不上玉泉水，发一点牢骚，无关大碍；要是倒退三十年，那可要吃不了兜着走了。

二〇〇二年

“小珍子”姑娘

电视文献片《铁的新四军》有这样一个镜头：陈毅元帅长子陈昊苏谈他的身世：他出生在盐阜区阜宁县，因战争环境，新四军军部转移，他父母将他寄养在当地一位“开明士绅”家中。这就公开澄清了一个事实。前些年，出版的有关陈毅元帅的传记或报告文学作品，有几本说昊苏是被寄养在一户“农民”家中。前不久，我见到昊苏同志谈起此事。他说，当时不可能寄养在农民家中，一来因为斗争形势复杂，敌伪不断扫荡，在农民家中，目标太明显，在地主家中好隐藏；二是当时农民（绝大多数是佃农）的生活状况，多抚养一个孩子也负担不起。其实他的情况，我早知道。他是寄养在邹鲁山先生家中，邹鲁山先生是开明士绅，邹老伯的小女儿邹人煜是我抗日联中的同学，前些年在合肥市委宣传部长任上离休。抗日战争时期，我党为了在统一战线中区别对待，将地主阶级分为开明地主、一般地主、顽固地主。“开明士绅”即地主阶级开明派，开明派也是地主。一些传记和报告文学作者，或是想当然，或是以为如实写来，有模糊阶级阵线之嫌，便故意曲笔，将“地主”换成了“农民”身份。其实，昊苏同志的情况并非仅有，就在同一时间，新四军军部政治部曾一度驻扎在阜宁东乡硕集区董舍村。当时新四军锄奸部部长梁国斌同志爱人也生有一女名“小珍子”，同样因军部向淮南黄花塘转移，遂将小珍子托付给一户地主董三太爷（名字记不清了）家寄养。董三太爷好诗文，居处院落宽敞，梁国斌同志借住他们家，相处甚洽，常有诗文唱酬。将小珍子姑娘寄养在他们家也放心。董三太爷有一妻一妾，妻有二女，都已及笄，妾不育，小珍子便由小妾抚育。他们一家五口，视小珍子姑娘若掌上明珠，娇惯得不得了，小妾视作亲出，两个姐姐对小妹妹宠爱有加，董三太爷夫妇更有晚年得女的欢欣，小珍子姑娘像现在的“小皇帝”。抗战胜利后，为了躲避土改中过火斗争，董三太爷全家潜逃上海，携带小珍子同行。耐人寻味的是，在国民党统治的上海，一位地主，偷偷地抚养共产党一位高级将领的后代，这复杂的政治、文化内涵，谁又能说得清？全国解放后，董、梁两家互相寻找。一九五〇年，董三太爷的小妾将已长大的小珍子姑娘，送到了她亲生父母身边。我家与董家是亲戚，抗战爆发后，日寇陷城，全家避难迁居董舍村，我称董三太爷为表叔公，“小珍子”姑娘也就长我一辈，不得不称她为小姑，我离家到抗日联中读书后参加文工团时，她才三岁，如今算来，也该是五十几岁的老人了。吴苏同志说，他们家与小珍子姑娘家在上世纪五六十年代还有来往，“文革”以后未通信息。这样的事，在二十多年前给青年人讲，不仅不会相信，还会说你散布“阶级斗争熄灭论”、“阶级斗争调和论”、“资产阶级人性论”呢！

一九九九年

哀悼，在东京！

十八日，是我们中国作家代表团由仙台到东京的第三天，一大早，日中文化交流协会的秘书长野微，就把从广播中收听到的巴金老昨晚去世的消息告诉我们。这天下午三时，日中文化交流协会在东京会馆为我们举办大型招待会，这是我们这次访日的一场重头戏。出席招待会的日本文学艺术界名流约二百人。会上致词的辻井乔会长，首先向与会者通报了中国文坛巨匠、日本人民的好朋友巴金先生逝世的噩耗，并提议默哀。巴金老在日本文学界有着广泛的影响，受到日本友人普遍尊敬。招待会上，日本朋友与我们碰杯，都首先神色凝重地向我们表达了对巴金先生逝世的哀悼、对巴金先生家人的慰问。

巴金老上世纪六十年代曾接连三年访问日本，“文革”结束后的一九八〇年、一九八四年又两度访日。巴金老曾访问了遭受原子弹灾害的广岛、长崎，对由于日本军国主义分子的罪恶而带来的苦难，他发出沉痛的人道主义呼吁：“悲剧，不准重演！”岁月流逝，他当年结识的老朋友、中国文艺界熟识的友好使者井上靖、宫川寅雄、千田是也、中岛健藏等都已先后凋谢；已经访问过中国达一百余次的白土吾夫先生正在病中，缠绵病榻。现在实际上主持日中文化交流协会工作的专务理事佐藤纯子女士，深情地向我回忆起一九八四年巴金老与周扬同志联袂访日的盛况。“度尽劫波兄弟在”，那是中日两国文艺界友人历史上空前的大聚会。机场上的欢迎、

在东京，回答日中文化交流协会理事、日本电影演员栗原小卷关于中国文学的提问。

招待会的盛大、场面的热烈，佐藤如今述及，仍然溢满深情。佐藤在上个世纪五十年代中期大学毕业，投身中日文化交流，参加协会工作；明年是协会成立五十周年，佐藤将她的青春、她的全部生命，都献给了中日两国人民友好的事业。如今年逾古稀、满头银丝、仪态高雅的佐藤，对中国文坛上的人和事，谈起来如数家珍，对巴金老、对周扬同志印象和感情尤深。

过井乔会长除了向我们表示对巴金老悼念之忱，还提到打算到中国参加巴金老的追悼会。

也是协会的代表理事、日本著名电影演员栗原小卷已息影多年，很少参加社会活动，这次特地出席了招待会。她文静，不肆张扬，她向我叙说了一九八四年巴金老与周扬同志访日的情景及两位文学前辈对她的教诲。

一生热爱中国，有着很深的中国情结并在中国辞世的日本大音乐家、文学家团伊玖磨先生的儿子团纪彦，现在已经接班参与了协会工作。他对我们诉说，他父亲对巴金老十分敬仰，他父亲会在天堂恭迎巴金老一同安息。

招待会成了日本友人对巴金老的追思会。

这天，东京下着小雨，天气微凉。

二〇〇五年

佐藤纯子与长野微

我们从大阪机场入境，长野微在机场迎候，以后一直全程陪同。她在北京待了八年，读完中学读大学，一边读书，一边打工，自己养活自己。一周有几个小时到《朝日新闻》驻北京办事处帮助整理资料。如今是日中文化交流协会的秘书。文静、清纯，完全是一副中国女孩模样，我说她是"小中国通"，她普通话说得比我地道多了。同事们说她就是一个北京"乖乖女"，她随身带一只电子辞典，我们问她有关日本的人和事，她答不准确就查辞典。她说她奶奶，过去在中国生活过。大概是战争年代吧，我未细问。她说，她在人大附中时，她奶奶去看她，在北京还找到过去曾经住过的地方，可是现在的住户愣说这里从未住过日本人。回到东京，一天早晨她从家里来宾馆，告诉我：昨晚回家，她奶奶说，在宠物市场看到一只大白猫，很可爱，想买，但是要十万日元。她问奶奶：您有钱吗？奶奶说没有。她对奶奶说，我也没有。她奶奶默然。我说，长野啊，你太让你奶奶伤心了，你为什么不为她向你爸爸妈妈要点钱呢？她说，我想攒够了钱给她买。他们日中文化交流协会工作人员也很清苦。

看得出，长野微深得佐藤纯子的呵护、怜爱与器重。

佐藤纯子，国内许多文学界朋友都亲切地称她大姐，她在中国文学界交友广泛，她对几代中国文学家都很熟悉。佐藤在昭和女子大学一毕业就参加了刚组建的日中文化交流协会工作，今年是日中文化交流协会成立五

作者（左三）与佐藤纯子（左二）、长野微（左四）在东京国际机场前。

十周年，她和协会一起走过了漫长崎岖的路，她将她的青春、中年尽付给日中友好事业了。她的命运和日中友好联结在一起。如今的佐藤已七旬开外，白发如丝，架着一副银边眼镜，身材修长，不似一般日本女子矮小，风度优美，透着一股说不清的高雅气质。她说起中国作家的人和事，如数家珍。她对我讲起二十年前，巴金老与周扬同志联袂率团访日，规模之盛大、场面之热烈，史之空前，讲述时仍满溢着激情。五十年间，井上靖、水上勉、宫川寅雄、中岛健藏等人都已先后凋谢，白土吾夫缠绵病榻，如今佐藤是协会的实际主持人，掌门人，他们称作“专务”理事，大约相当于我们这里的“常务”副主席或秘书长之类角色，她不得不考虑“接班人”了。她看中了长野微，看得出她在着意栽培。在东京会堂为我们代表团举行盛大酒会这一重大差事，佐藤放手交给长野担当。她把长野微推出来，让她独立主持这场活动，在中日两国文化界人士面前亮相。那天长野微着一身浅灰色西式衫裙，化了淡妆，穿一双高跟鞋，亭亭玉立，人似乎长大了，她从容面对中国客人与两百多位东京文化艺术界名流，用日中两种语言，致辞欢迎，介绍宾主，串连调度，从容自如，落落大方。佐藤则在一旁幸福地注视着。我惊叹，真是个人才啊！我暗想，这是否就是当年的佐藤呢？酒会主办方约定，宾主致词，每人不超过两分半钟，加上翻译不超过五分钟。到会的许多人都上了年纪，如加藤周一顾问，都已九十高龄了，酒会进行时大家都是站立着。可是有一位不知趣的同胞，竟然放肆地大讲了十二分钟。会后他还得意地说，他要“训一训”他们。可是，你找错了场合与对象，你面对的不是小泉，是一帮致力于日中友好的挚友啊：早被鲁迅斥责过的不是自卑就是自大的民族劣根性何时能了啊。就在我也站立听“训”的时候，长野微悄悄走到我身后，附耳问：是否给您搬一张椅子坐下来？我摇摇头，但是我很感激。

临别东京，友协朋友送行，我拉着佐藤与长野一起，合照了一张相片。我感到，日中友谊，在两代人血脉中贯通。机场送别，我觉察到长野眼中含着泪花。

二〇〇六年

又过孟庄

早春时节，湖上水暖，又过孟庄，小憩十日。

孟庄，西湖畔一处僻静所在，中国作家协会杭州创作之家。这是名实相符的“家”。庭中一石，镌刻巴金老人留言：“这真是我的家，我忘不了在这里度过的两个星期，谢谢你们。巴金，一九八九年十月十四日。”之后一些年，巴老常在春秋季节，由小林陪同来此盘桓，孟庄留着巴老人生的最后岁月。二十年间，这里雅集了全国各地数千人次的骚人文士，真可谓“谈笑有鸿儒，往来无白丁”。远处不论，单讲近边的上海，先后来过的就有赵家璧、许杰、王西彦、于伶、柯灵、罗洛、王元化、黄裳、白桦、李子云……这里将会在文人笔下，留下若干新的“西湖佳话”。

孟庄，地处北高峰下，白乐桥边，灵隐寺侧。一座江南庭院，一处青砖黛瓦粉墙徽派小筑。厅前院中两棵高大香樟，浓荫可遮阳蔽雨。数株丹桂，中秋前后幽香满溢。如今西湖赏桂，已不是满觉陇独专了。沿院墙绿篱栽着几丛幽篁，几棵芭蕉，静待风吹雨打。转过回廊，天井里一方鱼池，人坐廊前，观鱼儿翕动，各自怡然自得。二十年间，我有六七次或长或短时间来此逗留。或是烟雨朦胧的春晨，小楼远眺湿漉漉的青翠茶园，茶农在采摘新绿；或是秋雨之夜，四野俱寂，唯闻北高峰松涛声声，山涧泉水淙淙。灯下品茗读书，享受那一份无边的宁静。生活随意，膳食亦如家居，可说是现做现吃，随到随吃。大厨张师傅烧得一手好菜，他教出的徒弟小

作者二〇〇九年于杭州西湖。

刘已成了二级厨师。每日清晨上班，顺便在早市上购得一天的时鲜菜蔬，他已将这个“家”当做自己的小家。饭菜可口但并不靡费。比如早点，总是变着花样日日不同样。或是几只小笼、几只蒸饺，或是一客宁波汤圆、两只嘉兴粽子、数条春卷、一方年糕，或是一碗鸡汤小馄饨、一杯咸豆浆。

这里的“家”主，主任柯朗曦，我已习惯了叫他小柯，初识时是一位朴实、热情、认真、负责的青年，今年我忽然发现，他的鬓边已有几茎白发。副主任陈蕊，原来是一位腼腆的西子姑娘，如今已熟练地协助小柯打理这个“家”。他们没有什么额外的“经营”、“创收”，没有丰厚的“奖金”、“津贴”、“福利”，他们只是默默地、兢兢业业地为天南海北的作家们服务，数十年努力不懈，赢得口碑，送走了青春。

临别，主人索句，我作七绝“打油”一首相赠：

乐水桥边野草花，
北高峰下夕阳斜。
静听灵隐钟声动，
闲坐灯前喝禅茶。

第六辑

艺文走笔

时代良知民族魂

——读邵燕祥新时期杂文

还是杂文时代

我们的时代还是杂文时代。我们仍然需要鲁迅式杂文。认为杂文只是对敌斗争的武器，认为我们的时代杂文应该消亡，是对时代的内涵及杂文的功能、价值极其片面的误解。认为鲁迅式杂文已经过时，甚至“鲁迅式杂文基调”的“残痕”也要“洗净”，则使人联想起鲁迅使之现出乖谬的“还不到一知半解程度的大学生”的攻讦。我们的时代当然与鲁迅所处的时代有本质的区别。我们的时代是处于伟大变革的时代，是进行现代化建设的时代。但是，我们的时代仍然是科学与愚昧搏斗的时代，是光明与黑暗、善良与丑恶、崇高与渺小、健康与腐败杂陈的时代。我们需要讽刺，也需要机智、风趣的幽默。杂文既“是匕首，是投枪”，也能“给人愉快和休息”。“萌芽于‘文学革命’以至‘思想革命’”（见《鲁迅全集》第4卷，442页，人民文学出版社，1959），适应“五四”思想文化启蒙运动而产生的杂文，仍然是我们时代的必需。杂文与时代共存。

文学的新时期，杂文家不尚喧哗，不事声张，在杂文这块园地里默默耕耘，其成绩辉煌，收获丰硕。有一种说法，认为“比起其他文学种类”，

作者摄于绍兴鲁迅纪念馆。

“新时期杂文显然落到了‘末造’”。“其价值可有可无”，“其命运虽生犹死”。如此估计，难以令人接受。讥诮刻薄，有欠厚道。说穿了，无非是杂文这些年没有崇尚时髦、玩弄花样，不曾邯郸学步，东施效颦，而是按照时代的要求，坚实地走自己的路。应该说新时期杂文，在文学领域具有举足轻重的地位。单以严秀、牧惠二位主持编选的五辑《当代杂文选粹》（现已出版三辑）而言，其中入选的就有杂文五十家，洋洋上千篇。这部“选粹”，集中检视了新时期杂文之精华。巴金老人《随想录》中的杂文，是时代的“史诗”，是文学的丰碑，代表了当代文学的最高成就。一个值得深思的现象：当一九八八年小说、诗歌呈低谷状态时，杂文反而恢弘勃兴，气势鼎盛。无可怀疑，新时期杂文开拓了建国四十年来从未有过的繁荣局面，是继三十年代中叶以后，杂文发展的又一高峰。对新时期杂文的思想与艺术价值以及它对时代所作的贡献，必须有足够的估计。考察、研究新时期文学，若不把杂文放诸突出的位置，则难以作出准确的科学判断。

新时期杂文名家如林：秦牧、林放、陶白、冯英子、严秀、黄秋耘、吴有恒、蓝翎、牧惠、章明、舒展、舒芜、于浩成、谢云、刘征、吕剑、公今度、老烈……后起之秀有陈小川、胡靖等。在这一支队伍中，邵燕祥是其重要的一员。新时期杂文兴起虽非由他揭竿，但自打八十年代中期，他将主要精力投入杂文创作后，无可置疑地，他已成了当今杂文队伍里的中军大纛了。邵燕祥为新时期文坛奉献了他思想艺术独特的杂文，不仅为杂文中兴建立了功勋，为绚丽的文苑添了异彩，使杂文赢得了与其他文学样式毫不逊色的地位，而且还显现了杂文具有的其他文学样式难以发挥的对时代敏捷地艺术反映的作用，以及其他文学样式难以替代的对时代启蒙的思想价值。邵燕祥的杂文不仅在新时期文学史上，而且在新时期文化史上、思想上也据有其重要位置。

令人崇敬的人格力量

邵燕祥是当代著名诗人。虽说早在四十多年前他弄文之初，便有杂文问世，虽说五六十年代，他曾屡因杂文罹灾；但建国以后，邵燕祥毕竟是以诗名饮誉文坛的。那么，他是怎么重新写起杂文来的，而且一写则一发而不可收拾了呢？弄清楚邵燕祥两种文体侧重面转换的动因及轨迹，也许是了解邵燕祥杂文思想价值、艺术特色的一把钥匙。从《到远方去》、《贾桂香》到《问大海》、《致窦守芳同志》，邵燕祥为时代、为人民，激情地呐喊，真诚地歌哭。他诗中不仅倾泻着对祖国、人民炽热的挚爱，也喷射出对丑恶如焚的憎恨。他是一位忠贞的人民诗人，一位坚强的战斗诗人。燕祥的诗，是他对祖国、人民的爱恋，虽九死而其犹未悔的品格的观照。劫后归来，燕祥意志磨炼得更坚强了，与人民的心贴得更紧了，对社会、历史、人生的体味更深沉了。对迅速变化的社会现实针砭的急切热情，难以从容熔铸为诗的意象，抒情诗章已难以容纳他厚重的哲理思考，这样，在写了若干杂文诗的过渡后，在并未完全丢弃诗歌创作的同时，他以易于直接表达自己观点、反映现实敏捷的杂文，作为自己生命表现的主要手段了。一九七九年他重新写杂文，是有感于张志新事件，是为了不致“愧对为真理呼号辩护竟至流血牺牲的先驱们”。从一九八四年初，他大量持续写杂文，是因为“时有不能已于言者”，是“以求与读者肝胆相照，声气相通”。燕祥不是为了“玩”杂文，杂文是他为了祖国现代化事业而奉献的神圣祭坛，是他浸润在诗歌中的，愿终身“与人民共甘苦、共命运，与人民共忧乐、共悲欢”的人格精神的深化和升华。

写杂文，大概除了“新基调”论者个别人外，谁也不会无视鲁迅、不去师法鲁迅。窃以为，当今之世，年长的一辈不论，邵燕祥是师承鲁迅，颇得“鲁迅风”真髓的第一人。学习鲁迅，首先不在于形骸的相似，而在于继承一代伟人那种“横眉”、“俯首”，毫无奴颜媚骨，在当时“无声的中国”，“大胆地说话，勇敢地进行，忘掉了一切利害，推开了古人，将自己的真心话发表出来”（见《鲁迅全集》第4卷，13页，人民文学出版社，1959）的崇高人格精神。在邵燕祥的作品中可以观照到，作者内心充溢着民族、国家和人民的痛苦，灵魂经受深沉的爱憎之情的煎熬，自觉地背负着历史的十字架。他淡泊名利，不计荣辱，置个人利害于度外，所以他能做到直面人生，服膺真理，无所畏惧，刚韧不折。敢言己所欲言而人不敢言或不便言者，在压力和流言面前铁骨铮铮，义无反顾。一九八七年年初，北京春寒料峭。他“元旦试笔”的《说荒诞》以及尔后发表的《怕说红楼》，前文通篇说戏，后文全部谈“红”。前文从魏明伦的荒诞戏《潘金莲》谈起，论及“文革”是一场貌似正剧甚至悲剧开场，而以闹剧落幕。引述了马克思的话：一切伟大的世界历史事件与人物都出现过两次，第一次是作为悲剧出现，第二次是作为笑剧出现；接着，像抖包袱似的笔锋一转：是不是可以再补充一点，某些历史事件和人物，到第三次、第四次出现时，就是一种荒诞剧的形态了。后文由“红”及史，最后合乎逻辑地引申出感慨："在整个历史和社会人生中，那些盛极一时的和垂死挣扎的富贵者，满以为可以随心所欲，终于难免被历史所播弄，跳踉一生，心劳日绌，大限临头，依然大梦不醒，难道不也是可悲可悯的吗?"这两篇作品，借题发挥，反讥暗讽，微言大义，皮里阳秋，读者，尤其是文艺界诸君，自不难心领神会。邵燕祥以深邃的历史目光，透过一时的云翳，为兴风作浪者，投去鄙夷的一瞥。燕祥作品过人的胆识，逼人的正气，不能不使人由衷赞佩。

邵燕祥杂文可贵之处，还表现为一种具有现代意义的独立人格精神。他蔑视任何外界权威，决不盲从迷信。他的《有感于"周恩来指示过"》，甘冒对周恩来同志有不敬之嫌猜与误解，对于人们习以为常的、拘泥经典、依傍前人的思维方式与惯性心理，给以具有说服力的评析。在燕祥的杂文中，我们看到了一代中国知识分子长期受压抑、桎梏的精神世界的解放，独立人格意识的觉醒。

自觉地负载着启蒙的时代要求

燕祥的杂文是时代的产物。

燕祥的杂文林林总总，归结起来有一个总主题：反对现代封建主义，呼唤民主与科学，对国人进行新的思想文化启蒙。

十年来，在中国大陆上进行着一场被称之为思想解放运动的新的思想文化启蒙运动。辩证法告诉我们：事物发展呈螺旋式上升，高级阶段往往重复低级阶段某些特征。有趣的是，中国近十年的历史，好似重复了中国近代历史半个世纪的行程。从洋务运动到戊戌变法、辛亥革命，再到"五四"运动，近代的中国人，对社会改革的认识，由器物向政体再向民族文化体系层层递进。社会主义新时期，人们的认识，同样也是首先看到经济体制改革势在必行，进一步则是政治体制改革的提出，再深入下去是觉悟到整个民族文化观念改革的不可或缺。从实践是检验真理的唯一标准重新提起，从对“文革”这场空前灾难的反思中，人们已经觉察到扫荡封建主义、解放思想的重要。八十年代兴起的“文化热”，标志着全民族对中国传统文化全面反思的深化。越来越多的人体会到：具有现代色彩的封建主义在政治领域的表现与对人们精神的戕害，成为当前各项改革事业顺利进行的严重障碍。人的思想观念现代化，是整个国家现代化的根本。进行民主与科学的新启蒙，提高全民族的精神文化素质，是为中国改革事业开辟道路的头等重要大事。邵燕祥的杂文，自觉地担当起这项时代的要求，反映着强烈的时代精神。

抨击、批判等级特权、专制作风和官僚主义等等封建遗习，以求建设具有现代观念的思想文化，树立平等的民主体系和法律监督原则，是邵燕祥杂文的一个重点。这类作品最能体现他共产党人的道德责任感与深邃历史洞察力。针对大乱之后，人心思治；但是“巴望”有一个“现代唐太宗”那样的好皇帝的小生产者社会心态，他犀利地指出，这实际上是“封建社会中暂时还没有做稳奴隶的人们对暂时做稳了奴隶的人们的歆羡”。中国封建社会文化专制主义之残酷莫过于文字狱。起自始皇帝的一部封建文化史，何尝不是贯串着一部文网史？令人痛心的是新中国竟又一再重演“北山张罗”的悲剧。从反胡风、反右派到“文革”，文字狱规模之大，文网之密，都为史所不及。他的《文字狱与八股文》、《海阔天空说“文网”》、《批判“大批判”》、《想起了文字论战规则》等，对网罟之害，层层剖析、鞭辟入里、立论缜密、笔力雄健。面对沛县人大常委会主任、“土皇帝”梁宏瑞纵狗咬人，辱骂“群众算什么东西”！燕祥拍案而起，作《哀沛人》。对封建特权者愤憎之情溢于言表。文章嬉笑怒骂，气势凌厉。一股正气，力透纸背。内有“纵狗咬人的人，更恶于奉命咬人的狗”句，更令人称快叫绝。继巴老提出建立“文革博物馆”后，燕祥倡议建立“文革学”。他对“文革”遗风流韵的警惕与掊击，体现了他对封建主义战斗的韧性。《历史是不能忘记的》、《久违了，王力先生》、《龙影幢幢送旧年》、《众所周知与众所不知》等，锋芒所向，直指因当前改革遇到困难而思倒退，甚至眷恋“文革”的社会思潮。

燕祥杂文，最得鲁迅风之三昧的，是他并没有停止在对于具有封建标识的社会政治结构层面的反省与批判，而是深入到对被赋予某种“革命”色彩的中国传统文化在民族心理中积淀的剖析上。他继承并进一步发扬了鲁迅“改造国民性”的信念与主张，用杂文担当起“改造国民性，重塑民族魂”，振奋民族精神，提高全民族精神素质的重任。这是燕祥杂文最具价值之所在。燕祥的杂文认识到，拯救在漫长历史中形成的封建传统文化，对民族精神的摧残与腐蚀所造成的巨大心灵创伤，对于社会改造的极端重要性。而这种传统文化的若干伦理观念，在马列主义中国化过程中被渗入，从而获得一件华丽的外衣，呈现出某种现代色彩，这就更增加了问题的复杂性。《封建魔力》以敏锐的观察，对种种社会众生相，探幽发微，论证封建幽灵无往而不在。联类取譬，富有说服力。信手拈来一则农家春联，点石成金，大大深化了主题。“觉慧还会变成高老太爷”！这一警策的论断与有力的分析，促人深省：我们沉重的历史遗产，还能创造一幕幕“锈损了灵魂”的悲剧！《迪斯科诗话》是对凡外来新鲜事物，每每抱拒斥态度的民族惰性心理的鞭挞。《人是有尾巴的吗》、《鞭·马·人》是善作翻案文章的名作。对人们习焉不察的譬喻：动辄指责知识分子“翘尾巴”和发现人才为“伯乐相马”，抉发出隐含其中的封建主义霉味，其价值在于对人的个性解放和人格独立的呼唤，对人的价值、人的尊严、人的平等权利实现的追求。正像鲁迅所说，他的杂文中，有着中国民族大众的魂；燕祥的杂文，有着当代中国嬗变中的民族魂。

独特的艺术魅力与艺术风格

燕祥的杂文，越写越好。尤其是一九八七年后，显然又登上了一个新的台阶。可以说，他的杂文已臻成熟，开始形成了他独特的艺术风格。

如果说杂文是诗与政论的结合，那么，燕祥的杂文，已能较好地解决二者的协调。而某些名为“杂文”、实为时评之作，往往不谙鲁迅笔法，缺少文学修辞因素，平直浅露，惟有“政论”而无“诗”。如果说哲理美、诗情美与幽默美构成杂文美感的三鼎足的话，那么，燕祥的杂文则能够达到三者的平衡。这种功力并非所有杂文家都能具备的。燕祥的杂文在形象中渗透着理论，逻辑里伴随着情感。他的杂文理论含量丰厚，但理论的实现，不是靠纯思辨的推理，而是借助于生活与艺术的形象。他的杂文逻辑缜密，但逻辑展开的同时，又饱和着浓酽的情感。他的杂文往往通过常见的现象，阐述重要的道理，时有立论精辟，思考独到，发人之未发的灼见。名篇《“娘打儿子”论》据事以类义，援之史实，证之党章，揭出流行一时的“娘打儿子”论的实质，是封建法规和奴隶道德的翻版和变种，核心是“整人有理”论。一针见血，入木三分。其他如《夜读偶记》、《无可羡慕》都是马克思主义造诣颇深之作。燕祥不少杂文抒情性强，传递出他诗人的气质。前述《哀沛人》对封建特权者，憎恶之情喷薄而发，不可遏止。

燕祥杂文的“杂文味”愈来愈浓。近两年明显感到他对杂文笔法运用的娴熟。不少作品挥洒自如，舒卷任意，似乎信笔写来，漫无主旨，谈天说地，援古例今；实则寓意深远，内涵丰满，耐人咀嚼，回味犹甘。近作《饕餮现象》、《说“瓜得”》，引证丰富，风趣间出，幽默杂陈，个中深意，堪可琢磨。燕祥近期杂文“杂文味”浓郁，还因为他善于运用曲笔，曲笔并不意味着隐晦，更不应该误解为只是当年鲁迅为了对付国民党的手段。“造语还须曲折”（鲁迅《两地书》，见《鲁迅全集》第9卷，184页，人民文学出版社，1959）是杂文基本手法，是杂文艺术的审美特征重要表现。燕祥这两年杂文逐渐能做到，不直奔、裸露主题，也不作出直接的结论式答案。或迂回挺进，侧面切入；或大题小作，因微见宏。通过大量对比、暗示、取譬、借喻、反语、用典、双关、曲指、夸张、省略等手法，揭示事物内在矛盾，使人从中得到启发。《百草有用论》、《争鸣与桌子》或以药草取譬，或以桌子借喻，征引广博，借助形象，富于说服力。

燕祥杂文在艺术形式上也是绚丽多姿。其样式有：类似随笔的《魏晋风度及文章与药及酒之关系》，近乎学术论文的《漫谈孔子和儒学的“走运”与古今读书人之“不走运”》，以及对话《且说官僚》，笑话、笔记《〈世说〉新编一、二》，书信《致吴世茫老汉书》，读书笔记《“争座位帖”书后》，游记《游狮子山记》，诗话《迪斯科诗话》，简评《公文选读》……燕祥的杂文运用了诸多文体，作为杂文大家，在文体方面，也有着自己的创造。

燕祥杂文的魅力也来源于他语言的功力。他的杂文，造语精密，词汇丰富。不简古，不矫饰，精悍凝练，明白晓畅。基本上是规范的白话文，但能做到气势跌宕、变化多姿，警句、箴言、隽语叠出。燕祥的杂文，不仅以其鲜明的民族思维方式，也以其鲜明的民族语言的特点，征服读者，赢得读者。

一九八九年

世事沧桑　胸中海岳

——读《冰心近作选》

这是一本什么样的书?

每一个捧读它的人，都很难不为它超凡的意义而沉思，不为它博大的精神所感动。

这是九秩老人冰心，在她晚近十年所写的文章结集。从二十年代到八十年代，长达七十个春秋，老人手不停挥，笔不辍耕；晚近十年的作品，以它宁静、恬淡、真诚、纯净的艺术意境，又将她的创作推向一个新的高峰。

老人与世纪同龄。她是一位享誉世界的作家、诗人，是“五四”新文学运动的先驱者之一，是“五四”女性作家硕果仅存的杰出代表，是始终受人尊敬的人品与文品俱臻的文学前辈。她的“横溢的天才”，曾经惊动过亿万读者。我们一代又一代人，都曾经是她的“小读者”，受到过她的爱的抚慰。我自己，从五六岁起读小说，是始于平江不肖生的《荒江女侠》，到了十一二岁，接触现代文学，一下子攫住我的心的，是冰心的《南归》、《离家的一年》、《寂寞》，那真挚的亲情，对一个孩童心灵的撞击，使我永生难忘。她像马克思所说，“出于同春蚕吐丝一样的必要而创作”，默默地、从容地、安详地、执拗地、韧性地，将生命化作一缕缕洁白的银丝，泽被人们，生命不息，丝无尽日。

《冰心近作选》有小说，有散文，有散文诗，有杂文，有评论，有随笔，诸体皆备，不拘一格，挥洒自如，舒卷任意。给当代文坛带来一股清新之气。

在这本《冰心近作选》中，人们可以感受到她那宇宙般博大的胸怀，秋水般明澈的心境和学者的睿智，诗人的深情。《冰心近作选》，是作家操守的艺术再现，是作家人格风范的展示。“世事沧桑心事空，胸中海岳梦中飞”，是冰心老人极为喜爱的一副集龚定庵句对联，那是梁任公手笔，书成快七十年，如今依旧挂在老人的书房里。老人在回忆性文章中一再提到它，不妨将它视作是老人人品、襟怀的艺术投射。冰心在艺术上是一位“文必己出”、极具个性、风格独特的作家。“文学家！你要创造‘真’的文学么？请努力的发挥个性，表现自己。”作家如是说。冰心就是冰心，她不同于庐隐的伤感悲凉，有别于冯沅君的大胆热烈，相异于凌叔华的空灵淡雅……“在所有‘五四’时期的作家中，只有冰心女士最最属于她自己。”（茅盾语）假如说，批评家在这里既有对年轻的冰心艺术上的肯定，也有对她作品内涵广度的遗憾的话；后期的冰心，则已扬其所长，弃其所短。冰心老人既属于她自己，也属于祖国，属于人民。文学史家称冰心为“海化诗人”。冰心在海涛声中长大，对大海有说不尽的依恋。“我只希望我们都像海。”“海纳百川，有容乃大；壁立千仞，无欲则刚。”读《冰心近作选》，就如同面对宁静的大海，旷远、庄严、穆然，艺术上“有我”与人生态度上“无我”，和谐地统一。她本来就是一位炽热的爱国者，故国“纵是一无所有，然已有了我的爱。有我的爱，便是有了一切”。这是身处异国他乡的青年冰心，深切的故国之思。“满蕴着温柔”的冰心，在侵略者的罪证面前，她的血液也会“如泉怒沸”。五十年代，她毅然退还耶鲁大学的聘书，返回疮痍初复的祖国。八十年代，她又本着“文学为人生、忧国忧民、爱国、反对人世间的一切不公正”的信条，写起了新的“问题小说”和散文、评论。《空巢》、《万般皆上品》、《落价》、《无士则如何》、

《我请求》、《我感谢》、《我呜咽着重新读完〈国殇〉》……都是为科学文化的发展，为祖国的现代化建设大业，而呐喊，而焦虑，而呼号，而祈求；爱憎鲜明，情怀真挚，热情澎湃。字里行间，跳动着一颗与祖国与人民贴在一起的心，是如此广阔，深邃，辽远。这是冰心“爱的哲学”的延伸、扩大、升华。不管文学史家对历史上冰心“爱的哲学”如何评价，是毁，是誉，这里给予读者的，只能是灵魂的静虑、圣洁和崇高。

冰心老人一生历尽沧桑，目睹了近现代历史的风云变幻，她看到了大清帝国龙旗落地、五色旗易帜为青天白日旗，最后看到了五星红旗冉冉升起；她经历了“文革”的动乱与改革开放的盛世。她与多难的祖国一道艰难地行进，度过了漫长而坎坷的人生。她以一片宁静、超然世俗的心境看待这个世界，她再也没有什么外在的个人需求。冰心老人毕生都以“非淡泊无以明志，非宁静无以致远”为人生境界的追求。“穷达尽为身外事，升沉不改故人情”，不慕荣华，不羡权势，安于平易，甘于澹泊。“甘白俱能受，升沉总不惊”，毁誉不计，荣辱不问。读《冰心近作选》，处处可以感受到作家这种主体心灵的外化。《一颗没人肯刻的图章》等文，一再用孔夫子的“老而不死是为贼”一语自嘲，将人生生死大限，说得那么轻松自如，看得那么平淡超脱，一个人“修炼”到这种地步，还有何可畏可惧，可慕可求？

《冰心近作选》，平淡中寓静穆，质朴中见真挚，反复读之：一股纯净到极点的感受油然而生，一颗晶莹透明、高洁豁达的灵魂清晰可见；一片恬淡、宁静的艺术意境，使人陶然。

冰心的文字，向以“清新隽丽”著称于世。郁达夫赞扬说：“冰心女士散文的清丽、文字的典雅、思想的纯洁，在中国好算是独一无二的作家了。”她所创造的流利、凝练、文雅、含蓄的“冰心体”，曾经迷住了多少读者！《冰心近作选》，仍保持她“行云流水似的，不造作，不矜持，说我心中所要说的话”的一贯风格；但是，历尽沧桑、洞察人生的冰心，以她更加凝重、朴实、平易、自然、毫无雕饰痕迹的笔墨，代替了她早年温柔、缠绵的色调，犹如一幅功力深厚的白描，在貌似稚拙的画面，包孕着耐人咀嚼的意蕴。白发老人在，闲坐说家常。读《冰心近作选》，就如同面对慈祥、温和、幽默、睿智的老人，听她极其平静地娓娓闲话人生，如同潺潺春水，涓涓润进读者心田，如同低回婉转的清歌，轻柔拨动读者心弦。

一九九二年

从西子湖到北大荒*

本书为作家一部代表作。所收文字仅及她的创作总数四百万言的十分之一；“弱水三千，取一勺饮”，也许这严格精选的集子，或可一窥作家的创作全貌?!

评论家爱将作家归类。从北大荒成名的抗抗，自然被列为“知青作家”一族。作为女性作家，天生的应入新时期“女作家群”。这固然不错。但是抗抗一开始就没有囿丁单纯“插队的故事”的“知青文学”框架，而是呈现人生万象的审美格调，以高层次的审美意识鸟瞰人生。她曾经对“妇女文学”表示置疑，但并不能说明她创作泯失了女性意识；她的作品显然不乏女性的历史观点和审美理想，她的作品中的女性人物，渗透着独立的女性意识与神韵。不同凡响之处在于，她的女性创作意识，融注于历史文化空间，女性自觉皈依人的自觉。她的确不是那种单纯“寻找男子汉”或“弑父”、“杀夫”、同性相恋的两性战争的“女性文学”，她是拥抱女性自身世界和外部客观世界“两个世界”的文学女人，显露出“超性别意识”（不是“无性别意识”）写作色泽。

抗抗祖籍广东新会，童年与少女时代是在山清水碧的西子湖边度过的，而后在莽苍苍、野茫茫的北大荒，经受了八年磨炼，奉献了青春，如今长

---

* 本文为《中国当代作家选集丛书·张抗抗卷》序。

居京都。她身上积淀着、杂糅着岭南文化、柔婉的吴越文化、犷悍的关东文化和既古老又开放的京都文化。她经历了历史劫难到民族复兴的大转折年代。蒙受了浩劫的洗礼，承担了世纪的怆痛。从这个空间与时间，纵与横的背景坐标上观察，就不难理解，她的创作个性与审美风貌，为什么既柔情似水又急流湍涌；既脉脉温馨又冷峻凝重；既细语低吟又慷慨激越；既婉约雅致又昂扬抗争。

抗抗以《爱的权利》而蜚声文坛。作品充溢尖锐的文化批判意识，具有强烈的审美震撼力。它的面世恰在里程碑式的十一届三中全会落幕的同时，这是新的文化启蒙运动洪流在文艺领域里的第一朵浪花。之后，泉涌般的文思，奔向一个人道主义的总主题：对人的价值、人的尊严的追求与呼唤，对摧残人性的封建主义文化的针砭与拒斥，对理想人性的憧憬与肯定。跨越断层，承继“五·四”个性解放的精神；开一代新风，启汇新时期文学创作的主潮。它们是斜风细雨中一只报春的燕子，是沉寂原野上一行屐痕，是秋日钱江上一片潮头，是荒村野店里闻到的一声破晓的鸡鸣。

文学艺术是严酷的事业。它的生命是不断创新，不能容忍懈惰与重复。抗抗对文学永不止息的追求，有一种探索的韧性，锲而不舍的精神。二十年间，四百万字，冷雨青灯，是多少不眠之夜？是多少月夕昏晨？对人性的审视不断深化，从对理想人性的尊崇，到对人性潜隐的缺陷与痛苦的开掘，实际上是欧洲从文艺复兴到上世纪末三百年间对人的两次发现由乐观主义到悲观主义的历程。艺术表现上，她懂得“总是用同一手法、笔调、构思、结构方式来写作，会使人感到厌倦”。形式、手法、技巧她作过多种探索。心理的、情绪的、“意识流”、象征隐喻、复调结构、对话体、自由联想、内心独白、幻觉梦境……十八般武艺她都试过。然而，评论家们没有将她归入“先锋派”、“现代派”，你说怪也不怪？究其原因，从她的创作整体来说，艺术上审美“表现”没有抛弃“再现”，抽象并未离开具象，

出席大连"女性与文学艺术"圆桌座谈会，李小江（左一）、作者（左二）、张抗抗。

"心理"未与尘世绝缘。这是烧菜的火候，创作上的"度"。

哲理思考是张抗抗创作的一个显著特色。对人在历史和现实中的位置与价值的研诘，对人生、对生命的思考与追究，融入艺术形象之中，从而使得作品凝重，耐人咀嚼，富形而上的意味。这一艺术特色不止流贯在她的小说创作中，在散文里同样呈现。

抗抗以小说名世，但散文并不输文采，可惜为其小说之名所掩罢了。她的散文文笔雅致，富有情调。使人联想起她的同乡前辈郁达夫。郁达夫的游记散文极佳，《屐痕处处》向为人称道。写得挥洒自如，得心应手，剪裁精致，情景交融，自然景观与人文景观合一，浑然天成。抗抗的代表作，几篇游记散文，也总能使自然烙上她个性，冶景物与历史文化于一炉。山水中有人，风景中有情。

有曰：女作家最好别写随笔，这是极而言之。大概是说，随笔要写好，要有苍凉人生，老辣文笔，广博学识……这些非女性作家强项。女作家纤细、丰富的情感，更宜以艺术散文取胜。此说不知抗抗君以为然否?!

抗抗君著作丰赡，横贯新时期，若要作洞中肯綮的评析，我自愧无能。聊陈管见，借充序言。时在丁丑春日。

一九九七年

西藏情思

今夏，我有西藏之旅；归来，读文玉所赠《绿雪》，它使我片片缕缕的感受，得到一种艺术审美升华。诗人徐迟对这本散文集极为推许，他说：“西藏是迷人的，关于它的这部书是迷人的，作者的散文风格是迷人的。”

散文，不仅应是作者腕下墨写的文字，更应是胸中流泻的潺潺心泉。文玉不是行旅过客，《绿雪》并非萍踪掠影。文玉是七十年代自愿援藏的学子。他来自扬子江畔，石头城下。从烟雨迷蒙、杏花天影的江南，一路风尘，戈壁夜宿，昆仑晓歌，来到“雪域圣地”的西藏高原。十多年来，他在这里洒下了汗水，奉献了健康和青春。《绿雪》是作者生活历程、心灵律动的艺术记录，是绽开在冰峰上的一朵雪莲。《请听拉萨河的涛声》，是哀悼同期赴藏的殉难的同乡战友之作。作者对拉萨河不息的涛声，循环往复的吟咏，衬托着对死难战士的一声声轻轻呼唤，创造了一种哀思绵绵的情境。我感到，宣泄其间的，分明有着作者自己对西藏高原倾心相爱，终身相许的深情，有着作者自己报效边疆，开发西域的壮志。“埋骨何须桑梓地，人生到处有青山”，这正是我们现代化建设时代的品格与精神。

西藏高山大河，雄冠天下；民族风情，绮丽多彩；历史文化，悠远流长。这些都是在作者广阔的审美视野之内。但作者并未用猎奇的眼光与卑

作者（左二）一九八八年在拉萨布达拉宫前。

琐的心态去观照藏民族的世态人生，特异风情，我深感作者在它那一篇篇散文篇章中，倾注的是对一个兄弟民族真挚的爱，挖掘和表现的是凝聚着真和美的人性。

《绿雪》在对时代生活展示中，蕴涵着深沉的历史感与神秘的艺术氛围。它善于把眼前所见的景物，汇入历史的长河中；力图捕捉似乎弥漫在空气中的宗教神秘气息，渗透在历史和人民心理中的神秘色彩。《布达拉宫之晨》是作者一篇力作。这一举世闻名的建筑，作者积十年的观察、品味，终于悟到了“布达拉宫”就是“藏民族一部千年以来的历史”，它“映现出一个民族思想和心灵的历程”。在艺术手法上，作者追求缤纷深邃、神秘朦胧的复合印象。作品以想象中梦境似的雾海升起的一座宫殿为意象，结构全篇，虚实相间，幻觉与实景，历史与现实，议论与抒情交织，极富想象力与表现力。最后晨钟寄语：徘徊在黑水洋边的同胞们，故乡宫阙在，何时拨云归？顺理成章，含蓄自然，而无某些卒章显志之作的直露。

作者对自己创作有着更高的追求。他在跋中写道：“什么时候我的散文习作才能少一点书卷气，多一点生活情趣……怎样才能使笔墨冲淡一点，浑洒自如一点……与人们的生活和心灵更贴近一点呢？”有了这种自觉，不愁创作不能更上一层楼。

一九八八年

大漠孤烟·天山冷月

去年夏天，我曾有新疆之行。

穿过河西走廊，越祁连，出玉门，经乌鲁木齐，到达北疆重镇伊宁。然后翻天山，沿塔克拉玛干沙漠西南缘前行，直上帕米尔高原的塔什库尔干。行程万里，历时月余。对我这个初次入疆的旅人来说，这块土地，它的山川景物，风俗人情，历史传说，是如此的陌生、新奇、神秘、迷人。那曾经沟通古老的黄河流域文化、恒河流域文化、古希腊文化和波斯文化的丝绸之路，那广袤无垠的瀚海，水草丰茂的绿洲，积雪终年的晶莹雪峰，湮没千载的地下古城；那负重的骆驼，兀立的鹰隼，飞奔的骏马；那不屈的胡杨，顽强的红柳；那大漠落日，天山冷月；那冬不拉、热瓦甫、都塔尔的动人琴音，马奶子、青稞酒醉人的芳香，是如此魅力无穷，引人遐思不尽。更有那屯垦戍边的壮士，三十余年来生生不息的战斗劳绩，尤为令人崇敬。这是一块古老、博大、辽阔、充满神奇幻想的土地，也是具有奋发向上、开拓、乐观气势的土地，更是具有远大未来、充满憧憬与希望的土地。这一切，使我顿然悟到，为什么从古至今，千百年来，西域诗歌行吟不绝。原来，这里孕育着、蕴藏着不竭的诗意，长流不息的诗情。今人吴蔼宸先生选辑的《历代西域诗抄》，搜集了汉唐至清吟咏新疆的诗歌达千余首。岑参、高适、王昌龄的“边塞诗”，别树一帜，独步千古。雄奇、苍劲、豪放的艺术风格，建功立业、报效祖国的进取精神，反映了唐代的昌盛气象。更为令人惊叹的是社会主义文艺新时期，边塞唱出了新声，一代边塞新诗群卓然崛起。边塞新诗，既有浓厚的边塞风味和瑰丽的多民族特色，更有着奔涌的变革时代的鲜明时代精神。边塞新诗，抒发的是当代开拓者恢宏的人生理想与执著的生活信念，表现的是创业者坚毅的意志和力量，探索的是历史的久恒，生命的意义，人的价值与尊严。有气势磅礴、胸襟开阔的思想境界，有刚健、沉雄的艺术品格，有和我们前进着的当代社会生活相一致的崇高审美理想。边塞新诗，是广采博收多种艺术手法，具有强烈革命浪漫主义气息的革命现实主义艺术之花。它和那种奉“迷惘”为时代精神，誉表现“孤独感”为艺术不朽珍品的美学思潮大异其趣。对边塞新诗在整个文学中的地位，我认为应充分地给以估价。边塞新诗不仅是属于中国西部的，它也是属于全民族的。它不仅在当代诗坛上树起大纛，而且在整个社会主义文学中可为翘楚。边塞新诗，体现着我们正在腾飞跃起的中华民族之魂。

边塞新诗写出边塞新的生活风貌，新的时代气息，新的社会节奏，新的人物胸怀襟抱。然而它对古代边塞诗又有批判地汲取和继承。我们可以明显地看到，在边塞新诗中，融入了古代边塞诗的气质、风骨。建设新边塞诗派，对古代边塞诗歌艺术的批判继承，是不可或缺的条件之一。浩明君所撰《乌鲁木齐诗话》，诚然并非是一部研究古代边塞诗的学术论著，而是一部前人西域诗词的赏析读物，但却是有意思的尝试。它撷取了从战国时期至民国年间历代迁客骚人吟咏乌鲁木齐的诗篇，联系乌鲁木齐的历史、人物、山川、名胜、轶事，作了娓娓动人的阐述。书中各篇，有对艺术的分析，历史的勾稽；有对人物的评说，风情的追怀；有对风光胜迹的赞叹，花卉禽兽的考察；对乌鲁木齐的沿革和风物，结合历代诗词的内容，作了翔实印证。融趣味性、知识性于一炉，汇鉴赏性、资料性为一体，读者可以从中获得美的启迪，觅得种种人文知识。此书既是一本边塞诗歌鉴赏评论集，也是一本关于乌鲁木齐的旅游文学读物。据说浩明君还打算编选一本《新边塞诗评论集》，我认为此意甚好，这将是一本《新边塞诗话》。这是我所企盼的。

一九八六年

漂泊云南的艺术

要说现代文学史上云南的漂泊者，第一代该是艾芜与沙汀吧？一卷《南行记》，将西南边陲绮丽风光与云南人民苦难生活，首次带到文学中来。上世纪五十年代初的军旅作家群，公刘、白桦等，是否算作第二代云南漂泊者？略晚于这一批文坛上倏然闪灭的新星、但紧续此后的昆华兄，却在这片红土地上漂泊最久，创作时间最长。春种秋收，他的耕耘所得，可以用一句习见的词语："著作等身"来状写。

云南峰峦峻岭，江河峡谷冠被全国。云南高山湖泊遍若明珠。云南山茶、杜鹃如锦似霞。云南民族风情千姿百态。云南是一座世界历史博物馆，世界自然博物园。云南是说不尽的，也是写不尽的。云南是散文的渊薮。可是，若仅仅用文字描绘、记述了这一切就是散文么？就是真正文学的散文么？未必。那可能是人类学的报告，生态学的调查；可能是那些风景旅游点出售的导游文字（现在确有人据导游文字写成的"旅游散文"）。它不是真正意义的散文，散文要在山川中有人，风物中有情。有作者自我心灵的感应，生命的体验。昆华兄的最新散文集《鸟和云彩相爱》就是这样的散文。对神话般、童话般云南的一山一水，一草一木的熟稔，是张昆华散文创作题材的潜在优势。要将这种潜在的优势转化为鲜活的艺术美，还必须作家用生命去拥抱，并从主题立意、篇章布局到语言营造作一番创造性的融化。《鸟和云彩相爱》就是张昆华用灵感、情愫、沉思，用整个生命的体悟去敲云南这块美丽的燧石所爆发出的耀目火花。

《鸟和云彩相爱》以优美的笔，彰显少数民族兄弟姐妹们人性的质朴、品质的真诚、性格的纯挚。数十年与燕子为伴的“燕老”（《你的离别情绪》），阿佤山的老祖母（《祖母的胸怀》），洒火的彝族青年，泼水的傣族姑娘……热爱生命，追求人与自然的和谐。作者邀请读者与他一道漂泊在满溢爱和激情的生命之旅中，追寻生活的真善美。在商业大潮冲击下，在物欲膨胀、人性异化、精神委顿的世风里，《鸟和云彩相爱》带给读者一份心灵的养料，一处精神的栖息地。

《鸟和云彩相爱》将散文与小说与诗相融和，或说掺入小说和诗的元素。散文与小说有时实在难以撕扯开来，汪曾祺就明确提出过“打破散文和小说、诗的界限”的文体主张。他的《幽冥钟》等，有的散文选家将之收入选集，有的评论者则将之归入短篇小说行列。其实更早的，在我国年长的作家中影响颇深的屠格涅夫的《猎人手记》就是小说式的散文。《鸟和云彩相爱》常常借助小说叙事的转换，有着淡淡的情节与粗线条的人物抒写，以增强作品的可读性，但又不失散文的真实性。《边寨茶趣》完全可能写成知识小品，但作者饶有情趣地写出人和事。至于说《鸟和云彩相爱》的诗的特色则更为浓烈。不仅因全书随处可见的歌吟，不仅因为全书语言诗的色泽，更因为作品都蕴涵着一种诗的意蕴，诗的意境，着力将生活用感情提升。读着那一篇篇散文，也如读着一首首诗。

《鸟和云彩相爱》是饱满的激情、生动的感性体验与理性思维相结缡的艺术。全书首篇并为书名的《鸟和云彩相爱》，被认为是全书力作。其中既有优美的神话传说，也有人物命运，更有着超出一般记述摩梭人婚恋形式的理性思考。作品分析了摩梭人母系制家庭的历史、社会成因，预测了这种母系制家庭的未来。这种思考带有人类学的意义。作品理性分量的增强、思辨色彩的融入，使作品既有诗化风格，又呈现出内涵的厚度。

二〇〇二年

奔赋新篇

——读《茶人》三部曲

这似乎是我久已期盼的小说。

拿到书，看那翠绿色淡雅的封面，仿佛已闻到一股茶香。但是，要能深解其中味，还需静烹慢煮、浅斟细品，方能渐渐地沁人心脾。

读这样的作品，是一种艺术享受。

这是一部艺术比较完整的长篇小说。《茶人》这部长达一百三十万字的三卷本的作品，从纵向看，整体艺术质量比较平衡，实属难能可贵。三部曲，第一卷味道浓郁，第二卷艺术质量又推进一步，了不起的是第三卷艺术质量没有大落，没有掉下来，终成全璧。从横向看，《茶人》三部曲思想与艺术堪称双美。它有着厚重的历史深度，丰富的文化内涵，爱国主义的激情激荡，人格精神的大气磅礴。它有着迷人的审美意蕴与艺术魅力。它以杭家五代人为中心辐射点，广泛透视一百余年风云变幻的历史和不同历史阶段的人物命运，以及隐藏在历史深处的文化内涵，流贯其中的民族精神。"三部曲"显示了作家艺术上的耐久力与整体的驾驭力。这是长篇小说创作必备的素质。可惜并非所有写作长篇小说的人都已具备了这种素质。

这是一部具有史诗性品格的长篇小说。"史诗"作品不仅是"史家绝唱"，还应是"无韵离骚"。别林斯基认为"要使长篇史诗一方面是高度民族性的东西，同时又是一部艺术性的作品，那么，个别民族生活的形式就非包有全人类的、世界性的内容不可”。(《别林斯基选集》第三卷,上海译文出版社出版,第45页。)无疑,《茶人》当之无愧地具有“史诗”的品格。它当然有史诗规模。但是作者并未编年史般地铺陈,而是聪明地重点展现了“五四”运动与北伐战争、抗日战争、“文化大革命”这三段风云激荡、烈火狂飙的历史画卷。它当然是“艺术性作品”。这艺术性是成功地通过典型人物塑造体现的。一系列异彩纷呈的人物形象,既植根于民族性,又蕴涵着人类的、世界的内容。黑格尔在谈到荷马史诗《伊里亚特》中的人物阿喀琉斯时说:“在他一个人身上集中地而且生动地表现出多方面的人性和民族性。”(黑格尔《美学》第三卷,下册,商务印书馆出版,第136页。)《茶人》成功之处在于一些主要人物身上人性解剖的深度和民族精神揭示的强度,体现了人物个性的丰富性与民族精神和人类精神的统一这一艺术的高境界。这也是史诗品格作品的内在特征。在杭天醉身上和杭嘉和身上,作者发现的是人性的复杂性与人性的时代性。既有大和民族血统又有汉民族血统,浸透了日本武士道精神凶残如兽,偶尔又有一丝人性闪现的小堀一郎,更是文学中少见的成功艺术典型。

这是一部具有浓郁茶文化精神与吴越地域文化特色的长篇小说。茶文化是融儒、道、释为一体,强调天、地、人心贯通的清和淡雅的人文精神,这大体上是不错的。茶文化当然不限于江南吴越地域,但杭州、西子湖飘逸灵秀的柔美地域文化特色与茶文化精神有某种程度的叠合,也自不待言。《茶人》以茶文化为审美指向,为主体视角,努力开掘、撷取具有吴越文化历史氛围和心理积淀的生活题材,展示了独特的作品风格、气息、神韵。茶文化不是外在拼贴,不是游离在作品之外的茶理、茶道、茶艺知识的卖弄。茶文化被融进人物命运之中,糅合在人物性格之中,以茶的品性喻人格精神,在这里,茶文化有着民族精神的总体象征性。

《茶人》三部曲是一部内容深厚的佳品。作者是一位艺术准备充分,才华烨烨的作家。十年辛苦不寻常,《茶人》三部曲的诞生,为二十世纪长篇小说史增添了独特的一页。

对人类超越困境诗意的探索

对生命的拷问、诘究、探索并非是文学的新话题，八十年代中期以来，在诗歌、小说、散文中，人们对这形而上意味的文学主题兴趣日浓。然而，张海迪对生命的追问是新颖的、独特的。有人说，张海迪是中国的保尔·柯察金，也有人说张海迪是八十年代的雷锋。海迪说，不！我就是我自己。张海迪对生命的追问，不是与创作主体无涉的纯哲理思辨，而是一位具有坚强生命力，具有高洁的人格力量，具有鲜明的新文化精神，同样具有女性丰富而细腻情感的残疾青年的真诚的生命审美体验。《生命的追问》的艺术魅力，源自作家的人生魅力；《生命的追问》的艺术境界，为海迪人生境界所营造。

《生命的追问》文字清新隽丽，行云流水，像一首流淌着的乐曲；然而这乐曲却如贝多芬“扼住命运的咽喉”、震撼人心的“第五交响曲”的沉思和博大。《生命的追问》用作家生命的情感之火与理性之光，烛照了一个具有全人类主题的崇高与辉煌。

海迪对生命的审美追问，既具有残疾人的个性，又接近人的本体体验；关于生命、死亡、爱情的思考，关于对人自身生存苦难的理解和超越，还具有全人类共同性的永恒意义。人生总是残缺的，生命总是伴随着疾患。庄子说：“人之生也，与忧俱生。”不管哪一朝哪一代都是如此。正如文化总体总有“偏至”，不管东方还是西方都一样。作为终生截瘫的重残青年女性，她对人生苦难有着常人所难以想象的体验，命运不公，生活给予她的痛苦是常人所难以忍受的。不仅是肉体上，更有精神上，将近四十个春秋的日日夜夜，面对着孤独、死亡的挑战与折磨。但是，可贵的是她不甘于命运的摆布，“活着就要创造，就要探索，即使肢体已经残疾，思想的火花也决不停止迸发。这就是生命……生命的美丽”。“残疾人的痛苦也许远远超出其他困境带给人的痛苦”，“残疾人甘愿忍受痛苦，展示自己生命的欲望，或许是健全人所难以想象的”。正是在这种与痛苦殊死搏斗的生命过程中，体现了她藐视一切极限的气魄以及对生命潜力巨大的自信。展示了她永不止息的探索、永不倦怠地奋斗的壮丽风采。她以作家的敏感和哲人的沉思，从审美情感上发现了人生的意义和价值，当然，首先是她的人生体验：生命的空间有限可以扩展为无限，时间的短暂可以延伸至永恒，痛苦可以升华为欢悦。在《生命的追问》中，海迪完成了一次生命的审美超越。

海迪不仅品尝痛苦，咀嚼痛苦，甚至令人吃惊地赞美痛苦；为什么？她说：“我赞美痛苦，尽管它的重压辗碎美的人生。我更赞美人，即使被痛苦的磨盘碾碎躯壳，还会留下灵魂闪闪发光。”“痛苦与欢乐无法分割。其实我觉得品尝痛苦，咀嚼痛苦，比品尝快乐更加意味深长。痛苦是人类感觉之一，没有品尝过痛苦，不能不说是生命体验的一种缺憾。在我看来，真正的激情诞生在痛苦之上，真正的浪漫诞生在痛苦之上。所谓痛苦无非是一种生活的现实状态。到达痛苦的极端，才能体味真正的快乐。”“我想只有面对痛苦和死神无畏，才能领略生命之泉的甘醇。”这不是一篇“苦难颂”，这是作家独立人格的坚定确立。这是作家对人类超越困境诗意的探索。这是作家用自己全部心血探究出来的人生崇高至理，体现着作家的人生品位和显示着《生命的追问》的艺术价值。

是什么将人的生命引向超越？支点是文化精神。鲁迅说：“精神现象是人类生活之极颠。”海迪选择了人类精神自由的产物——文学、艺术。她将文学写作作为生命不可分割的一部分，作为解放自己痛苦心灵的过程，以文学这一梦的形式解脱自己。她一直怀有“芭蕾”梦，怀有“芭蕾情结”。她儿时看过一场芭蕾舞《天鹅湖》，芭蕾仙子灵活跳跃的双腿，与紧绷足背、挺立足尖显示出的坚韧和力量，是一种生命韵律美。对于一个永远失去行走自由，终生坐在轮椅上的孩子，是多么强烈而不可遏止的向往和渴望啊！于是，她将这向往和渴望倾泻在画幅上，用色彩糅和激情完成了一幅双腿修长、舞姿轻盈的芭蕾仙子的油画。她还将这向往和渴望倾泻在舞台上，终于有一天，她和芭蕾舞团的演员们共同拍摄了一部音乐电视。在紫色朦胧的光影下，她一袭白色的纱裙，足着银白色舞鞋，在一群芭蕾仙子中间，旋转着轮椅圆了她的芭蕾梦。在美术与音乐这一艺术形式中，她完成了自己。

对生命的痛苦的战胜，离不开人性之美的精华——爱：对鲁西北那块土地上的父老乡亲难以忘怀的爱，对双亲含辛茹苦抚育的爱，还有像每一个女孩都会发生的对异性之爱。比如，在《钢琴课》一文中，她以一曲《乡愁》与Y结缘；然而，曲终人不见，一个悲剧的结局。淡淡的，哀婉、凄清而动人的爱情已经逝去，留在她心中的回味，苦涩而甘美，会伴她终生。更为强烈的是对大自然的爱，《与大自然共舞》、《FOLLOW ME FOLLOW ME……》酣畅的抒写，对大自然的火样激情，将心灵完全融入大自然的怀抱。在与大自然对话中，表现了人与自然同样的和谐美。人与大自然共舞，在天人合一中，获得了生命的身心平衡，将有限生命投入无限的大自然，让生命走向永恒。

我们的散文以至整个文学，具有人类意识的大气作品还不算多，高格调和高品位的力作也还要去发掘，在九十年代的散文天平上，有了一部张海迪的《生命的追问》，再加上前几年一部马丽华的《走过西藏》，女性散文创作的砝码就显得沉甸甸的了。

一九九八年

何处觅诗魂

《李白》是“人艺”在话剧民族化方面努力的新发展，是“人艺”创建的话剧中国学派的新收获。

李白是“人艺”舞台上历史人物的新创造。

看《李白》不能不令人联想起“人艺”舞台上创造的如姬、蔡文姬、武则天、关汉卿、潘金莲、勾践、王昭君……等历史人物，这些是出自郭沫若、欧阳予倩、田汉、曹禺大师们的手笔。不便妄比前贤，李白作为“人艺”舞台上新的历史人物形象有着自己的特点。《李白》不是着眼于给历史人物“翻案”，那应该主要是历史学家的事；《李白》也不是出自善良动机，解说现实生活某种政策，这会偏离艺术的本性。《李白》将观众审美视角的焦点，引向人物的深层文化心理，揭示传统文化在人物身上的积淀。这是在更高层次上表现人物，这是艺术的时代进步。

作品未曾叙写李白整个人生。李白一生，载浮载沉，两度大起大落。李白生活上第一次大跌宕，是天宝元年到三年，从待诏翰林到被谗逐还山。在此期间，这位“谪仙人”，开初金殿被召，代草王言，侍从游宴，戏弄权贵，出尽风头；后来落得在冷衙门当闲差。这一段生活颇有点喜剧味道。《李白》是截取李白生活中的第二次大跌宕：他抱着建功立业，报效国家的壮志，应永王李璘之邀，忝为僚佐。不幸卷入一场政治纷争的漩涡中。实际上是李璘与肃宗李亨兄弟权位之争，败则为寇，李璘被定叛乱谋反，李白也因而受株连获罪。浔阳下狱，长流夜郎。虽遭赦免，精神上已受尽摧残，终殁当涂，演出了一幕悲剧。悲剧比喜剧更深刻。李白的晚年，他一生中的第二次大跌宕，不仅比较深刻地反映了李白的思想和生活本质，同时，也超越个性，具有某种古代士人命运的共性。“人艺”舞台上的李白，不同于《太白醉写》之类的李白戏，“人艺”舞台上的李白，既是一位千古诗人，也是中国封建时代知识分子悲剧命运的典型。

这是一个真实的李白。恩格斯评价德国伟大诗人歌德，说他在诗歌领域是真正奥林匹斯山上的宙斯，但是，他没有完全能够脱去德国庸人习气。(见《路德维希·费尔巴哈》）这样的评价是客观的，冷静的。对李白是否也应作如是观？李白是继屈原之后，我国文学史上又一位伟大的浪漫主义诗人。他的诗歌成就，将我国浪漫主义艺术推向一个高峰。同时，在封建时代文人中，他算是有气节的。他同情人民，热爱祖国，光明磊落，豪放不羁。“揄扬九重万乘主，谑浪赤墀青琐贤”，他傲视权贵，憎恶佞幸。对于权重一时的奸相李林甫，在文字上未置一谀词，并认为应受鞭尸之辱。李白还算是洁身自好的，难能可贵。但是，李白也有庸俗的一面，他热衷功名，眷恋仕途。“生不用封万户侯，但愿一识韩荆州”，分明是阿谀奉承，未免肉麻。“清平调词”三首，不过是继唐初应诏宫体诗的余绪。第五场村妇纪许氏祭江，李白为人民崇敬的真情所感动，剀切解剖自己弱点，承认自己既有刚眉傲骨，也有奴颜媚态。后来，他还不讳言自己也写过“马屁文章”。这一妙笔，无损于李白的伟岸，反而显出通体透明，性格率直、坦诚之可爱。一个真实的李白让人信服。

这是一个具有典型价值的李白。《李白》既表现了一位独特的天才诗人，又剖示了中国古代知识分子的共同民族文化心理：这就是徘徊于儒道之间，出入于孔孟、老庄之门。孔孟儒家思想基本上是“入世”精神，鼓励“天行健，君子自强不息”，强调个体与当时社会秩序的统一，主张知识分子从政，辅佐帝王，由“修身齐家”到“治国平天下”。而老庄道家思想，则基本上是“出世”精神，注重自然生命的“顺天从性”，“无为而无不为”，强调个体与自然相适应。主张遁迹山林，归隐江湖。现实与理想的矛盾，常常化为社会与自然的对立。中国知识分子人生哲学，就是在“入世”与“出世”，达与穷，藏与用，进取与退隐，兼济天下与独善其身这一对基本矛盾中选择与彷徨。《李白》正是揭开了人物这个幽深广阔的文化背景的存在，因而丰富了人物的哲理容量和艺术底蕴。安史之乱起，李白慷慨悲歌，毅然出山，大有欲挽狂澜于既倒的气概。这时，儒家“入世”思想占主导。当他劫后余生，卜居当涂，似乎看透人生，打算去石门旧居，皈依道门，从此隐逸时，他的老庄思想则占了上风。但是，李白一生总是处在进而不能，退又不甘的两难境地。一旦得知郭子仪即将进行讨史最后一战，他以六十高龄的刑余之身，抱着“中兴大唐”的宏愿，脱去道服，换上锦袍，请缨杀敌，九死无悔。终因天不假年，卒于当涂，“一代诗仙来复归，江天唯见波底月”，结束了他一生来去走不出的怪圈。

《李白》在艺术上具有一种与伟大诗人感情激越、个性强烈的诗风相谐调的抒情、写意的浪漫主义特色。剧作家郭启宏，导演苏民、主演濮存昕父子，老舞美家韩西宁、宋垠、鄢修民等通力合作，整体构思统一，追求戏的诗意美，诗的真实。艺术家们遵循话剧中国学派的理论进行实践，着眼于诗的意境创造，将体验与表现结合。在演员表演上，不露痕迹地吸收中国戏曲的神韵，以优美的甚至略有夸饰的外部动作，表现人物内心矛盾、复杂的真实感情。在舞美设计上意向化，破实就虚，为诗人拓出一个尽情挥洒的空间。创造一种“作者得于心，览者会其意”（《六一诗话》）的境界。

《李白》并非完美无憾。它还有不少粗疏待磨炼之处。整个戏大雅有余，大俗欠足，腾空子一角来去突兀，音乐还有待更有机地融入戏中。舞美设计尾声尚缺高招，未能提供一个梦幻般朦胧的境界，为剧作者构思的诗人入于江水、溶于月光，这一虚幻的、诗化的、耐人琢磨的艺术处理，提供一个梦幻般朦胧的景境。

神韵独具

人们通常称赞一部传记文艺作品，是通过一个人反映一个时代。若是戏剧，则侧重外在戏剧性，写出历史的某个侧面。

《阮玲玉》像一首抒情诗，侧重内在戏剧性。《阮玲玉》也能反映时代？能！若不信，读一读阮玲玉，徐帆表演的阮玲玉。

《阮玲玉》也能反映时代，并不是说它写了多少三十年代中期大上海诸多社会矛盾。《阮玲玉》是心理剧，我们从徐帆扮演的阮玲玉身上，能够感受到时代的氛围，时代的情绪，时代的心理律动。

当年曾是阮玲玉的小影迷、现在已是花甲以上的老年观众也好，绝大多数从未与阮玲玉谋面的中青年观众也好，都能相信，徐帆扮演的阮玲玉是活脱脱的阮玲玉再生。靠的什么？靠的是徐帆天生的修长秀美的条件？靠她略带忧郁的美的气质？不无关系。据徐帆的老师说，她在学校读书时，做小品就喜欢演苦妹子一类悲剧角色。

但徐帆并非本色演员，她在塑造人物。徐帆表演的成功，首先在于她把握了人物特定的性格、感情、心态，准确、富有逻辑性和说服力。真实、生动，为观众所认同。她从少女的天真到自杀前的自白，走过了短促的也是长长的人生旅途，性格发展变化层次清晰。她同张四达、唐文山、穆大培三个男人之间的复杂的情感纠葛，交流中的区分，揭示得清楚：对张是从爱到恨；对唐的爱是一种无可奈何；而对穆，则是一派真挚而纯美。在得到穆分派她主演一个新角色时，喜悦而忘情地在穆面颊上一吻，然后又难为情地尴尬，把阮玲玉内心潜藏的对穆的敬重、爱慕、圣洁之情袒露无余。

徐帆表演的魅力，还在于她继承了“人艺”传统，将表现与再现结合，将内心体验与外在表演技巧融合，赋予人物一种难以言传的神韵。阮玲玉的表演有一定难度，因为有大段大段的内心独白式的场面，这要靠演员的真功夫硬功夫。“神寓体中，韵袅声外”，最后一场，阮玲玉自绝前的内心独白，以独特韵味的台词，以哀伤的表情与眼神，以一个个亮相式的造型，传达出人物此时此刻的真实感情与心态。面对观众的一段独白，我看到了演员眼中闪闪的泪光，我感受到了剧场观众屏声息气的心灵共鸣。阮玲玉以安详的步态，踏着如雪的白纱，款款归去，戏已尽而意未穷，“清音有余”，观众在想象与思考中，在无限回味中走出剧场。

中华民族源远流长的歌

我叹服艺术家们有意思的发现：看一看中国地图，万里长城从山海关向西南延伸到中国腹地，而京杭大运河则从北京向东南流淌到大海之滨，长城和运河组成了一个最珍贵的汉字“人”字图形。长城是阳刚、雄健的一撇，运河是阴柔、深沉的一捺。我们的祖先，在辽阔的中华大地上书写的这个“人”字，是为人类创造的两大人工奇迹。

长城是中华民族的骄傲，运河同样是中华民族的骄傲。然而，人们为运河抱屈，有着二千五百年历史，流经七省市，贯通五大江河的世界上最长的一条人工河流，它曾为我们国家的统一，民族的昌盛，政治的发展，经济的繁荣，文化的交流，作出了不朽的贡献；然而，它远不及长城那么著名，那么举世瞩目。感谢中央电视台的艺术家们，“话说”了长江之后，又接着“话说”了运河，将这条古老的大运河，介绍于天下。清朝乾隆年间，有一幅描绘运河全程的《道里图卷》，如今又有了一幅用现代化的技术绘制的、更为宏伟的运河《道里图卷》。

《话说运河》摄制组，为《话说长江》的原班人马，从“长江”到“运河”，艺术上的跋涉是一个艰难的历程。当《话说长江》饮誉国中时，如何将《话说运河》拍摄得百尺竿头再进一步，确非轻而易举。可喜可贺的是，当我们看完三十二集《话说运河》之后，可以肯定地回答，《话说运河》的艺术水平，整体上超过了《话说长江》。作为拍摄对象的运河，当然远不及长江的壮美。长江，茫茫九派，惊涛拍岸，回澜九曲，山川雄奇，风光秀丽；运河，江南拥挤，喧闹，北方干涸以至断流。但《话说运河》的制作者们，在艺术上作了苦心的追求与新的探索。它不光是客观地再现了大运河本身，它的过去、现在和未来；它还更多地表现了艺术家们对历史的理解，对生活的感受与审美的体验。更多地注入了与时代、与人民一致的艺术家的主观情感与思考。《话说运河》有着更丰富的意蕴。《话说运河》很好地解决了对运河的客观再现与艺术家的主观表现的结合。

《话说运河》格调比较高雅。它的总编导有一个高的立意，就是为提高中华民族的思想和文化素质而作贡献。这个立意较好地融化在片子的总体构思中。如果说蜿蜒曲折的大运河是贯串整个纪录片的一条线索，那么，炽热、深沉的爱国主义情感，则是贯串整个片子的灵魂。从画面、音乐、解说词……的视觉与听觉整体印象中，使人感受到，有一股浓烈的对祖国悠久的历史，古老的文化，淳朴的人民以及欣欣向荣的现代化建设生活的挚爱情意，在大运河中流淌。

纪录片，无论是电视还是电影，过去好像只是新闻的一种样式。不妨说，《话说运河》已脱离新闻范畴，而成为一种独立的艺术品，它具有足够的艺术品格。《话说运河》既能使人获得思想的启迪和知识的增长，也能使人得到审美的享受与情感的宣泄。它能使人精神境界得到多方面的满足与升华。这几年，电影界也拍出了一些优秀的纪录片，可以说，《话说运河》是电视中抒情性的游记散文。

编导对片子追求一种“文化味”。这“文化味”首先得力于一批著名的运河沿岸的乡土作家对创作的参与。他们为片子撰写了解说词。这些具有独立文学价值的、不少是韵味浓郁的散文的解说词（如“春满里下河”等），使得片子具有超越画面的艺术效果。从中，使我们看到文学对电视的渗透，文学与电视的结合。这“文化味”，更广泛体现在让我们领略了运河两岸历史的兴衰更替，人民生活的沧桑以及它的地理面貌、古老传说、名胜古迹、风俗人情、名人轶事、文物典籍。它远不是纪录、摄取生活表层现象的风光片，它包容着广博的历史、人文、民俗的内涵。仅以《淮安行》这一集为例，它就让我们耳闻目睹了韩信的遗迹与传说，不无崇敬地向我们介绍了南宋抗金名将、巾帼英雄梁红玉，清朝抗英爱国将领关天培；引导我们参观了传为大戏剧家关汉卿的名剧《窦娥冤》中的窦娥赴刑场走过的“窦娥巷”和大名远播西国东瀛的大作家吴承恩撰写《西游记》时的简朴书房“射阳簃”；饱含深情地领我们瞻仰了驸马巷中周恩来同志的旧居，和旧居庭园中的一片菜园；追怀了历史上号称“九省咽喉”淮安河下镇往昔的繁华，品味了现今这青石板路、幽街深巷、老店铺面、市声沉寂的古朴之风。

编导对片子还追求一种“乡土味”，表现为浓郁的地方特色。它拍南方的小桥流水，枕河人家，烟笼翠柳，杏花春雨；拍北方的苍凉古道，平畴沃野，夕阳芳草，骏马秋风。江南运河那几集，可说写尽“天堂”景色。

这部片子艺术上突出的价值是它所追求的整体“真实感”，是它的写实风格。窃以为目前某些电视节目有两弊：一为庸俗，二为虚假。某些纪录片，以至新闻报道片，往往对现实生活中人物进行导演摆布，对拍摄环境重新布置，人为地组拍，对生活原貌加以歪曲或粉饰。某些风光片，在优美的自然山水间，总有那么几个红男绿女，随镜头移动，左右顾盼，一望而知，是有意安排的蹩脚“演员”。编导者也许意在增加片子的生活情趣，殊不知，虚假的表演，与自然山水极不协调，大大败坏了人们的审美感受。《话说运河》一反时弊，十分重视纪录片真实再现客观事物的特性，他们“以运河为线索，一路拍摄所经所历，所见所闻，有今有古，有洋有土，有雅有俗，有气有福，有甘有苦”。（见《话说运河》序集词）它不掩盖生活中的矛盾，对运河的污染，对北运河的河浅水瘦，甚至干涸断流，人为的灾难，直率地加以纪录报道。片子从内容出发，注意细部刻画，多取小街、小巷、小镇、小景。我们从镜头看到的生活与人物，是未经过滤的原色。在摄像上大量采用了抓拍、抢拍，并配以同期录音，使得镜头画面真实可信，反映事物生动感人。

这里值得特别一提的是陈铎、虹云二位节目主持人的出色“表演”。他们主持《话说长江》取得了成功，赢得了观众的好感与欢迎；虽然在片子末尾，告别观众，略有夸张表演色彩，似嫌太过，为美中不足。在《话说运河》里，他们的主持活动则比较臻于完美了。他们举止自然而大方，给人以美感的愉悦。他们有时在现场口头采访，有时面对观众即席评论，极具“生活化”，而无“表演味”。尤其是说话一改过去的“宣读式”为“交谈式”，不拿腔拿调，自然流畅，如叙家常，很有感染力。使片子获得了很强烈的真实感，缩短了观众与作品的心理距离，从而达到了真中见美的难得的艺术效果。

一九八七年

如诗如梦的年华

又是一首诗，电影诗。

两年前，我看过本片导演之一林洪桐独立执导的第一部影片《死神与少女》。我至今还忘不了在死亡门前徘徊的老人与少女，具有诗的情思与神韵的心灵对话，对生命价值诗意的思考；忘不了被赋予诗的旋律的画面、造型、构图，忘不了那铺满黄叶的林荫小道，秋阳照射下的白桦林，淡雅、单纯的大块面色彩和舒缓、流畅、运动如行云流水的镜头，忘不了那富于理想和浪漫色彩的诗化风格。在《多梦时节》里，林洪桐锲而不舍、执著如一地进行着他个性独特的艺术探索，电影诗化的艺术追求。而弥补欠缺的是，《多梦时节》较之前者，具有更大的观赏性，在探索艺术与娱乐的契合点上，有了新进展。

这是一部儿童影片。但切莫以为它只是浅白的“小儿科”。它既有儿童情趣和形象的感知，又具有深长的意味层面和艺术意蕴。它超越成人与儿童世界，融和成人与儿童世界，它是一部审美情趣较高的风格化的儿童影片。可说是老少咸宜。

影片由三个空间组成：表现孩子们世界的空间、梦幻世界的空间与罗菲的家庭空间。贯串其中的是情感、人情，弥漫其中的是一种动人的浪漫气息。

孩子们在古观象台上“侃大山”，唱着“不是我不明白，这世界变化快”的儿歌，夕阳余晖交映下，古老天象仪与背景上现代建筑的对比，表现出强烈的历史感；“烛光晚会”展现的陈设和布置，烛光的设计和特殊光效，宗教式童声哼唱，造成虔诚的圣洁感，都具有一种理想的浪漫色彩与诗的品格。孩子们对未来世界的憧憬，对自我价值的确认，已不同于“红衣少女”，他们思想自由驰骋，对生活有着自己的思考。

假如说孩子们的空间，创造了一个似梦非梦的浪漫世界，那么罗菲的五次梦境所营造的梦幻空间，更是一个诗情浓郁的理想、神奇的世界。一望无际的芳草地，泛着蒙蒙晨雾。一棵浓绿蔽天的古老大榕树，悬挂着数不清的白色鸟笼。红衫罗菲在树荫下谛听黑衣长须老人唱一支古老的歌。他们之间的对话，反映了孩子对美、对自然的思考和追求。影片充分发挥了电影综合造型的感染力。在这里，绿、白、红、黑等单色彩处理，自然光效，以及长焦镜头的运用，伴着一老一少蕴含着人与自然哲理的对话，构成一种神秘的梦幻感和大自然的和谐感，渗透着诗的氛围和情调。

孩子们的空间与梦幻空间，主要靠意境、心理、感觉、情绪的渲染，造成心理氛围和生活情趣；通过光影、造型，声音，构成旋律美、诗情美。而罗菲家庭空间，负载着全片主要故事情节线，这“实”的戏，要与全片诗化风格相协调、统一，是一个不小的难点。导演在这里不仅追求诗一般的内景光效与造型，更致力于挖掘生活中诗的内涵。华裔大提琴家华光的返国，带来罗菲家庭宁静的失衡，带来爸爸与妈妈情感的波澜，使罗菲感到不安。在华光个人作品音乐会广告牌前，她把泡泡糖弹在广告牌上，稚气地发泄对华光的不满。但当她不由自主地来到音乐厅里，品味了华光那如泣如诉，如怨如慕，如诗如梦般的《献给故乡的恋人》的乐章，她似乎领悟到了什么，朦朦胧胧体味到了华光的内心情感世界。在音乐厅休息厅里，罗菲与华光会面，罗菲在华光面颊上轻轻一吻，无言地传达出他们人性的沟通与心灵的理解，传达出人与人之间崇高的和谐感。在孩子参与下，爸爸妈妈关系也得到了和解，生活恢复了往日的平静与温馨。家庭空间的故事，是带有理想色彩、浪漫色彩、诗化了的生活世界。全片诗化风格，是为了使孩子们进入一个心灵受到净化与陶冶的人性美的艺术世界。

要说影片的不足与遗憾，就艺术而言，也正在家庭空间某些戏处理过实，诗的意境和韵味稍弱。

一九八九年

如火年华 玉洁冰清

——读《一个革命的幸存者》

我们党内有好多位被尊称为“大姐”的巾帼英雄，曾志大姐便是其中具有传奇色彩的一位。

与她那叱咤风云的革命生涯成强烈反差的是她天生丽质。我读到和听到三次对她美丽的观感：陶铸初见她是在厦门，原来传闻她是“母夜叉”式的人物，可是出现在他面前的却是“一头垂肩秀发”，“白净秀气”，美得惊人的少女，陶铸一时愣住，说不出话来。三十多年后，一位作家慕名求见，此时已是年过半百的曾志，在北戴河绿纱窗下，细语平生，她那纤柔秀丽的丰姿，优雅脱俗的气度，令那位女作家忘情地、目不转睛地久久地盯着她看。又过了三十年，东北盘锦市一位年轻的女副市长，到医院探望身罹重疾的曾志大姐。她的第一感受是已届耄耋之年的老人，她那端庄娴雅的气质，有一种摄人的魅力，她由衷地惊叹“真美”！这样一位绝色女子，并非是深藏闺阁，拈花贴钿，描金绣凤，吟风弄月，抚琴品箫，相夫教子，过着悠闲的日子；她是在烈火狂飙、铁马金戈、沙场征战、炮火硝烟、敌特追捕、白色恐怖中走过来的，多少次挨近黄泉路、地狱门，九死一生。她是为主义、为理想而奋斗一生的革命战士。

《一个革命的幸存者》是曾志大姐晚年在病榻上以回忆录的形式写成的一部自传。这部自传从开始动笔到最后完成写了二十年。曾志大姐将它称之为“回忆实录”。“其文直，其事核，不虚美，不隐恶，故谓之实录。”（《汉书·司马迁传赞》）时下，回忆录、传记之类有假。有的也许是误记错忆；有的则故意作伪；有的在名人一瞑之后，谬托自己；有的运用春秋笔法，含沙射影，甚至任意编造，炫己诬人；有的谈“文革”，只讲“走麦城”，不说“过五关斩六将”等等。《一个革命的幸存者》的作者，以极其坦荡胸怀，磊落地面对过去。往事已矣，她不需要隐讳什么，也不需要矫饰什么。“回忆实录”记述的是一个真实人生，描绘的是一幅信史。从一个侧面，透视出中国共产党曲折历史的一个剪影，她写出了共产党人艰苦卓绝、前仆后继的斗争，也记述了早期党所犯的幼稚、盲动的“左”倾错误以及后来个人迷信时期的灾难。比如，在湖南暴动后，为了粉碎敌人进攻，某些领导人竟异想天开地提出烧光四百里公路两侧民房的“焦土政策”。闽西的少年先锋队，在反封建、反旧礼教，主张男女平等、婚姻自由方面做了大量工作；但他们也砸寺庙、挖祖坟、捆绑游街，甚至乱搞两性关系。曾志大姐回忆，在“大跃进”中她也头脑发热，在广州市掀起了比大炼钢铁还热闹、声势还要浩大的制造机器设备的“土简群”运动的新高潮。曾志大姐对她的婚姻、爱情情感经历，也记述得极其坦诚和感人。为了党组织急需经费，她将自己心爱的孩子卖了一百块大洋。有人说读通史不如读传记，它更真实，更生动，

上世纪六十年代初，陶铸、曾志与毛泽东。

诚哉斯言！

从“回忆实录”中，我们触摸到了一颗崇高而圣洁的灵魂，令人震撼，令人心折，令人精神净化、心灵涤荡的灵魂。为了苦难的人民，甘愿上刀山下火海，甘愿抛头颅洒热血，万死不辞。值得深思的是在革命胜利之后，在成为执政党一员、身居高位之后，依然故我，对信仰守身如玉，直至生命的最后一息。知母莫若女，陶斯亮曾写过一篇著名的祭父文，撼动全国；这本书又附有她的一篇祭母文。她用诗的语言，准确地道出了曾志大姐的品格特色，敬录以飨读者：“亲爱的妈妈，您一生追求崇高，却又甘于平凡；你从轰轰烈烈开始，却又以平平淡淡结束；当年那灼灼锐气已变为如水般的平静；但唯独对自己的信仰和忠诚不曾有丝毫褪色，对革命的热情不曾有丝毫减退。你对物质生活的淡泊与您对精神信仰的执著形成巨大反差。这正是您品格上的最大特色。”

“一个革命幸存者”的精神永存。

二〇〇〇年

人生无常　文学如诗

——评《长夜半生》

读吴正先生的长篇小说《立交人生》，又同时阅读他的“小说创作随笔”《小说小说》。你就会发现，《小说小说》是进入《立交人生》堂奥的一把钥匙。这部一百七十四则的小说创作随笔，其价值不仅是对这部小说的审美解读，它像片片闪光的语丝，缀成一袭夺目的华衮。它发人深省的哲理思考，与启人心智的美学升华，用优美的语言，绾结成一束亮丽的审美花环:《小说小说》与《立交人生》堪称双璧。

读《立交人生》，使我联想起歌德的《亲和力》，同样的两对夫妻四个人物，构成全书的情节线。我叹服歌德这位文学巨人，早在二百多年前，就对人性的复杂与微妙作如此的洞察，对情爱反传统观念的大胆提出。然而，《立交人生》毕竟是部在二百多年后问世之作，它蕴藏着更深广的社会内涵与缠绕人物命运更绵密的人性开掘。

正如书名所提示的，这是一部“立交”的人生小说，或者套用为“复调”小说。时间是历史与当下的穿梭，空间是上海与香港的来回，人物是商人与作家的两重。表现是梦境与清醒、虚幻与现实、性与欲的交织、错综。小说的艺术手法介于传统与现代之间，而现代色彩更为浓烈。结构是以意识、情绪、回忆的流动为线索。看似线条简明、情节单纯，但由于它着重在人生的叩问，命运的探测，对人性的抽丝剥茧，对情与欲纠缠的捕捉，就使得作品内涵丰厚、饱满、张力大、耐咀嚼、耐回味。而且，它还提供了从“阶级斗争为纲”到“改革开放”的历史背景与社会风貌，虽然作品并未正面去浓墨重彩地涂抹，可还是显现了时代的特色，体现了作品的分量。

按照作者的标准，小说创作，依其艺术纯度，最高境界是“禅境”，是小说向着禅意层面升华，是一种与宗教境界的接壤。《立交人生》正是以此为艺术追求的目标。必须如此来审视这部作品。

《立交人生》如诗。说它如诗并非是说它用带韵的语言，分行分节按诗体写作；而是说小说将稀释了多少倍的一颗诗核溶化进作品的字里行间、叙述的汪洋大海中去，让这里那里都弥漫着某种诗的韵味。

《立交人生》是“诗对小说的渗透”。表现为“追求一种氛围的凝聚浓度与笼罩效果”。

《立交人生》对情节的构筑，并未刻意经营。“我”和兆正、湛玉与雨萍，红色年代相聚，并结为两对夫妇，各自事业有成。二十年后重逢，旧情新欢，引发了一场情感的重新组合。情节、故事，不过是担负着叙事的框架。《立交人生》当然是着墨写人，这四个人物是小说结构中的承重梁柱。可是它并不是外在理念的拼贴和多侧面的人物性格刻画，它的基点是抒写人性，变幻着的人性，兽性与人性组成的完整的人性，难以捉摸与理清的人性，这样小说就万流归宗，涌向那心理与情感的层面。营造那“羚羊挂角，无迹可求”，抒写那欲说还休诗的氛围。我欣赏小说“三十一”(尾声）篇，那人生无常，命运难测，惘然、苍茫的氛围与情绪，透过纸背，充斥在天地之间，带给读者以不尽的遐思与感染。在耿耿星河欲曙天、天将破晓的同一时刻，“我”在香岛一个山头上徘徊，兆正在申江的辛庄区行走。雨萍在客厅里等待，湛玉在午夜梦回中醒来。“人生的缘分有点像七巧拼板，盈缺凹凸，这一个人此一刻的镶入处正是那一个人那一刻的凹缺处。”“在这夜的黝暗里，他、他、她、她，四个人，各自占据着各自目前的生存位置，组成了一个等边的几何图形。就如转动着的万花筒中的图案，虽然每一刻都在改变，但却始终对称平衡。”

唯光阴，在人与社会的帐篷之外兀自流过，不急不缓，一点一滴，一分一秒，虽然微不足道，但万古洪荒之中的斗转星移也都拗不过它的日积月累，更何况是苦短的人生呢？

当“我”虽然一夜没睡，开始下山时，想即兴写一首喟叹人生无常的诗，但发现原来自己昨夜在出门时，忘了带上纸与笔，几乎同时，兆正在经历了整整一个不眠之夜后，突然想记录点什么，但他发现在昨晚出门时也忘记带上纸与笔了。

真是“此中有真意，欲辨已忘言”。这不是禅境么？

小说那令人低回不已、反复咀嚼之处，是“人性岩层的深部，沸腾着炽热熔浆的地壳下的神秘”。“人性的发展有时是不讲理由和逻辑的”，一种具有强烈个性的人性，是更值得社会以及文学作品去关注和作出探讨的人性。一天，兆正突然改变行期，从太湖畔创作之家，回到上海，在午后静悄悄的淮海路他的公寓家中，发觉了他的妻子与他的朋友“我”在幽会，他没有暴跳如雷，没有撕打拼命，没有……而是悄悄地进来，悄悄地离开，不惊动他们俩。只是在记事牌上留一点记号，表明他曾经在这一刻回过家。这是为什么？这是为什么？这种通过秘密小径通向人性暗角去的人物，可能不是正常生活视野中的人物，可是这种变形人物是真实世界始终存在着的不容忽视的人性切面。这是一个谜，这是小说作者有意留下的谜的思维角落。不仅是读者难解之谜，或许也是作者本人难解之谜。对作品不是一览无余，对作品思考无法穷尽，这种含蓄艺术是优美的艺术，是中国美学的最高境界。

人生无常，文学如诗。

二〇〇六年

风云·风骨·风采

——读露菲的《文艺前辈风采散记》

读露菲《文艺前辈风采散记》，想起刘义庆著《世说新语》。“新语”名为小说，实为刘辑前人（汉末、三国、两晋士族阶层）遗闻逸事，不妨视之为史话。《世说新语》从各个角度勾画出这一历史时期的生动画面，刻画了那时的社会风貌和士人的内心世界。“言简味永，栩栩如生，深刻的印象，比之读一部史书，更加集中，更加深刻。”（《世说新语》校笺“前言”，中华书局1984年版）一千多年来，《世说新语》的历史价值与文学价值一直为人称道。《文艺前辈风采散记》记录和叙说了一批当代文坛风云人物：郭沫若、冰心、周扬、夏衍、阳翰笙、冯雪峰、沙汀、张光年、华君武、周巍峙……他们的遭际、言谈、情怀、风采……虽然是点点滴滴、吉光片羽的逸事，但也可从中一窥时代的风云变幻、社会的人事沧桑。尤其是记叙了十年“文革”岁月这些文坛前辈的劫难，显示了他们的操守、人品与风骨，令我后辈钦敬。这些，都大有裨益于当代文艺史的研究。

《文艺前辈风采散记》的可贵之处在于所记述的人与事均为作者露菲亲闻、亲见、亲历，具有很高的可信度。不似那种名为“纪实”，实为道听途说、辗转传抄，甚至加枝添叶、胡编乱造的文字可比。露菲的家乡在抗日战争时期是著名的胶东抗日根据地，少女时代的露菲投身抗日，参加八路军胶东军区国防剧团，开始写作儿童诗与剧本。中华人民共和国建立后，她进电影学院深造，毕业后到文化部、中宣部工作，担任周扬同志的机要秘书，直至上世纪八十年代初。同时，她一直坚持业余创作，出版了长篇小说、短篇小说集、散文、儿童文学多部。作为周扬同志助手的这一特殊工作位置，她得以和中国文艺界许多重要人物结识，和有些人还成了忘年交。露菲这本书记述了“四条汉子”中的三位：周扬、夏衍、阳翰笙的一组文章最有价值，也是充满感情的回忆。有些材料成了第一手的史证。她详细记叙了一九六六年十二月一日那个“漆黑漆黑的也是寒冷的夜晚”，周扬被抓捕坐监的前前后后，周扬与苏灵扬这对夫妇的生离死别。九年生死两茫茫。她又记述了一九七五年七月四日，周扬劫后余生归来，周扬苏灵扬夫妇“乍见惊疑梦”的悲喜交集情景。她记录了“四人帮”余威犹存的特定历史时刻，人们惊魂未定的生活与心理状态，写出了特殊岁月人间的苦难与正义、亲情与友情。她记述了在江青“文革”小组猖獗时，冯雪峰正气凛然，反驳“文革”小组捏造周扬篡改《鲁迅全集》注释以攻击鲁迅的诬陷，力陈事实真相，既不挟嫌报复，也不计被扣“为周扬辩护”的新罪名。周扬出狱后，露菲将这一情况向周扬陈述，周扬泪流满面探视了病中的雪峰。一对战友倾吐肺腑，周扬承认在对待鲁迅问题上雪峰是正确的，雪峰的为人是正派的。周扬在他本人还未恢复党籍的情况下，上书中央，请求恢复雪峰党籍；在当时他也只领一份生活费的情况下，还是凑了钱充作雪峰的医疗费用。历尽劫波兄弟在，相逢一笑泯恩仇。

夏公与二十世纪同龄，他参加过“五四”运动、大革命……在惊涛骇浪的大时代度过了一生。周扬视夏公为长辈，周扬晚年多次说起夏公，说他为党为人民作出那么大贡献，却从不居功自傲；他总是那么谦虚、平和，他有丰富的斗争经验，又有渊博的学识；他担当着领导职务，又在文艺创作方面硕果累累；他有着过人的才干，不能不佩服。周扬还说过，要说学问，茅公和夏公的学问最深。他受委屈不抱怨，难得啊！露菲通过对夏公与猫的若干细节记述，透视了夏公的善良心地与重情心怀。一九五七年反

“右派”运动，将夏公朋友陈铭德打入另册，作为文化部副部长的夏衍，送给陈铭德一只猫以示安慰。在当时的政治高压下，此举非同寻常，陈铭德感激不已。在三年困难时期，夏公家仍然养着猫。那时夏公参加外事活动，宴会回来，猫们总是又抓袖子又挠口袋，兴奋得又跳又叫。因为宴会上有鱼，夏公吃鱼总是嚼一嚼就放进空香烟盒子带回家。“文革”中夏公被捕坐监，他的猫也出走了，在外流浪多年，人们都以为它死了，想不到夏公出狱回家，他的猫也回来了，绕着夏公转了几圈，蜷伏在夏公身旁，不久便老死去，令人唏嘘不已。一九七八年冬，习仲勋同志邀请文艺界一些朋友夏公、周扬、光年等去广州休息、疗养。几天后的一个傍晚，露菲陪夏公散步，走着走着夏公突然停下来，小声说：“我想回去，回北京去。”露菲感到奇怪：“怎么刚来几天就要回去呢？”夏公笑了笑，似乎有些不好意思地说：“我想我的猫。”那时他又养了一只猫。露菲向周扬、苏灵扬说了夏公想回去的事，周扬也不明白夏公为什么急着要回去，露菲说“夏公想他的猫”，一向情感不外露的周扬听说夏公要回北京是想猫，顿时泪水充溢了眼眶。

露菲的“散记”常常寥寥几笔就刻画出一个人的性格。她写诗人杜谈的“怪”、耿直。杜谈即窦隐夫，当年与鲁迅有书信往返，鲁迅曾有一封致他的著名长信。“文革”后的一天，露菲陪周扬去拜望杜谈，结果却吃了“闭门羹”。周扬到杜谈家门前，门紧紧关着，敲了几下，门启开一半，露出一张长须飘然的脸，扔出了一句“生病不见客”的话，随即又把门关上了。当门关上后，周扬无可奈何迷惑不解地微微一笑走了。是杜谈对周扬有怨气吗？两个人有过节吗？不是。从上世纪三十年代上海“左联”时期起，两人结识，相交甚笃，几十年间未断来往。“文革”开始后，杜为周扬鸣不平，为文艺界那么多人打成牛鬼蛇神而激愤，天真地写了一封长信送“文化部”，那时“文化部”已经被“砸烂”，他又转送中南海。在批斗周扬的各种会上，要他揭发批判周扬，他总是扔出“周扬同志是好人”这七个字。后来他自己也被打成“叛徒”，在一次批斗会上，造反派要他“坦白交代”，他面对批斗者，从容地两手一背，在批斗台上走了两步，不屑一顾地说：“笑话！我是叛徒，谁是革命的？”后来有一天露菲拜望了杜谈，杜谈见露菲第一句话就问：“周扬同志好吗？他身体健康吗？”露菲乘机问起他为什么让周扬吃“闭门羹”的事，他不好意思地笑了：“人家又恢复了工作，那么忙，我又没有什么事，何必耽误他的时间呢。”这就是杜谈。

露菲的“散记”也可视作一本文坛回忆录。真实是回忆录的生命。这本没有水分的回忆录值得一读。

二〇〇六年

瞬间审美寓藏着风骨哲思

——读朱厚泽摄影作品集

厚泽同志赠我以《东张西望——朱厚泽摄影作品散篇》；在这之前，我全然不知厚泽同志有如此卓越的摄影艺术造诣。当今文坛，众“家”辈出，能用毛笔在宣纸上写字便可称“书法家”，会凑几句顺口溜就被叫做“诗人”、“作家”，甚至能跳几步“国标”，也可称为“舞蹈家”。厚泽同志不是职业摄影人，也从未自诩为“摄影家”；然而，单以这部从上万张照片中挑选出来称作“散篇”的集子而言，它以独特的摄影艺术思维，具有个性的摄影艺术语言，融和再现审美与表现审美，协调具象与抽象，包容现实主义与现代主义，用意象艺术元素，凸显强烈的哲理思辨特色，足具撼人的艺术力量，毫无疑问是一部思想与艺术俱湛的摄影艺术精品。

我与厚泽同志曾先后供职于某机关，按说，他应是我的上级，如今忝为良友。我歆敬他的思想，良心，人品。厚泽同志命途多舛，半生坎坷。他曾位列镇守西南边陲的封疆大吏，又曾执掌中国文脉中枢；他也曾被打入“另册”，沦为“贱民”，遭流放，服苦役。一生数度大起大落，几上几下，载浮载沉。在这起落、上下、浮沉之间，显示出作为理论家、政治家博大悲悯的人文襟怀，铁骨铮铮、凛然不屈的人格，远见卓识的睿智。在这部影集卷首有厚泽同志一篇自我抒怀的短简《山之骨》：“钙（山之骨），世之所珍。至于其人，山村野夫也。出身边陲，远离京华。无奈赤诚的良知乘时代的大潮被卷入风暴漩涡。沉浮之间，身影偶现，时而入人眼目罢了。野气未消，钙性难移，但恐所剩无几矣。……是的，当那山之骨从溶蚀它的茫茫酸雨、地下潜流，从浩瀚的林莽深处、野草丛里，渗过泥沙与岩缝，历艰辛和曲折——沉积、蒸腾、散发，摈弃了那乌烟和瘴气之后，它必将会重新凝结出来。……”文如其人，不了解厚泽同志的为人，他的生活，他的命运，便难以读懂这部具有强烈思想性影集的内涵与艺术真谛。这部影集渗透作者思想、意志、情愫，是思想家眼中的大千世界，这些照片的整体组成，如人所说，也可视作作者本人的“全息图像”。

影集的艺术思维有着很高的美学追求。

中国摄影艺术划时代的起步是始于上世纪丙辰清明“天安门事件”。在被中共中央定性为“革命群众运动”，为史学家称之为二十世纪历史转折点的丙辰清明“天安门事件”中，在鲜花海洋里，率先向法西斯暴政冲击的文艺武器是诗歌与触人心目的照片。诗歌与摄影成了社会主义历史新时期文艺复兴的潮头。文艺的生活真实性、历史使命感与批判功能，这些现实主义文艺应有的特征，在摄影艺术中得以恢复。但是，对于摄影艺术自身的审美探索、突破性的艺术变革，是在接踵而至的思想解放运动中进行的。十年一梦，人被重新发现，马克思主义被重新发现。人是马克思主义的出发点，人道主义是马克思主义题中应有之义，人道主义与“异化”的人的哲学思潮，推开抵挡它的重重障碍，狂飙突进。人道主义这一重视人的价值的价值体系与价值观念，是新时期思想启蒙运动的主潮。随之，在上世纪七十年代末八十年代初，在文艺领域，以“四月影会”、“自然·社会·人”影展为标志的摄影艺术，与诗歌中“朦胧诗”，小说中“意识流”，绘画、戏剧中先锋派等一起嬗变，摄影艺术新潮崛起。主要是表现主义审美被重视，被发现，创作主体地位被强调，人，“自我”凸显。当时是青年摄影家的罗小韵，勇敢地喊出：“艺术贵于有我。”摄影艺术新潮着眼于精神世界的探索，主观情感的抒发与理念的表达。以心理性、表现性、意念化、情绪化的造型语言，自由地开拓审美空间。突破了平板再现生活的狭窄、浮浅的艺术空间与单纯为政治服务的教化功能，呈现丰富、多元的审美格局。厚泽同志站在觉醒的摄影艺术思潮行列里，创造性地吸纳了、化用了现代主义表现艺术的艺术元素，力求从历史和现实的演进中，着力去把握当代人精神世界的轨迹与人的心理结构嬗变，以及对人的深层次内心的开掘，并将作者自己的人格、襟怀、抱负、思想、意志、情感融入作品意象，使作品成为作者自己对生活的感知与审美理想的艺术凝聚。将感性的具体物象与思维的抽象糅合。虚实相间，得“意”未忘“形”，形神兼备。作者并未割断与现实主义艺术的血脉联系。避免了八十年代中期以后，某些末流现代主义摄影艺术作品的极端化与片面性：过分崇尚直觉，追求纯粹的个体意识，漫无边际夸大随意性、不确定性，主张阻断与具体物象有任何联系的抽象性；欣赏者无法取得审美经验的依据，无法与作者沟通和领悟作品的内涵。我们若是将厚泽同志的摄影作品，放置在新时期摄影艺术的流变中来考察，才能对它的艺术价值有充分的认识。

厚泽同志在这部影集里构建的是一部“天·地·人”的图谱。是一部对自然、社会、岁月、历史、人生、生命、灵魂具有穿透力的艺术思考。是对人的尊严的尊崇，是对人性、人权、人道的张扬。

摄影集首章《云象》（加上扉页的几幅），与末章《大地》，首尾呼应，涵盖天地，纵览宇宙，物游千古，《云象》不妨称之为《天象》，可以视作当代的《天问》。《云象》用极考究的光影、色调与线条，组成一幅幅奇幻画面，用意象语言，勾起读者不尽的遐思。欣赏者在这些作品面前，完全可以进入物我交合，物我两忘境地。被用作封面的《云象》中的一幅扛鼎之作，堪称神品。云锦万叠，风色千里，奔来眼底。深褐色、暗红色云彩，如铁、如血。它如同国画中的大泼墨，刘海粟笔下的大泼彩。满版覆盖的长幅横无际涯，邈远无垠。波推浪涌的云涛，静中寓动，动中有静。时间与空间在咫尺间浓缩，历史与现实在瞬间凝聚。作者通过精心营造的构图、画面、光影、色调组成的艺术语言，注入深沉的历史思考与哲理探索，传达出雄浑、博大、凝重的意蕴。在这幅作品面前，我们仿佛听到历史的黄钟大吕之声，浮现出绵延万里的长城，奔流入海的黄河、长江身影。使人想起祖国久远的历史、古老的文明、民族的苦难与坚强的奋争。想起泽畔行吟的屈子，怒向刀丛的鲁迅。想起历史上无数仁人志士，具有“山之骨”，特立独行的文化精英，从两千多年前遭“焚”、被“坑”，至近代以来，在现代化的道路上，摸索、探寻、追求所遭受炼狱般的苦难。它映照出千秋痛，它映照出中华魂。在这幅作品面前，我们仿佛读到了作者真诚的灵魂颤动，炽热的激情燃烧。

影集尾声《大地》，压轴戏又是一幅气势非凡、寓意深邃之作。俯镜头鸟瞰下，金色麦浪，奔涌摇曳，苍莽浩渺。在那起伏茂密的麦草丛中，一条纵向的幽深暗道延向远方。这幅作品感性的视觉形象与抽象的哲理思考结合得如此美妙，真是神来之笔。它是对大地母亲的颂歌，是对一切生命得以延续的母性颂歌。“谷神不死，是谓玄牝。玄牝之门，是谓天地根。绵绵若存，用之不勤。”老子这逻辑谨严，层层递进的三句话，三层意思，讲的是“道”这支配万物发展变化的主宰，它充塞宇宙，永远运行，永不枯竭。中间环节，纽结点是“玄牝之门”这“大地根”。我们没有任何理由不对母性美的大地顶礼膜拜，不能不在这幅作品面前沉思。

这部作品集的审美是多元丰富的；编排的艺术感受是有节奏的。《老宅》一辑，以黑、红、灰色调组成。以多种变化的构图角度，给人以岁月沧桑之感。《根系》单元中一幅寄生着翠绿苔藓的树根，粗壮硕大无比，差不多占满整个画面。这一大胆奇特的造型，充分体现了作者的表现意识，更富有感染力地传达出力的美与生命希望之光。在无声的诗意中表白了力的韵律。在《人家》单元中，一组大概是西南少数民族山寨人家的镜头，读之令人惊悚，令人心酸。那透风透亮的柴壁，那脏黑发亮的草席，那一床光秃秃的棉胎，这一“人家”无声的诉说，是作者关注所在，是作者心系所在。念民生之多艰，作者与神情木然的主人的一幅合影，道尽了作者对人民疾苦的关怀、同情、忧戚。《花界》一辑，像是这部影集中吹奏的一支清亮竹笛，是这部作品审美色调的调剂。但是它并非仅以光色美艳取胜，它同样有着寓意内涵。那几幅以粉色花蕊与果蔬构成，具有健康的性感美的作品，读之令人莞尔。

这部摄影集，是厚泽同志“究天人之际，通古今之变，成一家之言”的作品。

需要一提的是，协助厚泽同志编选的窦海军、李晓斌两位年轻人他们所付出的辛劳与他们选择、编排的审美目光很值得称道。这部摄影集的微瑕是所有作品均未题名，以致我在写这篇小文时，遇到行文的种种不便。艺术摄影作品的标题，并非可有可无，一则构思巧妙的图题，能扩大延伸作品的内涵，启人联想，二者相得益彰，可以产生意想不到的艺术效果。

二〇〇七年

气韵生动　笔墨酣畅

——读裴玉林的中国画

裴玉林，晋人，自幼喜爱书画艺术，曾涉足油画、水粉画等创作，上世纪八十年代后，专攻中国花鸟画，他中西兼容，多方吸纳，视野广宽，功底扎实。他的作品审美特征是重意境，尚情趣，笔墨酣畅淋漓，清丽而富韵味。以酣畅淋漓的笔墨情趣，抒写奔涌如诗的理想情操。

“葡萄”是画家擅长的题材，《硕果》、《紫气东来》、《硕果图》是其代表作。以《硕果图》为例，画面整体构图布局匀称，富韵律，疏密有致，设色淡雅，层次分明，那串串葡萄，吸收了西画法的阴阳向背和光线作用下的明暗对比，娇艳欲滴。画面透出大自然的一派勃勃生机，透出了一派恬人清幽的情调，透出了画家对生活的热爱与表现生活的能力。在自然界之花草树木中，竹子得到中国画家的特别喜爱。画家以比兴的美学观念，以移情观照之法，往往以画竹抒发自己的高尚气节，以画竹充当自己人格美的载体。玉林先生以不同笔墨表现在不同气候、环境、光线下不同势态竹的意象，抒写特定情景下的感情心境。《风雨情谊》正如画题所示，表现在自然风雨中一群小鸟相依相濡的情谊。云低天暗，风狂雨骤，几抹浓墨的竹叶，苍劲有力，如刀似铁，怒吼有声，衬托出恶劣的自然条件下人情的温暖。《连日疏雨》的竹，笔墨从容，清新疏朗，浓淡有序，给人以一种雨后恬静的意境。

玉林先生的花鸟画创作风格多样，手法丰富。如《池水融融》的工笔花鸟，笔墨到位、规范，而《国色无双》、《双珠》又有着大写意的路子并融入若干水粉画的技法，《晨露》的变形，有着西方现代派的影子，都使人耳目一新，从中可窥见画家在创作道路上不断探索创新的努力与创作道路的广阔。

二〇〇四年

烟雨迷濛 苍润隽秀

——读张尔宾的山水画

一个很有趣的现象：中国山水画成为独立画种大约始于南北朝，这与以描写自然山水为主的山水诗诞生时间大体相若，宋初的谢灵运公认为是中国第一山水诗人。这表明大自然已经变成具有独立美学价值的欣赏对象，人对自然美的认识与掌握加深了。隋唐绘画空前繁荣，五代两宋山水画更呈现前所未有的景象，达到中国山水画的一个高峰，理法大备，名家辈出，风格多样。元代水墨山水达到极高境界，明清两代山水画更臻完美。金陵画家张尔宾先生，承中国山水画的传统之神髓，继江苏画派之正脉，“石头城上，望天低吴楚”，雄踞金陵画坛，几十年来辛勤劳作，以一组组烟雨迷濛苍润隽秀的南派山水业绩，一枝独秀，成为江苏画派一位优秀的山水画家。

成就尔宾先生的山水画特征是：

取法乎上，师法鹄的标高。他得名师林散之之指点，从黄宾虹作为切入点，上溯历代前贤，吸纳中国山水画传统艺术之精华，这是不同凡响的艺术眼光，是一项高明的战略举措。黄宾虹是一位世界级的伟大画家，是一位至今尚未被中国以至世界画坛充分认识、足够评价的画家。过去有“南黄北齐”之说，甚至“北齐”名声远盖“南黄”；其实，黄宾虹在近代画坛上的地位举世无双。黄宾虹是一位集中国山水画之大成的民族山水画大师，承前启后，广纳中西，法理兼备，博大精深。建国之初，大师来京出席政协会议，我有缘得晤并观作画。尔宾先生对大师的作品朝夕临读，手摹心追，苦苦求索，细心体悟，学有所成。尔宾先生创作起点高，作品大气、浑厚，盖源于此。

创作与理论兼美。尔宾先生在创作上取得如此重要成就，实力雄强，而且，存有进一步攀登艺术高峰的巨大潜能，是因为他有扎实、可观的理论能力与资源。中国山水画艺术的高下，除了笔墨技法，重要的取决于画家的胸襟、怀抱、风骨、气度和哲学、美学的修养、理论上的识见，画家与画匠的区别也往往在此。与山水画独立出现的同时，第一部山水画论著，刘宋画家宗炳的《画山水序》就一起问世。历史上那些著名山水画家很多人都留有自己的画语录，黄宾虹的画论深邃独到，为人公认。尔宾先生有很好的理论素养，他的《中国画谱与绘画》、《中国画的美学品格和精神》、《民族绘画的继承和开拓者》、《古今几人画金陵》、《徽州文化与金陵文化的相互交流》、《读龚贤画诀》等等，都有着他对中国山水画研究的鲜见。

传统文化涵养之丰厚。宗白华先生曾指出："各个美术有它特殊的宇宙观与人生情绪为最深基础。"（《美学散步》）中国山水画，作为中华文化的一部分，有着深厚的中华民族的传统文化精神。"气韵生动"作为六法之首，中国山水画讲究的是气、"意境"、"神韵"，这是山水画追求的美学境界。中国山水画意境的最高层次是禅意，禅是动中的极静，静中的极动。动静不二，直探生命本源。这种禅意创成，需要老庄的超旷空灵，才能到达如镜中花，水中月，羚羊挂角，无迹可求的所谓"超于象外"的画境。中国绘画的意境，受佛教所启发而创造，根本精神是佛家的空和道家的虚。中国的山水画以精湛的笔墨技法为基础，传达深厚的儒释道精神，是它成就的精髓。今后，真正伟大的中国山水画作品能否出现，就看它多大程度上传达出数千年绵延不断的儒释道民族精神；同时融合现代的崇尚独立、自由的主体意识，和展现自己个性人格的现代观念。读尔宾先生作品，深感他对国画传统中精华的领悟，他的笔墨语言背后的浑厚，这是尔宾先生创作成就最珍贵的价值所在。

二〇〇三年

少年岁月画图中

陈墨已名闻三湘。

陈墨已发表了相当数量的图文作品，他的《纸上的风景》是小学五、六年级的图画日记选本。这是一本新颖、别致的书。

书，图文并茂。但，“图”不是“文”的插图，它是一幅幅独立的饶有趣味的漫画；“文”不是“图”的说明文字，它是一篇篇洒脱自由的日记体随笔。各自成章，又相互映衬，这是陈墨的创造。

陈墨的画，随意、恣意，可是，讲究线条。他有好多幅长卷式散点透视之作；也有传统说唱类图书的工笔绣像画；更多的是民间连环画手法的叙述性画面。率性而作，皆成文章。他虽然未经专门素描的训练，但是他的笔墨诙谐、幽默，能传神，富于想象，有着造型功力，真是神了。

人们都喜爱童心。童心，有着永恒的艺术魅力。童心真实。像一方无瑕的碧玉，像一泓清澈的溪水，像一张洁白的素缣。童心是未被世俗异化、遮蔽、破坏的纯净。童心富于想象。是无拘无束、自由飞翔的心灵。在人类文化生态污染日益严重的今天，读读《纸上的风景》这类孩子们自己用图文表达的心灵成长自白，能使人心地明净。

《纸上的风景》只是写给孩子看的书么？不，安徒生的童话，就是“融和了成人与儿童的世界”，“属于第三的世界的”。好的儿童文艺作品是应该达到这样审美境界的。现在人们都在谈论“教育未成年人”问题，然而，还有另一面却被我们忽略了，这就是如何向未成年人包括儿童学习，成年人从未成年人包括儿童那儿接受教育。指出皇帝什么衣服也没有穿，揭出人间虚伪，令成年人汗颜的，恰恰是孩子。华兹华斯称“儿童是成人之父”。卢梭“发现儿童”，是因为通过思考儿童，可以获取人类生命活力的思想资源。好的儿童文艺作品，可以给成年人带来深刻的人生启悟。我常苦于自己的散文写得拘谨、矜持，难以达到平易、自然、随意境界。我羡慕陈墨《纸上的风景》，图与文、写与画的那份洒脱，随心所欲，我更羡慕陈墨《纸上的风景》那开放、自由、喜怒爱憎不假人色的心态，那人间最真实的本色。

二〇〇六年

弥天风雨作龙吟

沈达夫先生，别号风人，原籍浙江，四十年代去台，现侨居美国。近得一函，并承以杭州“西湖诗社”印制之《风人诗草》一册见赠。

达夫先生少即能诗，名重一时。现已年逾古稀，毕生著作丰赡。曾创刊鲲南诗苑，风行三台。名宿于右任曾赠句曰：“太平乐府乱离人，破碎山河锦绣心。我对沈郎百期待，弥天风雨作龙吟。”梁寒操、林语堂、李石曾诸公，咸称风人之诗能天籁成音，幽思曼妙，既富风月之情，亦具风雷之力。大乐深哀，别有隽才。读其诗，始知实非虚誉。达夫先生以忧世之怀，去国之思，发为诗歌，扬扢风雅，期炎黄魂于不坠。其诗求真、尚美、崇新。虽以绝句蜚声于时，然其律诗，属对工整，用语清新，遣词典雅，可谓绝律双美。诗人侨居海外，而忠爱惓惓，不忘宗国。近年每每故园重归，辄有诗作问世。检读华翰，援以志之，遥祝诗人笔体两健！

附：风人给顾骧信

顾骧先生：

来翰敬悉。

传统诗在当代中国，渐趋式微，若干遗老虽功力较深，而殊鲜创意。从事新文艺作家而善于此道者更寥寥无几。台湾诗风称盛，但卓然有成者亦不过数人，又以岁月不居，先后凋谢。现传统诗真如鲁殿灵光，将成绝响矣。幸而两岸青年研习者日多，或可挽风骚于不坠耳。

至新诗自“五·四”以后，始创其体，初为解放式的旧诗，继则模仿西欧。台湾新诗人初承其风，旋趋务新潮，竞为现代诗。近则现代诗又已成弩末，转以传统结合现代，但因对两者均未能深入，故不失之牵强附会，即失之矫揉造作。闻大陆新诗人正复开始热衷于现代诗作，想新诗要自成气候，恐尚须一段漫长时间耳。

近杭州西湖诗社出版风人诗草一书，所集较为完整，已函请其邮赠吾兄一本，尚希指正评价为感。敬祝

文祺

风人

一九九一年

诗要有真情，有新意，讲平仄

——《红草集》序

吾邑盐阜，为淮左诗礼之乡。北宋词人晏殊、范仲淹都曾在境内西溪任盐官。晏殊的《浣溪沙》名句：“无可奈何花落去，似曾相识燕归来”，据说写于此地。明末清初著名诗人吴嘉纪为境内安丰镇人，出身盐民。抗日战争时期，盐阜地区为华中解放区之心脏，新四军军部在此重建，大江南北文人名士云集。陈毅将军倡组湖海诗文社，“藉可歌可泣之诗文，鼓如虎如罴之勇气”，一时蔚为盛事。陈毅将军援笔成文，作《湖海诗社开征引》，洋洋三百言，大气磅礴，翰墨情深。一个甲子以来，遗韵不泯，风范长存。

单国顺先生，著有诗集《红草集》一册，承嘱作序。诗集大部为旧体诗词，大都清新隽永，情韵悠长，意真语质，朴实天然，俗不伤雅，诗味盎然。读之，犹如一览家乡马家荡中的绿苇，废黄河堤畔的碧桃，射阳河上的白帆，令人神怡性悦。

旧体诗，或称格律诗，传统诗，古典诗词，中华诗词，自“五四”以后，时乖命蹇。旧体诗的形式，被看作是“枷锁缪司的枷锁”，近五十年，因为一位伟人表示在青年人中“不宜提倡”，更是遭尽冷落。然而，对旧体诗词采取绝对态度，所花的代价够沉重的。如今连幼儿园的娃娃，都能背诵几首“床前明月光，疑是地上霜”之类唐诗；新诗，抱歉了。那位劝诚不要在青年人中提倡旧体诗词的伟人，竟诙谐地说出，新诗，倒贴我二百大洋也不读，够苦涩的。其实，对旧体诗词的反省，在“五四”高潮过后，便不曾间断。“勒马回缰作旧诗”（闻一多）大有人在。历史新时期，旧体诗词勃兴，不仅有大批离休退休的长者，雅集酬唱；而且，雏凤清音，研习日多。风骚兴盛，弦歌不坠。旧体诗词的形式是由特殊的艺术化了的语言形式构成的，是艺术化的民族语言。具有声调美、节奏美、音韵美、音乐美。“易记”、“易唱”、“动听”（鲁迅语），常常能以几十个字的篇什，如宋人小令，传达出一幅隽永的意境，韵味深长。说旧体诗词“束缚思想”，立论片面。一九七六年的天安门诗歌，有律、有绝、有骚体、有小令、有歌行……以铿锵有力的诗句，充分表达了人民群众大义凛然的革命气概，破除现代迷信的思想解放要求。旧体诗词同样能贴切自如地表现重大主题的人民时代的思想感情。

新时期以来，旧体诗词兴盛，也存在值得重视的不足一面，真正优秀的有功力的旧体诗词写作，如聂绀弩的《散宜生诗》等还不多，大量的标语口号、陈辞滥调之作充塞，韵律不调、平仄不协。似乎只要凑成七个字或五个字四句八句的顺口溜，便是旧体诗。逢“五一”、“七一”、国庆、元旦、春节，过黄山、庐山、泰山、武夷山、张家界、九寨沟，便凑成一律一绝，都是现成的“水词”，内容空洞，语言概念，诗味全无。没有自己独特的感受与语言表达。这样的“诗”多了，只能败坏人们对旧体诗的胃口，对旧体诗的发展不利，应予以引导改变。

旧体诗的写作起码的底线，我认为要“言之有物”。所谓“有物”，这物是“情”与“意”，有真情，有新意。“诗缘情而绮靡”，诗本是审美抒情的手段。旧体诗应是诗人真歌真哭，真性情的流露。旧体诗同样应该有与时代合拍的审美意识，老掉牙的僵化陈腐的观念，应该唾弃。在旧体诗形式上我主张：一、必须严格遵守旧体诗的格律。律诗、绝句、填词，在格式、用韵、对仗、平仄上必须按照诗韵或词谱规则，尤其是平仄要讲究，平仄是依照汉字的四声声调，在长期艺术实践中形成的诗语规则，诗的抑扬顿挫的音乐美少了它则不成，不讲究平仄，不合辙押韵，则不成为旧体诗。初学旧体诗者若平仄运用不熟，不妨手头备一本韵书备查。二、要严格遵守格律，用韵又要从宽，押韵的未必都是诗歌，如《汤头歌诀》，但诗歌必须押韵。押韵从宽是指大体合律则可，不必死守旧韵书的声部限制。自古至今，韵部归类的趋势便是由繁至简，用韵逐步从宽。我国现存的最早的韵书是《广韵》，分为二百零六韵。到了金人王文郁编《平水新刊韵略》，经过调整、合并，则剩有一百零六韵了。这就是以后通行的《平水韵》。到了现代，如果还要人仍沿用这一百零六韵的韵书作为押韵标准，甚至通押都不允许，那就陈腐到作茧自缚了。今人写旧体诗，大体依戏曲十三辙即可。三、今人写格律诗可以用普通话的音韵为标准适律，提倡用今韵。但若有人习惯用传统诗韵，不妨并存，尤其是在我们家乡，方言中还保留不少入声，以此入律，不妨两便，不知以为如何。

以上是我对旧体诗词写作的一点感受，借此略抒一己愚见，就教于方家。

有个性和声音的文字

——《最好的时光》序

王丽萍的又一本散文集《最好的时光》出版，为之贺。

我认识丽萍是在鲁彦周先生文集出版座谈会上。她的一席发言，语惊四座。她复合着儿媳、女儿、弟子、作家以及朋友的身份与感情，平实地叙说了作为公爹、父亲、老师、朋友的彦周先生在日常相处中的点点滴滴，亲切自然，纯真诚实，简直就是一首亲情赋，一篇美妙的散文。

之后我不断地在《新民晚报》上读到她笔锋洒脱诙谐幽默的散文；

之后我又知道她是一位创作颇丰才华横溢的影视剧作家；

之后我还在电视荧屏上看见她言辞犀利地点评社会万象……

算我孤陋寡闻了。

我曾对彦周先生说：我们这辈人写的文章，丽萍未必能写出来；然而，丽萍现时的散文，我们也写不出来。原因是我们对这个时代的某些方面的艺术感知陌生了，隔膜了，不如丽萍。

丽萍的散文随笔，以现代女性的独具的视角，以平民的生活视角，从都市日常生活的点点滴滴涓流中，吸取诗情，寻觅画意。她的作品没有经天纬地的宏大叙事，不是纵横捭阖列论历史兴衰，但是，她的作品却是感动人心的。她用她的真诚来感悟人生，探索人生，使她的文章充满了昂扬的生命力，洋溢着美好的人格智慧，同时又蕴含了真性情、真境界、真品位，自有其存在的美学价值。她的抒写亲情之作，写得真挚，动人，深情，充满了温馨的暖意……比如那篇怀念父亲的文章《我有多想你》，让人读了与之共鸣。而那篇《感恩的心》同样是如此地牵动人心。这些文章，如寒夜里的一片爝火，冬日里的一缕阳光，在这个道德沦丧、物欲膨胀的现实里，读她的文字，很干净。

我以为，丽萍散文的主题，就是呼唤美好的人性，寻觅善的品性，追求爱的真谛……她文章的语言，有个性，有声音，有色彩，信笔所至，洒脱自如。明白，朴素，晓畅，然而又不失机智、调皮和轻松。虽然有时她的文章还真不大固守既定的语法规则，但读这样的文章不累人，且还有着审美的快乐。

二〇〇六年

《蒹葭集》序

周巍峙

顾骧的新作散文随笔选《蒹葭集》书成，嘱予作序，我乐于应承。我与顾骧说起来倒颇有渊源，至少有四同：同乡、同行、同人、同志。

我与顾骧是同乡：江苏省盐城市。我居东台，他居阜宁。我们的家乡都靠近苏北的里下河地区，里下河的村庄多不大：麻团大的庄子，油条长的巷子；三里一舍，五里一村，八里一垛，十里一湾。河网密布，大都是水路，那弯弯曲曲的里下河，成了乡村和城镇的枢纽。在那一望无垠的芦苇荡里，常有歌声在上空回荡，人们不看便知小渔船来了，歌声就那么从小船传来，有男有女，似乎很远，又似乎很近，给人一种飘渺悠远的感觉。那一方水域并不浩淼，因为其间横亘着大大小小的垛子和土坝，但正是这种天然环境，造就了众多的沟汊渠荡，也成就了别具一格的水上风光。每到深秋季节，生长在数千亩滩涂湿地的芦苇荡中，秋风一起，芦花便漫天飞扬，飘飘洒洒，如下雪一般，“排空雪蔟丛芦曳，泻地霜铺一苇浮”，所以，“蒹葭苍苍，白露为霜”是我们共同的记忆。

我自幼家贫，高小都没有毕业，童年浪迹江南，上世纪三十年代初，十六岁在文化界诸位前贤、前辈领导和帮助下，从事青年指导工作，参加左翼文化活动，出版进步书刊，投身抗日救亡歌咏和救国会的种种筹备活动，成为一个“革命音乐小青年”（解放后塞克戏语）。抗战爆发，我奔赴

作者（左一）与叶楠（左二）、贺捷生。

华北前线，一九三七年参加八路军，一九三八年我在西安参加西北战地服务团，后来一起到了延安，不久就奉命率领西战团到敌后抗日根据地晋察冀边区工作，在北方分局彭真书记和军区司令员聂荣臻的领导下开展革命文艺工作，从抗日战争到解放战争，一直生活在北方。新中国成立后我就进了北京，长期在文化部工作。

“皖南事变”后，新四军军部在盐城重建，顾骧十四岁就参加了新四军黄克诚将军部所属苏北文工团，而那个时候的我正在北方从事革命文化工作。这样算来，可以说我们相距几千里，却早就是同行了。“所谓伊人，在水一方。溯洄从之，道阻且长。”无论南方还是北方，我们都在为国家、民族的独立，为我们心目中美好、神圣的革命理想而努力工作。

进城后，我的工作行政事务很多，涉猎很广，完全放弃了自己的本行，成了一个“打杂工”。顾骧进大学深造成了一个名副其实的文化理论专家。著作颇丰，影响不小。他也曾从事新闻、出版，在文化部门工作，也是长期在周扬领导下，我和顾骧算是同人了，可是我们并不熟悉。周扬晚年顾骧曾帮他做文字工作助手，文章代笔，我也仍在周扬领导下工作，见过面，但没在一起共事。我们在周扬同志逝世后为了开展研究周扬的活动才开始熟悉。由于我们对周扬同志的历史情况比较理解，特别是他在思想上大彻大悟，对过去做的错事能进行深刻反思，“文革”后公开检讨道歉，尤其值得称道的是他对中国改革开放的拥护，出于对祖国思想政治发展的关注，对一些敏感的理论问题进行了认真的探索，大胆提出自己的见解，为此，我们一直都感到崇敬，受到启发，而他受到某个所谓理论权威人士的无情打击，我们一直感到同情，感到不平。由于周扬同志一生从事文艺工作，和中国近现代文化历史有着十分密切的关系，因此我们对周扬的工作及文艺思想的研究都有很大的兴趣。共同的志趣，让我们真正变成了同志。

周扬在上海发表国防文学文章后不久，我就写了《国防音乐必须大众化》的文章，表示同感。一九三八年秋我到了延安以后，才知道周扬就是周起应，沈端先就是夏衍。我在一九四四年五月率领西北战地服务团奉调回延安汇报工作，进行整风学习，当时归鲁艺领导，我才开始认识周扬。解放战争期间，我在华北联合大学任文工团团长，周扬推荐我兼中共张家口市市委会文委书记，后来他任晋察冀分局及华北解放区党委宣传部长时成立文委兼任文委书记，我是文委委员兼秘书。就在一九四六年从张家口市撤退时，他的小儿子在夜间转移，因大车出事而早年夭折，中年丧子的周扬、苏灵扬夫妇悲痛之情可以想象。当时我作为文委秘书，常从束鹿、正定去阜平或平山向周扬汇报工作，见到苏灵扬、周扬，多加安慰，因此大家关系比较深了。后来我到石家庄及天津市以及解放后到文化部工作，都是在周扬直接的领导下。新中国成立后周扬任文化部副部长，他有事常向周总理请示，遇到“左”倾思潮压力大时，常请周总理出来说话，以图减压。而我因工作关系，也常向周恩来总理汇报工作、接受指示，有次在西花厅谈戏剧工作和民间职业剧团的处理时，只有周总理、周扬和我三人，周总理戏称他自己是老周，周扬是大周，我是小周。使我感到上下级之间

作者（左二）与周巍峙。

的同志友谊。我对周总理和周扬怀有特深厚的感情。“文革”结束，周扬同志重出江湖。他大彻大悟，成为文艺界思想解放运动的先驱者之一。这时，顾骧来到周扬同志的身边，襄理文牍，结为忘年之交。之后一直致力于周扬研究，撰写《周扬评传》并出版了《晚年周扬》研究成果。于光远同志说：“顾骧是最有资格写晚年周扬的作者。”

“蒹葭萋萋，白露未晞。所谓伊人，在水之湄。溯洄从之，道阻且跻。溯游从之，宛在水中坻。”我以为，一个真正好的作者除了有好的文字之外，更重要的是他朴素的本心，就像这首《蒹葭》一样，写对人生的感悟、对美好的向往、对正义的坚持，而这些，往往是需要逆流而上的勇气的。

在顾骧的散文随笔中，不仅可以看到对中国优秀传统文化的继承，也明显透露出“五四”现代文明“科学”、“民主”与“自由”的影响。他的文章，有着强烈的社会责任感与民族忧患意识，有着人道主义精神追求与人文关怀。这是可贵的。顾骧的散文随笔文笔较好。亦文亦诗，亦抒亦论，有独特的风格。作者为本集所著的《跋》是一篇具有精辟的美学见解，富有风趣的语言文字，本身就是一篇妙文。露菲同志告诉我，周扬多次称赞顾骧文章“文字好”。文学是语言艺术，语言文字是文学第一要素，尤其是散文，对语言文字有更高要求。

顾骧的第一本散文随笔选在十年前出版，当时的《人民日报》资深记者解波，她对顾骧的散文有比较深刻的研究，在文章中作了如下评论，现转录以飨读者：“顾骧先生年过花甲，少年时代投身抗日宣传，参加新四军苏北文工团，后毕业于中国人民大学哲学系研究班。长期从事文艺评论等工作，中国友谊出版公司为其推出的《夜籁》，纳入学者散文之列，确实名实相符。翻阅集子，有对战争岁月的追忆，对旧梦的重温，对故园的思念，对人生况味的追索。忆人之作，感情真挚；艺文随笔，清新典雅；杂谈则在娓娓细语中蕴含耐人咀嚼之哲思。无论是抒情、叙事还是议论，都透出顾骧先生儒雅、高逸的书卷气息和真诚、朴实的人格魅力。一册在握，如闻袅袅乐音，飘荡于浩渺夜空。”（《人民日报海外版》二〇〇〇年九月二十五日第七版）

时在戊子初秋